長編時代小説

千住はぐれ宿

湯屋守り源三郎捕物控

岳　真也

祥伝社文庫

目次

第一章　万馬の災難

一

「て、大変《てえへん》でぇ」

叫びながら、ぼて振りの六助が血相を変えて、信濃《しなの》屋に飛びこんできた。

店にはそのとき、源三郎《げんざぶろう》とおみつ。それに、主人夫婦の安蔵《やすぞう》とお梅しかいなかった。

まだ夕暮れまえで、書き入れどきには間があり、源三郎のほかに客はない。店はあけているものの、掛行灯《かけあんどん》に灯《ひ》を入れてもいなかった。

組合傘下の湯屋《ゆや》が休みで、この日たまたま身のあいていた源三郎は、丸腰の町人姿のまま、一人ぶらりと信濃屋に姿をみせた。飯台《はんだい》に向かい、仕切りの板ごしに安蔵夫婦やおみつと世間話をしながら、そぞろに酒を飲んでいたのである。

「どうしたい、六さん」

手にしたぐい呑みを宙にとどめたまま、源三郎は戸口のほうをふりむいた。

「えらい慌《あわ》てようじゃねぇか……いってぇ何が起こった？」

「ま、万馬《まんば》さんが……」

「万馬師匠なら、今日はまだ来てねぇよ。お香《こう》さんも、まだだ」

同じおけら長屋の住人で「師匠」といえば、三味線《しゃみせん》を教えるお香一人だが、そのお香の「弟子」である自称戯作者《げさくしゃ》の関亭《せきてい》万馬のほうが、

「師匠だの、先生だの」

とよばれている。

一般客はめったに来ないこの刻限でも、ほとんど毎日、万馬はここ信濃屋にいる。たいていは隣家のお香と連れだってくるのだが、戯作の注文がないせいもあろう、

「昼はそばをすすり、夜は晩酌《ばんしゃく》」

というふうで、暇さえあれば、たむろしているのだ。裏の長屋の自宅よりも、表《おもて》店《だな》のこちらのほうが見つけやすいくらいだった。

「いやぁ、その万馬さんがよぉ、外でひでぇ目にあってるようなんでさ」

「なにっ？」

と、源三郎は腰をうかせて、六助のほうにちょっとするどい眼を向けた。六助は、ごくりと唾《つば》をのみこんで、手の甲で額にびっしりとかいた汗をぬぐい、

「入舟町《いりふね》の又七《またしち》親分に引っ立てられて、あっちの自身番屋に連れてかれちまったってぇ話で……」

「なるほど」

それでは、この信濃屋にいるはずもなかった。

源三郎は驚いたが、六助といっしょになって、うろたえてもしかたがない。

「で、また、あの先生、何をしでかしたってんでぇ」

「のぞき、でさぁ」

「……のぞき？」

「へぇ。源さん、むろん、入舟町の舟涸湯《ふなのゆ》、ご存じでしょう」

「ああ、もちろんさ」

「その舟涸湯で、女湯をのぞき見たってことでね」

入舟町といえば、富岡八幡宮《とみおかはちまん》や三十三間堂《さんじゅうさんげん》を越え、平久川《へいきゅう》を渡ったさきで、ここ堀川町《ほりかわ》からはけっこう離れている。が、同じ深川の一角ではあり、おけら長屋の住人

ならば、だれでも土地勘のある界隈《かいわい》だ。

わけても、その地区の湯屋や岡っ引きのことを源三郎が知らぬはずもない。

近所ではないし、湯屋守《も》り——すなわち、

［湯屋・銭湯《せんとう》の用心棒］

としての自分の管轄でもなかったが、用あって舟栖湯にも、いくどか足をはこんだことがあった。

中年の主人夫婦が番頭に女中、小僧、三助《さんすけ》など、五、六人を使って営んでいる中規模の銭湯で、たしか専属の湯女《ゆな》も一人、いたはずである。

それにしても、貧しくはあっても相応に知恵も良識もある関亭万馬が、

（何だって、女湯なんぞをのぞいたのか）

と、源三郎は頭を抱えてしまった。

わざわざ八幡宮の向こうの入舟町まで出かけていったというのも、気になるところではあった。

ところで、

［お風呂で、のぞき見］

とくれば、[出歯亀《でばがめ》]という言葉がある。
ひろく窃視《せっし》行為をさすよび方で、今日でも使われているが、江戸のこの時期には、まだない。
時代がさがって、明治四十一（一九〇八）年の春のこと。甲州街道の玄関口・新宿にほど近い豊多摩郡《とよたまぐん》大久保村で、銭湯帰りの女性が暴漢に襲われて殺害された。
その犯人が、
[女湯のぞきの常習者]
で、植木職人の池田亀太郎。目に見えて前歯が口から突きでていたために、
[出歯の亀吉]
というあだ名をもっていたことに由来する。
この亀吉、ただ銭湯の外から女湯をのぞき見るだけにすませておけばいいものを、それが高じて、
[湯あがりの女性に不埒《ふらち》な行為]
をしかけようとして、騒がれた。黙らせようとして口に手拭いを押しこみ、窒息死《ちっそくし》させたものらしい。
なかなかに興味ぶかい話で、もしやこの[捕物控]の時代――江戸は文政《ぶんせい》年間（一

八一八～三〇）以前の出来事であったなら、人一倍講釈《こうしゃく》好きの関亭万馬の格好の題材となったことだろう。

当の万馬がしかし、その［出歯亀］によって捕まってしまったのである。

もともと江戸の銭湯は［入り込み湯］といって、男女混浴がふつうだった。それが、これより三十年ほどまえの［寛政《かんせい》の改革］のおり、松平定信《さだのぶ》によって混浴禁止令が出され、男湯と女湯に分かたれることとなった。

出歯亀、とはよばれなくとも、そのころから女湯をのぞく不逞《ふてい》のやから
が、ちまたに出没するようになる。

江戸勤番《きんばん》となった田舎者の武士など、大半が独《ひと》り者や単身赴任だったために、つい魔がさして、湯屋の壁の節穴に眼をあてたりもしたらしい。

［女湯をのぞくは腰に二本棒（差）］

などという川柳《せんりゅう》が詠《よ》まれたほどだ。

その辺までは、まだ［ご愛敬《あいきょう》］ですませることができる。が、これが常習となって、あちこちでやらかすようになれば［変質者］と見なされよう。

また、女湯にかぎらず、

［他家の庭先での女人《にょにん》の行水《ぎょうずい》］

などを、故意にのぞきこんだりすれば、充分に罪となろう。

しかし、そういう点でも、源三郎の知るかぎり、万馬の趣味や嗜好《しこう》は異なっている。

（そう……好色者《すきもの》ではあっても、変質者《かわりもの》ではない）

やはり、何かのまちがい、としか思われなかった。

信濃屋の板場《いたば》では、安蔵夫婦がそばを打つ手をとめて、おみつと顔を見あわせ、しきりと首をかしげている。

ちらとそちらに眼をやってから、源三郎はまた六助のほうを向いた。

「……万馬さん、のぞきの現場を又七親分に見つかっちまったのかね」

それならば、まさに「現行犯」となり、釈明《しゃくめい》の余地がない。

「それが、そういうことでもねぇみてぇですがね」

と言ったなり、六助は口ごもった。彼も人づてに聞いた話ではあり、くわしいことはわからずにいるのだった。

「よし。まぁ、しょうがねぇ……これから、秋茄子《なす》と冬瓜《とうがん》の美味《うめ》ぇ煮しめができるところだったんだが、おあずけだ」

ひとっ走り行ってくるよ、と、これは当の煮しめをこしらえている板場のおみつに向かって言った。そのおみつが調理の手をとめて、

「……又七親分のところへ？」

「ああ。入舟町の番屋へな。師匠、まだそちらにいるようだからよ」

まさか「のぞき」ぐらいで、大番屋や町奉行所の仮牢などに移されるようなこともないだろう。

「源さん、あたしもいっしょに行かなくていい？」

「いんや。むしろ、おみつちゃんは来ねぇほうがいい……又七親分にも縄張《なわば》りだの、面子《めんつ》だのってものがあるからよ」

おみつにとっても万馬は、ただの隣人というより「身内」のようなもの。かといって、縄張りを異にする他の十手持ちに乗りこまれたとあっては、又七も気をわるくする。いかに、やり手で鳴らした、

「白鷺《しらさぎ》の銀次《ぎんじ》の忘れ形見《がたみ》」

とはいえ、手札《てふだ》をもらったばかりの新米で、

「十八歳の女目明《めあ》かし」

とあっては、なおのことだろう。

「意地になって、まとまるものもまとまらなくなっちまうぜ」

「……わかったわ。でも、変に話がこじれたりして、面倒なことになったら、すぐに知らせてね」

「へい」

と、源三郎はおみつに向かい、大仰《おおぎよう》に頭をさげてみせた。

「さようなおりには、堀川町のおみつ親分のお力にすがりやすので、どうか、よしなに……」

源三郎にみなまで言わせず、

「嫌《や》なひと」

切れ長の奥二重《ぶたえ》の眼をいっそうとがらせて、彼の顔をにらみすえ、

「馬鹿なこと言ってないで……源さん、早く万馬さんのとこへ行ってやりなさいよ」

「おっと、そうだな」

うなずきかえすや、源三郎は六助をその場に残し、一人外に出る。そのまま小袖《こそで》の裾《すそ》を捲《まく》り、尻《しり》っ端《ぱ》折《しよ》りして、入舟町をめざし一目散《いちもくさん》に駆けだした。

二

富岡八幡宮の門前を抜けると、左手に三十三間堂のほそ長い建物が見えてくる。京都東山の三十三間堂を模《も》して、三代将軍・家光が「通し矢」など、「弓術《きゆうじゆつ》のわざを競う場」として最初、浅草に建立。それが焼失後にここに移されたもので、正確には「江戸三十三間堂」という。

その東、平久川をへだてた対岸が入舟町で、さらに進むと木場《きば》に出る。入舟町の南側には大横川《おおよこ》が流れ、それを越えると堤防そして砂浜で、東南端には名だたる遊廓《ゆうかく》のある洲崎《すさき》弁天……その向こうは、もう江戸湾である。そんな、言ってみれば、「深川のどんづまり」に位置する町のほぼ中央に「舟廼湯」があり、そこからわずか三、四軒、町家をおいた曲がり角に、入舟町の自身番屋はあった。

源三郎が駆けつけてみると、すぐまえの路地に又七の子分である下っ引きが二人、立っていた。どちらにも見覚えがあり、若いほうの新顔は忘れたが、年かさの男はたしか時三《ときぞう》という名だったはずである。

黙ったまま会釈だけして、源三郎は番屋の戸口に向かおうとしたが、その時三に、

「……待ってくんねぇ」

押しとどめられた。

「ご用のすじで、いま、うちの親分がちょいと、おしらべをされてるもんでね」

「承知しておりやす」

足をとめて、相手を見すえ、

「おしらべを受けているのは、あっしの見知りで、堀川町の関亭万馬……戯作物の師匠でござんしょう」

「そ、そのとおりだがね」

又七親分に挨拶《あいさつ》して事情を聞きたいし、万馬にも会いたい、と源三郎は告げ、

「ここは一つ、通してもらえませんか」

「親分には、だれも入れるなと釘を刺されているもんで……弱ったな」

と、時三が思案顔で、番屋の戸口に首をめぐらしたとき、なかから戸があけられ、当の又七が顔をのぞかせた。

「何やら表がやかましいと思ったら、源の字、おめぇが来てたのかい」

「お久しぶりで……」

と、源三郎は頭をさげて、

「親分さん、お元気そうで、何よりです」

「おめぇもな。浅黒くて、精悍《せいかん》そうな面《つら》がまえは昔と変わらねぇが、だいぶ落ちつきが出てきたみてぇじゃないか」

照れたように笑って、源三郎は自分の後頭に手をまわした。

源三郎自身がいちばんよく、わかっているのだ。昔の彼は、悪《わる》だった。［札付きの］と冠《かん》してもいい。

［飲む・打つ・買う］

と、何でもしたが、わけても喧嘩《けんか》は常習だった。

とにかく、腕が立った。剣をとらせたら、周辺にまず、かなう者はいない。柔《やわら》も得意で、組み打ちでも負けなかった。相手の腕や足の一本くらい、平然とへし折ったりした。

とはいえ、真っ当に暮らしている堅気《かたぎ》の衆や、弱い者をいじめたことは絶えてない。彼が立ち向かったのは、根っからの与太者《よたもの》や無頼《ぶらい》の徒《と》がほとんどで、それこそ

は、

「煮ても焼いても喰えないような手合い」

ばかりである。

いずれ、喧嘩や出入りをくりかえし、おみつの亡父・白鷺の銀次にはいちばんに世話になったが、又七の縄張りでも、しじゅう彼は事を起こした。捕らわれて、この目のまえの自身番屋で取りしらべを受けたことも、一度や二度ではない。

又七とは、そのころからの仲である。

日本橋南や霊岸島《れいがんじま》東地区の「湯屋守り」を引きうけるようになってからも、源三郎は、

「おのれの追う犯人捕縛の協力要請」

などのために、たびたび又七のもとを訪ねてきていた。

反対に、又七の側から協力を求められることもある。

だが今日の源三郎の用事はいつもと、だいぶ趣《おもむ》きがちがう。

源三郎は、舟廼湯での「のぞき」の一件で又七にしらべられている万馬が、自分と同じ長屋の住人であることを明かした。

「そうか。それで源の字、おめぇがここへ来たってわけかい」

「さようで。師匠とはふだんから親しくしておりやして……あっしにとっちゃ、身内のようなものでしてね」

「ほう。そいつはさぞ、心配だろうな」

と、又七は同情するように言いはしたが、眼は笑っていない。

(ここは、早まっちゃあなるまい)

万馬に会いたい気持ちはつのったが、抑えて、とりあえず源三郎は、

「親分さん。いってぇ、どういうことがありましたんで?」

と訊《き》いてみた。

「ここの舟栖湯の様子、おめぇなら知っているだろう……塀囲《へいがこ》いのなかが中庭になっているよな」

「へい。ずいぶんと庭木が茂っておりますよね」

「ふむ。その庭の茂みをかき分けて、湯殿《ゆどの》のわきへ踏みこんでいったのさ」

万馬とおぼしき窃視の犯人が、である。

「すでに入り込み湯——混浴は禁じられていたが、じっさいには男女の区分けなど、あいまいなままにしてある銭湯も多かった。

そんななかで、舟湯の造りはしっかりしていて、銭湯の建物じたいは一つだが、湯舟も湯殿、脱衣場も男女別にきちんと仕切られている。

混浴を厭《いと》うて、湯屋に行かず、自宅での行水などで我慢していた女子衆《おなご》からすれば、

（安心し、くつろいで湯に浸《つ》かれる）

というわけで、けっこうな人気であった。

ただ［難点］が一つ、あった。

男湯のほうもいっしょだが、湯殿は四方を五尺三寸（約百六十センチ）ほどの高さの板壁でかこまれている。当時の平均的な男の身の丈《たけ》で、万馬の身長がこれにあたる。

そして庭に面した側の壁には、上方に七寸弱（約二十センチ）の、

［明かり取りと風通しのための窓］

があけられている。

つまりは、大きめの石でもおいて踏み台がわりにすれば、簡単に室内をのぞきこめることになるのだ。

「……そうやって、万馬さんは女湯をのぞきこんだってわけで？」

「そのとおりさ。それでな、やつにとっては間がわるいことに、その姿を客の一人に見とがめられてしまった」

「はぁ……」

「しかも、それが舟晒湯をひいきにしている上客のおしなさんだったのよ」

ほう、とおもわず源三郎は生唾《なまつば》をのみこんだ。

「そいつは何とも、相手がわるい」

一、二度見かけたことがある程度で、源三郎自身は口をきいたことがない。が、おしなの噂《うわさ》は、彼もあちこちで耳にしている。

近辺の老舗《しにせ》の舟具問屋「大創《だいそう》」の内儀《ないぎ》だが、もとは日本橋南の大店《おおだな》の娘で、年の頃はまだ二十五、六。ちょっと切れ長の涼やかな眼をして、鼻すじはスッと通り、男ならだれでも、

「ふるいつきたくなるほどの美人」

であった。

ところが、これが男まさりの強い気性の持ち主。そのうえ、すこぶる潔癖性ときている。

見た目の美形と愛想のよさにほだされて、ほんのわずか手指にでも触れようものな

ら、おもいきり肘鉄砲《ひじでつぽう》をくらう。へたをすれば、横っつらを張られかねない。

「……ってことは、万馬さんも痛ぇ目に？」

「ああ。おしなさん、手桶《ておけ》にくんだ湯を、浴びせかけたらしい」

濡《ぬ》れ鼠《ねずみ》になりながら、あわてて万馬はその場を離れ、逃げだした。直後に、おしなと舟廼湯からの通報をうけて、又七らが駆けつけ、万馬の行方を追うことになった。

「八幡さまのほうに逃げたようだってぇから、行ってみると、おしなさんに聞いたとおりの人相の男が、門前のあたりをぶらぶらしていやがるじゃねぇか」

頭は総髪《そうはつ》で、襟《えり》や袖のゆったりとした道服《どうぶく》風の上衣を身につけていた。顔は将棋《しょうぎ》の駒のように角ばり、その真ん中で、ぎょろんとした団栗《どんぐり》まなこが輝いている。おまけに白毛《しらが》まじりのしょうき髭《ひげ》まで、はやしていたという。

「これはまず、まちがいねぇ、と思ったね」

さらに、であった。

髪のてっぺんから髭、首や胸もとのあたりまで、びっしょりと濡れている。

「そのことについちゃあ、そこらの店《たな》の小僧に打ち水をかけられたとか何とか、弁明はしていたがね」

聞き入れず、ともかく番屋まで連行したらしい。

「……ふーむ」

唸《うな》り声をもらして、源三郎は大きく首をひねった。

万馬ほど特徴ある風貌《ふうぼう》、風体《ふうてい》をしている男も、そうはいない。それが、おしなの言うのとぴったり合致した以上、又七が万馬を、

「のぞきの犯人」

と断定したのも、無理な話ではなかった。

だが、どうやら万馬自身は否定しているようだ。

戯作や講釈に「嘘」はつきものだが、私生活というか、自身にまつわる事柄になると、万馬は、

（けっして嘘をつけない）

と、源三郎は見ている。

（ここはやはり、ぜがひでも本人に会ってみるしかあるまい）

会って、万馬みずからの口から事情を聞きたい、と源三郎は思った。

拝むようにして、彼がそれを切りだすと、又七は応えた。

「関谷綾之助《せきやあやのすけ》にかい」

「えっ？」

一瞬、面くらったが、

（そういえば、関亭の［関］は関谷だった……）

と思いだした。

十年ほどまえ、源三郎が十八歳で家を出て、おけら長屋に転がりこんだころ、すでに万馬は同じところに住んでいた。それ以来の付き合いになるのに、彼の本名を源三郎は正確には知らない。

いや、顔をあわせた当初に聞いたはずだったが、ほとんど記憶から失せてしまっていたのである。

もとは越後魚沼郡《えちごうおぬまごおり》近辺の地侍《じざむらい》——郷士《ごうし》の出で、単身江戸に来てからは、しかるべき戯作の師のもとで修行。一本立ちしたとき、当時大流行していた『浮世風呂《うきよ》』の作者、式亭三馬《しきていさんば》にあやかって、［関亭万馬］を名のるようになったのだ。

長屋の住まいにかかげた表札もそれなら、ふだんの暮らしでもずっと［万馬］で通していた。ために源三郎にかぎらず、周囲のだれもが［綾之助］などという名は忘れてしまっている。ここで、

(あらためて、そいつがもちだされた)

という事実に、源三郎は愕然《がくぜん》とし、万馬が、

(いかにも罪人扱いされている)

と思い知らされた。

それだけに、面会を申しでた源三郎に対し、又七も二つ返事では応じようとはしない。が、源三郎とは彼も長い付き合いで、

(そう無下《むげ》にはできない)

との気持ちもあった。

「……はて、どうしたものかなぁ」

又七は胸のまえで腕を組み、首をかしげて、考えこんだ。そのとき、

「それは、できない相談だな」

源三郎の背後で声がして、ふりかえると、見慣れぬ侍が立っていた。わきに番屋をあずかる当番家主と、舟廻湯の主人を伴っている。

「…………？」

けげんな眼を向ける源三郎に、

「桑山《くわやま》さんだ」

と、又七が紹介する。

「桑山泰一郎《たいいちろう》と申されてな、ふた月ほどめぇから、この界隈の銭湯を守ってくれている」

舟徳湯をふくめ、周辺の二、三軒の湯屋が共同で雇い入れた用心棒らしい。

「ってことは……」

源三郎と同業の「湯屋守り」ということになる。

非番ということもあって、源三郎は丸腰でいるが、桑山は単衣《ひとえ》の着流しながら、片ばさみにした帯に両刀を差していた。

総髪ではなく、髷《まげ》は結《ゆ》っている。が、さかやきは剃《そ》っておらず、これまた、源三郎と同様の浪人者と知れた。

年齢《とし》は源三郎よりいくぶんか上のようで、三十前後。ひどく頬がこけ、くぼんで、頬骨がうきでている。何よりも、ほそい剃刀《かみそり》のような三白《さんぱく》の眼が、源三郎には気になった。

(死魚《しぎょ》のまなこ……非情の眼だ)

その眼の端を微妙に光らせて、桑山は無言で嗤《わら》い、

「この一件、というより、この付近の湯屋で起こった事件はどれも、いかようなこと

でもすべて、拙者《せっしゃ》が引きうける……そこな又七親分とともに、な」

さりげなく刀の柄《つか》に手をおいた。まさか抜きはしないが、源三郎はふいと殺気に近いものを感じた。そして、

（こやつ、できる。かなりの使い手だ）

と思った。もしや敵にまわしたりすれば、いかな剣達者の源三郎でも、相当にてこずらされることだろう。

くわしい経緯《けいい》は不明だが、舟廼湯らの湯屋側が桑山を雇用したのも、その腕前を知ってのことにちがいなかった。

三

それにしても、困った。

私的に雇われたかたちの桑山にくらべ、正規の組合を通して［湯屋守り］となった源三郎のほうが、立場としては強い。

しかし、いかなるものであれ、用心棒とはもともと公《おおや》けの職業ではない。その点では、手札をさずかり、

「お上《かみ》の御用をつとめる岡っ引き」

も同じである。

公式のものではないが、いずれも、とりあえず世間には通っており、それぞれに縄張りがあって、

「意地や面子」

もある。

それを考えて、女目明かしのおみつを連れずにきたのに、そのことで自身が面倒な目にあうとは夢にも思わなかった。

「よろしいかな、源三郎さんとやら……それかあらぬか、関亭万馬こと関谷綾之助の取りしらべは、拙者と又七親分とで、もうすませたのだ」

桑山は傲然《ごうぜん》と言いつのる。

「あとは、町方のお役人に引きわたせばすむ。貴公《きこう》の出る幕なぞはない」

「桑山さんのおっしゃるとおりだ」

又七が横合いから口をはさむ。

「なぁ、源の字、ここはおとなしく引きさがってくれねぇか。まもなく定廻《じょうまわ》りのご同心《どうしん》がお出でになる」

「それで拙者が、あらためて舟湎湯の主《あるじ》をよんで参ったのだ」

被害者であり、［目撃者］でもある舟具問屋・大創の内儀もよんである、という。

「おしなさんも、この番屋に来るってわけで……」

言いかけて、待てよ、と源三郎は思った。ここ深川一帯を担当する定町廻り同心といえば、自分と昵懇《じっこん》の黒米徹之進《くろごめてつのしん》ではないのか。

（……とすれば、案ずることはない）

末端とはいえ、町奉行所の同心は、れっきとした幕府の官僚――公儀《こうぎ》の役人である。この場では、いちばんの権力者であり、その発言力は段ちがい。絶対的なものとすらいえる。

そうであってみれば、何のことはない。すべてを、その黒米に一任すればよいのである。

桑山や又七を相手に、さらなる問答をするほどの間もなかった。はたして、供の小者《こもの》をひきつれて現われると、黒米は、

「おや、源三郎さん……」

眼を丸めた。が、さすがに今日は大勢の人まえである。［空木《うつき》さま］だの［若さま］だのは、口にしない。

［譜代《ふだい》旗本二千三百石・空木家の三男坊］

　にして、

［現・南町奉行の実弟］

という源三郎の正体を知る数少ない人間の一人なのだが、そのことはかたく口止めされているのだった。だが、言葉づかいはともかくも、神妙な態度のほうはくずせない。

　腰をかがめ気味にして、揉《も》み手をしながら、源三郎の側に歩み寄り、

「どうしてまた、ここへ？」

「いや、ちょいと事情《わけ》ありでしてね」

ちらと又七らのほうを盗み見るようにしたのち、源三郎は黒米に、自分がこの入舟町の番屋へ来た理由を語ってきかせた。

「なに……昼日なかから女湯をのぞきこんで、捕らえられたってぇ不埒な野郎ては、あの万馬師匠だったたってんで?」

　今しがた、源三郎の姿を見たときの比ではない。黒米は驚愕《きようがく》のあまり、顔いろを変え、唇をふるわせている。

　それは、そうだろう。日ごろ、おみつがはたらき、源三郎や万馬らが行きつけにし

ている信濃屋に、しじゅう黒米も顔を出し、ともに飲んだり騒いだりしているのだ。源三郎など長屋の面々ほどではないが、彼も万馬とは親しい仲だった。いつもやかましく、粗忽《そこつ》なところもある万馬だが、根は小心で生《き》まじめなことも知っている。

「そいつは、何かのまちがいじゃあねぇのか」

われ知らず、黒米がつぶやく。

「あっしもそう思ったもんで、いそぎ駆けつけたんでやすがね」

言って、源三郎は、これから黒米がうけもつはずの「吟味《ぎんみ》の場」への同席を請うた。

一も二もなかった。当然のごとくに黒米は顎《あご》をひき寄せて、源三郎を手まねき、いっしょに番屋の戸口に向かおうとする。

桑山は又七と顔を見あわせて、不満げな表情をうかべたが、町方役人のやることに逆らうことはできない。黙って、かたわらに立つ舟廼湯の主人らに目配せし、黒米と源三郎のあとにつづいた。

入舟町の自身番屋は、ふつうよりやや広く、三間《けん》（約五・四メートル）間口で、手前は三畳敷きだが、奥の板間は四畳半ぶんほどもある。

その板間の隅に、万馬はうずくまっていた。

「軽微《けいび》な犯罪」ではあるので、縄目《なわめ》こそ解かれている。が、ここにも屈強の当番が二人、見張り役についていて、逃がれようもない。

彼岸《ひがん》も近いというのに、残暑がつづいていた。わけても閉めきった番屋の屋内は蒸して、むっとしている。

桑山と又七による取りしらべも、相応にきびしかったのだろう。ふだんの潑剌《はつらつ》とした万馬の姿はそこにはなく、文字どおり、

「青菜《あおな》に塩」

の態《てい》で、ぐったりと打ちしおれていた。それでも、見知った黒米ばかりか、源三郎までが現われたと知るや、笑みをうかべて、腰をうかせ、

「おれぁ、何もしていねぇ」

精一杯の大声を張りあげた。

「……なのに、いきなり取っ捕まえやがってさ。何がどうなってるのか、わからねぇのよ」

「いかなる容疑かはむろん、存じておるのだろう?」

周囲の手前もある。いかにも役人らしい、事務的な口ぶりで黒米は訊《き》いた。

「舟湮湯の庭先にひそんで、女風呂をのぞいたってんだがさ……とんでもねぇ、そんなことしちゃあいねぇよ」

「とぼけるな」

と、黒米の背後から又七が言う。

「おめぇの面《つら》は、女湯の客にはっきり見られてるんだ。おまけに、からだ中、ずぶ濡れになってたじゃねぇか」

「ずぶ濡れに？」

訊《たず》ねる黒米に、犯人は被害にあった女客に湯をかけられた、と又七が答える。

うなずいて、黒米はまた万馬のほうを向き、

「……どういうことなんだ？」

「知らねぇ。知りませんよ、黒米の旦那。ただ八幡さまの門前を歩いていたら、あその煎餅《せんべい》屋の小僧が手桶で地面に打ち水をしていて……」

「うっかり、おぬしに水をかけた、とな？」

「そのとおりでさ。頭から浴びせかけられやした」

「ふーむ」

と、黒米は首をひねって、又七に、

「その煎餅屋の小僧には、当たってみたのか」

「いえ、まだですが」

「なぜだ？」

「要らぬことだと思いやしてね。だいいち、こいつの人相が……」

たじろぎながらも、又七が口にしかけたとき、

「遅くなりまして、申しわけありません」

外から戸があけられ、番頭につきそわれて、［大創］の内儀のおしなが顔をみせた。

噂どおりのたいそうな美人で、はじめて拝む黒米などは、一瞥《いちべつ》するなり、のけぞりそうになった。が、これも評判にたがわず、勝気そのもの。奥の板間にしゃがみこんだ万馬に気づくと、

「この男です、あたしらのいた湯殿をのぞいていたのは……まちがいありません」

と、指をさした。そのまま草履《ぞうり》を脱ぐと座敷にあがって、板間へと歩み寄る。

「破廉恥漢《はれんちかん》っ」

叫んで、万馬につかみかかろうとするのを、黒米に又七、それに源三郎が、三人がかりでかろうじて抑えた。

桑山泰一郎は入り口の土間の壁に寄りかかったまま、いっかな動かず、例のほそい

白目がちの眼で、そうした様子を眺めている。かすかに冷笑をうかべているようにも見えた。

いずれにしても、のぞき見された張本人——被害者のおしながこの見幕でいて、一歩もゆずろうとはしない。

黒米は大きく首を揺すって、

「これではもう、どうにもならんな」

源三郎のほうを向いた。うなずく代わりに、彼は小さく吐息をもらして、

「一言二言、万馬さんと話をしても、ようござんすかね」

黒米のゆるしを得ると、

「師匠、あの暑いさなかに、何だって八幡宮の門前なんぞにいたんです？」

「それがな、ふっと戯作の良い案がうかんだもんでよ……うまく書いて儲《もう》けてやろうと、八幡さまに願《がん》をかけに行ったのよ」

ふだん信心が薄く、近場《ちかば》にもかかわらず、深川不動尊にも富岡八幡宮にも足を向けたことがない。そんな万馬がどうしたことか、と思ったのも、確かである。

が、本当は問う内容は、何でもよかった。万馬が自分に対して、

（いったい、どんな顔をしてみせるか）

源三郎としては、それがいちばんに知りたかったのだ。

そして万馬は、人一倍大きな団栗まなこをいっそう大きくさせて、まっすぐに源三郎の顔を見すえた。一点の曇りも感じられなかった。

（こいつは出まかせじゃあねぇな）

そう思い、

「のぞきなぞ、やってねぇ……身に覚えがねぇってんだろ。なっ、先生」

告げると、万馬は角ばった顎をひき寄せて、

「源の字、このとおりだ。おめぇの力で、何とかこの身の潔白を明かしてくれ」

頼む、と両の手をあわせた。どちらかといえば傍若無人《ぼうじゃくぶじん》といえる、いつもの万馬とは別人のような殊勝《しゅしょう》さで、眼の端に涙をにじませてもいる。よほどに辛く、口惜しい思いでいるのにちがいない。

（万馬さんは無実だ）

源三郎は確信したが、一方で、おしながが嘘を言っているとも思われない。きっと自分と万馬をにらみつけている眼差《まなざ》しは、真剣そのものだった。

黒米もまた、手に負えぬといった顔つきで、

「大番屋に留置するほどの罪じゃあねぇが、まぁ、一晩か二晩はここの板間で、おとなしくしていてもらおうか」

言いおいて、源三郎の肩をたたいた。

又七や桑山、舟廼湯の主人、さらには被害者たるおしなの立場もある。ともあれ、そうしておいて、時間をかせぎ、

(その間に、何とかしよう)

という算段だろう。そうと察して源三郎は、なおも、

(狐《きつね》につままれたような……)

気分ではあったが、黒米にうながされるままに、入舟町の番屋をあとにした。

四

黒米徹之進らとは、不動尊まえの仲《なか》町まで同道して、目抜きの四つ辻で別れた。黒米はこれから高橋《たかばし》、森下《もりした》をへて、本所《ほんじょ》方面を見まわるという。

すでに暮れも六ツ半(午後七時)をすぎて、五ツ(八時)に近かった。

先刻、飲みだした矢先に、六助が万馬のことを伝えに信濃屋へ飛びこんできて、瞬

時に酔いなど吹っとんでしまった。酒も飲みなおしたいが、それよりも腹が減った。

仲町界隈は、夜にはいって賑わいを増した。むろん、飲み屋や飯屋《めし》はたくさんある。が、源三郎は、

（おみつちゃんが待っているにちげぇねぇ）

そう思い、どこにも寄らず、まっすぐに永代橋《えいたい》のほうへ向かい、堀川町の信濃屋にもどった。

もっとも混みあう刻限に、源三郎は入舟町の自身番屋へ行っていたので、店内は空《す》いていた。入れ込みの座敷に二、三組の客がいるだけで、飯台《はんだい》のほうにはだれもいない。

なかほどに坐ると、さっそくに、おみつが一合枡《ます》に入れた冷や酒と煮しめの皿を持って、やってくる。

「ご苦労さま。お腹、すいたでしょ」

「ああ。でも、おかげで煮しめが美味《うま》そうだ」

「茄子《なす》にも冬瓜《とうがん》にも、よーく味が染みこんでるはずよ」

もともとこの料理は、煮たってアツアツのところを喰うものではない。

茄子の皮を剝《む》き、これも皮を剝いた冬瓜の種とわたを除いて、食べやすい大きさに

切り、いったん薄塩を入れた湯でゆでる。それをこんどは、例の信濃屋特製の出し汁をもちいて煮こみ、そのあと、しばらく冷ましてから口にする。

江戸前の芝海老《しばえび》やしじみが手にはいったときには、それをくわえて、さらに深い風味の逸品《いっぴん》となるが、いずれ、夏から秋にかけての、

「暑い時季の煮しめ」

なのである。

「ほどよく冷めてて、ちょうど食べごろだと思うわ」

言って、おみつは板場のほうに首をめぐらす。

「それにいま、おっとさんが、そばをゆでてくれてるから……」

おみつは店の主人の安蔵を「おっとさん」とよび、女房のお梅を「おっかさん」とよぶ。

名目明かしといわれた「白鷺の銀次」の表稼業は、そば屋――信濃屋で、安蔵夫婦はその使用人だった。銀次亡きあと、安蔵らが店の経営をひきつぎ、まだ幼かったおみつを、ここまで育ててくれたのである。

しかも律儀者《りちぎ》の安蔵は、信濃屋の名義をおみつのままにしておいてくれている。

そのおみつの、

「もう一つのべつの顔」が岡っ引きというわけだが、彼女には子分の下っ引きが二人いる。そのうちの伍助《ごすけ》は、生業《なりわい》の左官《さかん》屋のほうが忙しくて、今夜は顔を出せずにいる。

「明日も陽が出るまえに起きて、仕事場へ行くらしいの」

もう一人の下っ引きである飾《かざり》職人の健太は、つい今しがたまでここにいた。それが、源三郎と入れちがいに店を出ていったのだ。

酒のはいった枡に手をのばしながら、そのことを思いだして、

「やっこさんは、どうしたんだ？」

「健太ね」

答えて、おみつは源三郎の隣に腰をおろした。

「裏へ行ってもらったのよ」

「……長屋のほうへ？」

「六さんがね、源さんが店にもどったら、よんでくれって言ってたから」

うなずいて、源三郎は枡の角《かど》に口を寄せた。ぐいと一飲みし、ついで煮しめの皿に箸《はし》をつける。ひすいの色合いをおびた秋茄子と冬瓜の煮しめを一切れずつ、口にふくみ、

おもわず頬をくずす。それから、あらたまったようにおみつの顔を見て、

「美味ぇ」

「万馬さんの件ね。ありゃあ、けっこう骨だぜ」

告げて、入舟町で見聞きしたことを、かいつまんで話してきかせた。

「……なんだ、源さんも門前払いをくいそうになったのね」

「ああ。又七親分は師匠に会ってもいいと、ゆるしてくれそうな気配だったんだが、桑山ってぇ野郎が、剣呑《けんのん》ずくでな」

「同じ用心棒同士ってことで、変に敵意をもやしたんじゃないの」

「まぁ、そういうのもあるんだろうが……」

源三郎は、桑山泰一郎の死魚のまなこのような、ほそい眼を思いだした。かすかに覚えた殺気のようなものも気にかかる。

それはしかし、口には出さずに、

「とにかく、黒米さんのおかげで番屋んなかに入れてもらえて、助かったけどさ」

「形勢は万馬さんに不利、と……」

「不利も不利、大不利よ。のぞき見された当人が、師匠にまちがいねぇってんだから、これはもう、お手あげだぜ」

「だけど万馬さん本人は、無実だって言ってるんでしょ」

「ふむ」

「……てことは、どちらかが嘘をついてるとでも？」

「そこさ、難しいのは」

つぶやくように言って、源三郎は小さく首を横に振った。

あっという間に、正一合の枡酒が空になった。

気づいたお梅が、仕切り板ごしに、冷や酒のはいったチロリを手わたそうとする。

おみつが受けとって、あいた枡につぎ、

「いつに増して、いい飲みっぷりじゃないの」

「万馬先生にはかなわねぇさ」

応えて、またひと口飲むと、

「しかしこの刻限に、万馬さんがここにいねぇってのも妙なもんだなぁ」

「何だか淋しい気がするわよねぇ」

うなずく代わりに、源三郎は軽く鼻を鳴らして、まわりを見わたし、

「そういや、お香さんはどうしたい……万馬さんが番屋につながれてるからって、お

香さんまで姿を見せねぇってのは、おかしくねぇか」

「そうなのよ。今日は朝から一度も見かけてないの……大の仲良しの万馬さんが、あんな目にあったんだもの、だれよりも早く、ここへ駆けつけてもいいんだけど」

「ひょっとして、まだ何にも知らずにいるのかね」

「まさか、そんな……」

長屋でいちばんの［おしゃべり好き］といえば、ほかでもない関亭万馬だが、その［舎弟《しゃてい》分］ともいうべき六助も負けてはいない。長屋中に触れてまわっているはずだった。

お香が知らないでいるわけがない。

「さっき健太には、ついでにお香さんとこへ寄って声かけてみてって、頼んだんだけど」

そう言って、おみつが店の戸口のほうに眼をやったとき、戸外で足音がし、数人の男の話し声が聞こえた。

最初に戸をあけて、はいってきたのは、使い役の健太だった。つづいて六助、そして田所文太夫《たどころぶんだゆう》が姿をあらわした。

おみつのほうに歩み寄って、健太が言う。

「お香さん、住まいのほうにもいねぇようでしたよ」

部屋の明かりは消えており、外から何度か声をかけてもみたが、返事がなかったという。

「そういや、あっしも」

と、六助が相づちを打った。

「夕方、ここで源さんらに知らせてから、すぐに長屋へもどり、真っ先にお香さんとこへ行ったんだけど……」

「いなかった？」

「へい」

「それがしも……」

と、声を出したのは、文太夫だった。

「今日はまったく、お香さんの姿を眼にしておりませぬなぁ」

文太夫は二年ほどまえに妻に先立たれ、道之助《みちのすけ》、章之助《しょうのすけ》の二人の息子とともに、おけら長屋へ引っ越してきた。ここでは、比較的新参《しんざん》の浪人者だった。

それがこの春、江戸市中にあいついで、

［残忍な辻斬《つじぎ》り事件］が勃発《ぼっぱつ》。その犯人一味を相手に、ともに闘ったときに、源三郎は文太夫の剣の腕に舌を巻いた。

さらには気ごころも知れあい、その人となりにも信をおくようになっていた。

その文太夫も［万馬捕縛］の一件を六助から聞かされて、

（自分にも何か、できることはないか）

と思案していたという。

最後に残った一組の客が帰り、

「おっとさん、今夜は早じまいで、よろしいですね」

安蔵の了承を得ると、おみつは立っていき、表の掛行灯の灯を消してもどった。

五

そのおみつと健太の二人をくわえれば、ぜんぶで五人にもなる。みんなして座敷のほうに席を替え、一つの卓をかこむこととなった。

一同、腰をおろすのを見とどけてから、源三郎は最前もおみつに語った入舟町の番屋での万馬の様子を、あらためて明かした。

「お縄なんぞになって、さぞや辛かったんだろうな……あの気丈《きじょう》な万馬さんが、眼にうっすら涙をうかべていたんだから」

「しかし微罪といえば、微罪だ。たいした罰はくらわんのではないかな」

と、文太夫。

「まぁね。黒米の旦那が言うには、万馬さんが白状さえしてしまえば、せいぜいが百たたき……おそらくは説諭《せつゆ》くらいですむだろうってことで」

もっとも軽い刑罰である。それも奉行や与力《よりき》どころか、同心らの出番もない。おけら長屋を仕切るかたちの大家の安蔵が、店子《たなこ》の万馬を、

「説いて諭《さと》す」

それだけですむ。

「でも万馬さんは、みとめっこねぇ」

と、六助が言う。万馬はあれで、相当に自尊心が強いのだ。

「師匠の意地っ張りは、天下一品だもんよ」

顎をひき寄せて、源三郎は、

「本当にやってねぇならば、何とか無実を晴らしてやりてぇが……」

「あれ、その口ぶり……源さん、あんた、万馬さんを疑ってるんじゃねぇだろうな」

「いや、疑ってはいない。ただな……」

被害者自身が万馬を見て、彼が犯人だと断定している。

「そいつをくつがえすのは、大変なことだ」

居あわせたみんなして、黙りこみ、たがいに顔を見あわせる。そこへ、

「源さん、お待ちどうさま」

お梅がそばを盛った笊《ざる》を二枚、はこんできた。

「ずっと飯を喰ってねぇんだ。すまねぇが、食べながらにさせてもらうよ」

と、そばをすすりはじめる。正面に坐り、そんな源三郎をぼんやりと眺めながら、

「とりあえずは、八幡さまの門前の煎餅屋さんね」

おみつがつぶやく。わきにいた六助が、

「何でぇ、その煎餅屋ってのは?」

「[かき司《つかさ》]って名前なんだけど、そのお店のまえを通りかかって、万馬さん、打ち水していた小僧さんに頭から水をかけられたっていうのよ」

「本人はそう言ってるんだがな、又七親分らは信じねぇ」

と、いったん箸をやすめて、源三郎が説明する。

「あくまでも女湯の客にやられたと見ている……おしなって舟具問屋の内儀だが、それが手桶の湯を浴びせたらしいんだ」

「捕まったときに、たまたまずぶ濡れだったってわけだ、万馬さん」

ついてねぇな、と六助が言う。うなずきかえして、文太夫が、

「だが、その小僧に会って話を聞けさえすれば、師匠の身が濡れていたという理由はわかるな」

「そのとおりでさ。少なくとも、万馬さんが何もかも、嘘八百をならべたてるんじゃねぇってことはわかる」

先刻、入舟町からの帰路にも、源三郎はそう思った。八幡宮の門前は、通り道でもあった。そこで黒米らを誘い、いっしょに寄ってみたのだが、

「店はとうに閉まった様子で、よびかけても、だれも出てきやしねぇ……みんなして、どこぞへ出かけたのか」

あるいは店舗《てんぽ》と住まいがべつなのかもしれない、と源三郎は言った。

「そういうわけで、しかたがねぇ。明日、朝いちばんに行ったらいいんだろうが、おれぁ、明日は出番でね」

る。今日が非番で、休みだったために、いつも以上に雑用がたまっている可能性がある。富岡八幡宮などに行く暇はなさそうだった。

「あっしも、朝はちょっと無理だな」

六助の［ぼて振り］という生業は朝、それも早朝がいちばんの稼ぎどきである。下っ引きの健太も、ほんらいの飾職の仕事がある。

「いいわ。あたしが一人で行きます」

と、おみつ。昼や夕刻は忙しいが、朝のうちなら身があいていて、動きがとれる。

「それがしも、ついて参りましょう」

文太夫が言った。

「ここから八幡宮まで行き、そのまま小石川へ向かおう……ついでと申しては何だが、宮の門前ならば、猪牙舟《ちょきぶね》がたくさん着けていて、つかまえやすそうだ」

「猪牙舟で？……小石川まで？」

源三郎が訊きかえした。

「明日はしかし、田所さん、［出］の日ではねぇでんしょ」

この春から、請われて文太夫は、源三郎の実家に近く、十七の歳まで彼が通っていた牛天神《うしてんじん》わきの遠野《とおの》道場へ行くことになった。

さきの辻斬り犯人の一味によって、道場主・遠野彦五郎《ひこごろう》の甥《おい》にして養子であり、師範代をつとめていた辰之介《たつのすけ》が謀殺された。［しばし］の条件つきで、文太夫がその代わりを引きうけたのだが、距離的に遠いこともあって、

［一・三・五のつく日のみに限ること］

とした。

つまりは月に九日だけで、残りは師範の彦五郎が、古株の弟子とともに門人らの指導にあたっている。

明日もその、いわば［非番］の日であり、わざわざ文太夫が小石川まで足をはこぶ必要はないはずだった。

「いや、遠野先生に少々、お話がござってな……お話というより、おゆるしを願うと申すべきか」

「さては、田所さん」

と、源三郎は文太夫の顔をじっと見すえた。

「……いよいよ、古巣の大掃除ですかい」

「さすがに源さん、察しがよろしい。今宵それがしが、ここへ参ったのは、そのことを伝えたかったためでもありましてな」

源三郎の正体については、万馬も、お香や六助、おみつでさえも知らない。長屋の住人では、ただ一人、文太夫のみが知ることとなった。

そのきっかけは、文太夫がみずから、おのれの過去を語り、［古巣］——すなわち下野藤浦藩《しもつけふじうら》での［汚職事件］の一部始終を源三郎に明かしたことにある。

これより七、八年ほどもまえのこと。

「日光へといたる領内の街道すじを補修せよ」

との幕命をうけ、藤浦藩の家中は大わらわとなった。そんなおりに、関連業者と結託し、私腹《しふく》をこやしたのが当時、藩の勘定奉行《かんじょう》だった奥山大蔵《たいぞう》である。

文太夫はその部下の一人であったが、悪事を見すごせずに藩目付《めつけ》へ訴えてでようとした。

ところが、それが奥山らに知れて、彼の手の者に襲われる。その刺客《しかく》をしりぞけ、斬殺して、文太夫は妻子を連れて逃亡。江戸市中に身を隠したが、その間に藩主が交代し、新たに藩主となった牧田雅楽頭葦成《まきたうたのかみよしなり》は、

［藩政の改革］

をこころみようとした。

これを機に、旧悪があばかれるのを恐れた奥山一派は、ふたたび策動し、暗躍をは

じめたのだ。
留守居《るすい》役の梶沢荘兵衛《かじさわそうべえ》をはじめ、一派のうちの江戸づめの者たちが、
［たまたま辻斬り犯人らと結んでいること］
が発覚し、文太夫は南町奉行の実弟の源三郎と協力して、
［奥山一派と辻斬り一味］
の双方と闘うことになった。
そして辻斬りの主犯たる脇坂柳太郎《わきさかりゅうたろう》は源三郎が仕留《しと》め、その仲間たちは一網打尽《いちもうだじん》となったものの、なお藤浦藩での、
［奥山大蔵らへの裁き］
は下らぬままであったのである。
源三郎ばかりか、おみつら、みんなの眼が自分にそそがれている。文太夫はちょっと話しづらそうにしていたが、
「じつは今夕、藤浦藩から使いの者が参りましてな」
おもいきったように言った。
「ほう。そいつは気づきませんでしたね」

どうやら、源三郎が入舟町へ出かけていた間のことらしい。

「殿より、いそぎ来るように、とのご下命《かめい》でござった」

「お国もと……下野の藤浦までですかい？」

「ふむ。留守居役の梶沢荘兵衛なぞも、とうに召還されておるとのよし」

使者は、この春に藩主の牧田葦成が特別に江戸へ送りこみ、源三郎らも知る若手の目付・太刀川勇人《たちかわはやと》の私信もたずさえていた。

それによれば、すでに国もとでの調査・探索も大づめにはいり、奥山も梶沢も役職を解かれ、自宅謹慎《きんしん》の状態にある。

「しかし、決定的な裁きはこれからで、連中に重罪を科すには……」

文太夫の証言が必要、ということのようだった。

さいわいに長男の道之助は目下、医塾［順喜堂《じゅんきどう》］に住みこむ格好で医術の実習にあたっており、次男の章之助はこれも商いの道に進むべく、日本橋本町の太物《ふともの》問屋［錦織屋《にしきおりや》］の若主人・蓑吉《みのきち》のもとへあずけられている。

文太夫としては、

［いずこへも旅立てる気楽な立場］

であった。

ただし、臨時的なものとはいえ、遠野道場での師範代という仕事がある。

「藤浦までは、どんなに急《せ》いても二日はかかる……一両日中には発とうかと存ずるが、そのまえに遠野先生のもとへ挨拶に行かねばなりませぬのでな」

だが、万馬の件についても気がかりではあるし、

「いささかなりと役に立てれば……」

というわけで、富岡八幡宮の門前にある［かき司］には明朝早くに、おみっと文太が行って、うっかり万馬に水をかけたという小僧に会うこととなった。

「よし、決まりだ。おれは明日、亀島《かめしま》町の組合に顔を出し、傘下の湯屋を一とおり見まわらにゃあなるめぇがな」

膝をたたいて、源三郎はおみつに言った。

「すべて朝のうちにすませて、早くに帰れるようにするからよ……それからまた、何か手を打とうや」

六

言ったとおり、源三郎は翌日、昼までに日本橋南、そして霊岸島東地区の湯屋の巡

回をすませ、八ツ（午後二時）ぐらいには深川堀川町にもどった。

ところが、であった。

源三郎らの住まうおけら長屋の木戸の手前には、桜の巨木が二本そびえている。この春に［辻斬り事件］がかたづいたおりには、長屋の住人一同、樹下につどい、花見の酒宴をはった。きびしい残暑のつづくいまは、たっぷりと緑葉を茂らせ、涼しげな蔭《かげ》をつくってくれていた。

その緑蔭《りよくいん》に、二人の女人《によにん》が立っている。

かたや二十代後半で、白地に藍《あい》の涼しげな茶屋辻《ちややつじ》模様の小紋《こもん》を身につけ、一方はまだ十七、八歳か、こちらも品のよい楓《かえで》模様の羅《うすもの》をまとい、いかにも、

［良家の婦女子］

といったふうである。

木戸に向かいかけ、なにげなく眼にとめて、おもわず源三郎はあとじさった。

（これは、まずいっ）

なんと、一人は兄嫁――源三郎の生家・空木家のあとをついだ次兄・浩二郎《こうじろう》の妻の松乃《まつの》。もう一人は、彼らと同居する母の知佳《ちか》と松乃とが結託するようにして、

［源三郎との縁談］

を画策している相手のお園《その》ではないか。

空木家とほぼ同じ家格の旗本の三人姉妹の長女で、

「知佳のもとへ行儀見習にはいる」

などして、家同士、親しい付き合いをつづけている。

（何で、こんなところにいるのか）

思ったが、考えている暇はない。あわてて背を向けかけたとき、

「源三郎どのっ」

よびとめられてしまった。しかたなく、首をめぐらすと、

「やっぱり、源三郎どのではござりませぬか。両刀も差さず、単衣《ひとえ》の着流し……そのような町人のごとき風体をしているので、気がつきませんでしたよ」

気づかぬままでいてくれれば、よかったのだが、もはや遅い。

「義姉上《あねうえ》にお園どの。また、どうしてここへ……」

訊こうとしたところへ、木戸を抜け、文太夫が長屋から出てきた。

だいぶ疲れた様子でいるが、二人の女人とともにいる源三郎を見て、驚くと同時に困惑の表情をうかべ、

「あれっ、源さん……源三郎どの、ご帰宅されたのでござるか」

「ええ。ちょうどいま、帰ったところで」

「そいつはまぁ、何とも……」

言いよどんだ文太夫のあとを受けて、松乃がつづける。

「間のよろしいことです」

冗談ではない。［最悪の間あい］といえる。

なおも物問い顔でいる源三郎に、

「いや、遠野先生にご挨拶して、道場を出たあたりで、お二人に出くわしましてな」

文太夫が言い、また松乃が補足する。

「ちょいと願い事があって、わたくし、お園さんを誘い、天神さまへ詣《もう》でましたのよ」

牛天神――菅原道真《みちざね》をまつった小石川は春日《かすが》町の北野神社のことである。その境内の門口に遠野道場はあって、空木家のある中富坂《なかとみざか》町ともほど近い。

いつぞやも文太夫は、源三郎と連れだって遠野道場から帰ろうとしていて、松乃らに遭遇した。よほどに相性、いや、

［間のよい相手］

なのだろう。たちまち今日もつかまって、

「深川へもどられるのならば、源三郎どのの住まいまで連れていって下さいな」

と頼まれてしまったのだ。さきの［願い事］とやらもそれにからむ、と言われれば、文太夫としても簡単に断わることができない。

「ここからでは、だいぶ遠いですぞ」

「……けっこうです」

往路は猪牙舟を利用した文太夫だったが、帰りは歩くつもりでいた。着飾った二人の姿を見て、

（どうせ、途中で音《ね》をあげるだろう）

と考えて、しかたなしに案内役を買ってでたのである。

それが松乃らはなかなかの健脚で、大汗をかきながらも、とうとうここ深川の堀川町までたどり着いてしまったのだった。

（逃げるに逃げられなかったというわけだ）

察して、源三郎は文太夫と顔を見あわせ、苦笑してみせた。

「お二人にはここでお待ちいただいて、貴殿《きでん》をよびに参ったのですがな」

幸い、というべきか、源三郎は不在中。それを告げにもどってきたら、当の源三郎

が松乃らといっしょに立っていたのである。

内心、ちっと舌打ちして、

（こんなことなら、早めに帰ってくるのではなかった）

源三郎が戸惑い顔でいると、

「もしや、ご迷惑なのでは……」

お園が松乃に耳打ちし、

「突然、押しかけてきたのですものね」

と、松乃はうなずきかえした。殊勝なようだが、木戸の向こうの猥雑《わいざつ》をきわめる長屋の様子に、たじろぎもしたのだろう。

「お家にあげていただけないのなら、源三郎どの、せめて表店《おもてだな》の信濃屋とやらへ連れていって下さいな」

知佳の好物なので、たまさか彼女のもとを訪ねるときには、たいてい源三郎は打ちたての生そばを手土産《てみやげ》にしている。それを松乃も相伴《しょうばん》したのだという。

「それは、かまいませんが、この刻限です、お店がやっているかどうか……」

昼食時をすぎても、信濃屋はのれんを下げずにいる。が、夕刻まで客はほとんどなく、せいぜいが常連がたむろしているくらいで、安蔵夫婦らも休憩していることが多い。

それより何より、信濃屋には、おみつがいる。そこで、そのおみつが、松乃やお園と鉢合わせしたら、どうなるか。

ふたたび源三郎は、文太夫のほうを見やった。と、文太夫が表情を変えた。眼をみひらき、頬をこわばらせている。

けげんに思って、長屋のとばくちの側に首を向けると、信濃屋の戸があいて、おみつが外に出てこようとしている。店内での洗い物などに使う水の桶を手にしていた。空《から》になったので、長屋の共同井戸までくみに行くつもりなのだ。

桜樹のそばを通りかかって、

「あら、源さん、お帰り?……文太夫さんも、小石川からもどってきたのね」

声をかける。二人と向きあっている松乃らのほうに、ちらと眼をやって、

「……源さんの知り合いの方?」

いくらか不審な顔つきになった。

「うっ……」

と、言葉を失った源三郎の代わりに、

「いえ、それがしの知己《ちき》でござる」

文太夫が救いの手を差しのべる。

以前に一度、そして今日が二度目ではあったが、［案内役］までさせられたのだ。

［知己］にはちがいない。

（ちがいはないが……）

と、源三郎が松乃の顔を見ると、

「源三郎どの、こちらの方こそ、どなたなの」

彼女もやはり、少々機嫌をそこねたふうでいる。今しがた、おみつが出てきた表店のほうを眺めやり、

「あれが信濃屋ね。ということは、お店の小女《こおんな》……下女《げじょ》かしら？」

（小女？……下女ですってっ）

おみつの眼がとがった。松乃もまた、一歩身を乗りだすようにして、おみつの顔をにらみすえる。

わきで、お園が首を揺すり、松乃の着物の袖を引いて、

「松乃さま。かような町人の女子《おなご》を相手に……はしたのうございますよ」

つぶやきかけるが、松乃は聞く耳をもたない。おみつのほうも、いまにも噛みつきそうな形相《ぎょうそう》でいる。まさに、

「一触即発の危機」

であった。源三郎ばかりか、文太夫も、

「切った張ったの修羅場《しゅらば》」

ならば、どうにでも切りぬけられようが、こういうときには、手も足も出ない。

うろたえきって、文太夫は路面を蹴り、木戸のあちらに逃がれようとする。

「待ってくれよ、田所さんっ」

おもわず叫んで、すばやく源三郎は文太夫の前方にまわりこみ、仁王《におう》立ちになって、行く手をはばもうとした。

そのときだった。

「みんな、そんなところで何をしているのよ？」

声が聞こえ、信濃屋のさきの表通りから、三味線のはいった長い綿袋を抱えた艶《つや》っぽい年増《としま》女があらわれた。

（救われた）

と、源三郎は思ったが、じっさい、おみつとしても、見知らぬ女人とにらみあっている場合ではなかった。

おみつは松乃らに背を向け、お香のほうへ小走りに寄っていくと、

「お香さんこそ、何してたんです？……昨日から、ずっと雲隠れしちゃって」

「ごめん、ごめん……ちょいとばか事情《わけ》ありでね」

「万馬さんが大変だったのよ。入舟町の親分さんに捕まって、あちらの番屋に連れていかれたの」

「わかってる。わかってますって」

二人は軽く抱きあうようにして、たがいに背をたたいている。

その間に源三郎は、呆気《あっけ》にとられている松乃を手まねいて、

「せっかくですがね、義姉上。見てのとおり、取り込み中でして……」

耳もとでつぶやいた。

「信濃屋にはおりをみて、必ずお連れいたしますゆえ、今日のところは、お引きとり願えませんでしょうか」

松乃はあいまいに首をひき寄せて、

「でも、源三郎どの。親分さんだの、番屋だのって……いったい何があったのです？」

「この同じ長屋の住人が……」

答えかけて、源三郎はちょっと言葉につまった。どうにも、女風呂をのぞいた、な

どとは口に出せない。

「窃盗の容疑で捕まったんです」

松乃の顔がゆがんだ。それと見て、長屋にもどるのをあきらめ、その場にとどまった文太夫までが、源三郎に口裏をあわせた。

「いいや、ただの窃盗ではない、恐ろしい強盗でござるよ」

眼と眼を見かわし、女たちは大きく肩をふるわせている。

ほんらいの流儀《りゅうぎ》とはちがうが、このさいである。

「嘘も方便《ほうべん》」

とばかりに、源三郎は言ってのけた。

「それがついさっき、番屋を脱けだして、この辺を逃げまわっているようでして……」

これは覿面《てきめん》であった。

どちらからともなく、うながすようにして、松乃とお園は手を取りあい、無言のままに踵《きびす》を返した。それきり表の通りに向けて、わき目もふらずに駆けていく。

七

最後はひどい出まかせを言ってしまったが、「取り込み中」であるのは本当のことで、嘘でも方便でもない。じじつ、松乃らが立ちあらわれたおかげで、源三郎は文太夫からも、おみつからも、

「朝方の結果報告」

を聞くことができないでいた。

その松乃らが退散したのち、帰宅したてのお香をも誘い、源三郎ら一同は信濃屋へはいった。

入れ込みの座敷にあがり、卓をかこむと、まずはおみつが、文太夫と連れだって八幡宮門前の煎餅屋「かき司」を訪ねたおりのことを話した。

「店先で水をかけられた件に関しては、まったく万馬さんの言ったとおりのようよ」

桶から柄杓《ひしやく》で水をくみ、地面に打ち水をしていた小僧が、たまたま通りかかった参詣帰りの万馬に、うっかり浴びせてしまったものらしい。

「つい昨日のことではあるし、かき司の小僧も、よく覚えておりましたよ」

と、文太夫も言う。

これについては、万馬の言葉に嘘はない。だが、そうと判明しても、いまだ嫌疑は半分、いや、二、三割しか晴れてはいまい。

門前と「舟廼湯《ふなのゆ》」の両方で水をかけられた、とも考えられぬではないし、「いちばんの決め手」

は、被害者たる「大創」の内儀のおしなが、はっきり「のぞき」の犯人の姿格好を見てしまったことにある。当のおしなが、その姿と万馬の容貌とが、

「ぴったり一致している」

と断言しているのだから、どうにもならない。

他のみなが、またぞろ思案投げ首の様子になりかけたところへ、

「ところが、どっこい……そこに一つ、から
くりがあったのよね」

切りだしたのが、お香だった。

じつはお香は、六助よりも早く万馬が捕縛されたことを知った。三味線の出稽古《でげいこ》で、入舟町のさきの花街《はなまち》・洲崎まで行き、その帰りに耳にしたのだが、

「あたしもね、万馬さんが女湯をのぞくだなんて、するはずがないって思ったのよ」

そしてお香は、少しまえに、万馬のことを知る自分の女友だちが、

「万馬師匠にそっくりの男を見かけた」

と言っていたのを思いだした。

総髪で、将棋の駒をおもわせる角ばった顔。眼は大きく飛びだしていて、半白のしょうき髭《ひげ》をはやしている。道服のような衣まで、いっしょだという。大道芸人で「居《い》合抜《あいぬき》」を芸にしている、とは聞いたが、

（いつごろ、どこでの話か）

までは聞きそびれていた。

「それを話してくれたのは、お吟《ぎん》といって、あたしが芸妓《げいぎ》をしていたころの仲間なんだけど……」

現在は浅草の鳥越《とりごえ》に住み、お香と同様、後輩の芸妓や近隣の小商人《こあきんど》衆などを相手に、三味や小唄などを教えて暮らしている。

「けっこう仲良しで、いまでもしじゅう往き来しているの。だから、ゆうべもあたし、そのお吟ちゃんとこへ押しかけていったのよ」

「三味線を抱えたまま？……家にはもどらずに、出先からそのまま、行っちゃったんですか」

「……そうなの。泊まりがけでね」

「どうりで一晩中、留守だったわけだわ」
いきなり訪ねていったのだが、おりよくお吟は在宅していて、お香の口から、万馬にふりかかった［災難話］を聞かされて、えらく同情し、自分が、
［万馬のそっくり男］
を見たのは十日ほどまえ、浅草の奥山でのことだ、と明かした。
浅草寺《せんそう》の本堂（観音堂）に向かって左の奥に、ちょっとした広場のようなところがある。そこが奥山で、
［水茶屋《みずぢゃ》や見世物《みせもの》小屋］
が軒をつらね、義太夫《ぎだゆう》や長唄、常盤津《ときわづ》などを聞かせたり、戸外では大道芸人が、
［独楽《こま》まわしだの、居合抜だの］
を披露《ひろう》して、たいそうな賑わいをみせている。
「その居合をやってた香具師《やし》の姿が、あんまり万馬さんに似ているもんで、ためしにお吟ちゃん、芸を見終えてから、声をかけてみたらしいのよ」
それで別人であることはわかったが、ついでにお吟は、
「明日もここで演《や》るのか」
と訊いてみた。すると男は首を横に振り、

「十日ばかり深川か本所のほうへ行くが、またもどってくる」

と答えたという。

お吟の話を聞いたとき、当然のことにお香は、

(もしや……)

と思った。

「深川で露店《ろてん》を出すんだったら、おそらく、お不動さまに八幡さまあたり……入舟町に近いじゃないの」

となると、舟湯での覗きをした「真犯人」はその大道芸人——万馬のそっくり男なのではないか。

そっくり男はしかし、すでに深川界隈からは去ったにちがいない。

一つには、のぞきの現場を女湯の客だったおしなに見とがめられて、逃げたからだが、その男がお吟に言ったことが本当なら、

(そろそろ、浅草に舞いもどるはず)

であった。

そうと読んで、お香は昨日と今日、お吟とともに浅草寺の奥山へ足をはこんでみ

た。だが、いくらさがしても、居合抜の露店は見あたらなかった。

「たっぷり汗かいちまって、着替えもしたいし……源さんやおみっちゃんたちに知らせたくて、いったんはこうして帰ってきたんだけど、明日もあたし、行ってみようと思って」

「そうだったの」

芸人が店を出す頃合いは、

「人通りの多くなる午後遅くから夕刻時分……」

と聞いて、おみつはちょっとためらったが、

「店の仕込みの手伝いは通いの千春姐《ちはるねえ》さんにまかせて、あたしも浅草までお供するわ」

告げて、健太たちにも都合をつけさせる、と言いそえた。

「何だか、その万馬さんにそっくりの芸人、明日は必ず奥山にあらわれるって気がするの」

源三郎も勘はいいほうだが、おみつの［六感］は、すこぶるするどい。

「よし。おれも同道しよう」

と、源三郎も手をあげた。湯屋組合の世話役・八右衛門《はちえもん》には、

「長屋の住人が難にあった」

と知らせてある。明日もう一日ぐらいは、早く引けさせてもらえるはずだった。

翌日の午後——七ツ（四時）を少しすぎたころだった。

お香を先頭に、おみつと健太、伍助は連れだって浅草寺は観音堂わきの奥山へと足を向けた。やや遅れて、源三郎がそのあとにつづいた。

今日の源三郎は侍姿でいて、念のために、愛刀［山城守《やましろのかみ》藤原国清《くにきよ》］をたずさえてきている。

奥山に着き、お香がお吟に聞いたという一角に行ってみると、はたして黒山の人だかりができていた。

お香やおみつらは人波をかきわけて、前方へと進みでる。一人、源三郎は外側に残り、他の観客の肩ごしに、なかの様子を眺めやった。

白地の幕を背に、三尺（約一メートル）ほどの高さの台が組まれ、刀掛けが飾られている。手前に檜《ひのき》の白木でつくられた三方《さんぼう》が三段、大中小と重ねておかれ、その上に浪人風の男が一人、長刀を持って立っている。

おみつの勘が、みごとに当たったようだ。

男は足駄《あしだ》ばきで、総髪に鉢巻をむすび、たすき掛けにしてはいるが、［ゆったりとした道服風の上衣］をまとっていた。それよりも驚いたのは、

「……師匠」

と、声をかけたくなるほどに、その顔が万馬と瓜二つだったことである。将棋駒のかたちの顔に、白いものの混じったしょうき髭……あえてちがう点をあげるなら、団栗まなこの目尻がたれ気味で、唇が薄い。言ってみれば、

（いっそう好色《すき》そう）

に見えるところぐらいか。

そうして、源三郎らが仰天している間にも、［そっくり男］は口上を述べたてる。

「わたくしども家伝の歯磨きは、一に歯を白くし、二に固くする。三に口中悪《あ》しき臭《にお》いを取り去ること請け合いなれば……」

もとより居合抜は、商品を売るための［客引き芸］にすぎない。男が長々と口上する間に、下に立った助手の小男が、

「アイアイ、さようでござい」

合いの手を入れながら、観客のあいだを走りまわって、

「畳紙《たとう》でつつんだ歯磨き粉」

を売ってまわる。

それが一段落したところで、男は、

「鋭《えい》っ」

という気合いとともに居合抜をしてみせた。

「目にもとまらぬ早業《はやわざ》で、腰の鞘《さや》から刀を引き抜く」

これが「見世物」としての居合の極意《ごくい》である。

拍手喝采《かっさい》が起こり、男は段上で一礼すると、地面に飛びおりる。

今日はもうお仕舞《しま》いなのか、そのまま小男を手伝わせて、刀や三方をかたづけ、後ろの幕をおろしはじめた。

観客らは三々五々に散っていき、やがてはおみつら以外にはいなくなった。

それと見て、おみつは健太と伍助をしたがえ、そっくり男のほうに歩み寄った。健太がおのれの懐中《かいちゅう》にしのばせておいた白房の十手を、そっとおみつに手わたす。

亡父・白鷺の銀次が、源三郎の実兄である南町奉行の筒見総一郎政則《つつみそういちろうまさのり》から、

「特別に拝領したもの」

で、おみつにとっては「形見の品」だった。その十手をおもむろにかざして、

「ご用のすじで、聞きたいことがあります」

「な、何でえ、いきなり」

と、男は怒鳴《どな》りかえしたが、

「一昨日、深川は入舟町の湯屋で起きた一件のことでね」

おみつが言うと、察したとみえて、顔いろを変えた。それでも、相手はたかが若い娘っこである。男は目のまえの十手を払うようにして、腰をかがめ、かたづけたばかりの長刀に手をのばそうとする。

「……出番のようだな」

お香と二人、離れた場所で見守っていた源三郎がつぶやいて、すばやく男に近づいた。

「わたしがお相手つかまつろう」

「えっ？」

とふりむいて、男は刀を手に、身がまえかけたが、源三郎は「神道無念流《しんとうむねん》」の免許皆伝《かいでん》で、柔術の心得もある。付け入る隙《すき》など、寸分《すんぶん》もなかった。

（勝てるはずがない）

さとった男は刀を落とし、ついでその場にくずおれて、がくりと首をたれた。

「気の毒だがな、おめぇさんの身代わりで、もっと気の毒な目にあっている御仁《ごじん》がいるのよ」

言うと、源三郎はおみつのほうを向き、

「……さてと、さっそく入舟町の番屋に連れていき、ご両人のご対面だ」

「でも、源さん。番屋までは同行するけど、店のほうが気になるもの、あたしはとんぼ帰りで、すぐに堀川町へもどらせてもらうわ」

「それはかまわんさ」

と、源三郎は軽く自分の頬をなでて、

「万馬先生きっと、鏡を見てるんじゃねぇかと思って、たまげなさるぜ」

にやりと笑ってみせた。

八

源三郎が筒見総一郎によびだされたのは、それから十日ほどのちのことだった。

総一郎は空木家の長男だったが、縁戚《えんせき》の名門・筒見家から熱望されて同家の養子にはいり、御書院番頭《ばんがしら》をへて、これより六年ほどまえ、南町奉行の職についている。

その総一郎に指定されたとおり、午後いちばんに、源三郎は数寄屋《すきや》橋の南町奉行所をおとずれた。

玄関寄りの書院の一つに通されて、待つほどに、総一郎が姿をあらわした。いつものように、右腕ともいうべき筆頭与力の大井勘右衛門《かんえもん》を伴っている。

源三郎と向きあって座しながら、

「すまんな、源三郎……仕事のある身の貴様を、かような刻限によびだして」

丸く温和な眼に笑みをたたえて、言った。低頭したのち、源三郎も頰をくずして、

「ほかでもない、お江戸の治安をあずかるお奉行さまに召しだされたのです。これは、断わるわけには参らぬでしょう」

嫌味とも取れる言い方だが、他人もうらやむ兄弟仲で、それはない。素直にうなずいて、総一郎は、

「昼飯はどうした?」

「何なら、小者に命じて弁当でも用意させますするが……」

と、大井がいったんおろした腰をうかせようとする。源三郎は片手をあげて、制した。

「けっこうですよ。長屋を出しなに表店のそば屋へ寄ってきましたゆえ」

ここ奉行所へは直接ではなく、日本橋亀島町の組合詰め所に立ち寄った。そこで紋付き袴《はかま》に着替えてから来たのだが、そのまえに腹ごしらえをしてきている。

「そなた、毎日喰うておるのか……信濃屋というたか、かの店のそばはたいそう美味だそうじゃな」

総一郎は、かたわらの大井をちらと横目で見て、

「この大井や同心の黒米もそう申すし、小石川の母上までが気に入っておられるようではないか」

「おっと……たまには兄上のもとにも打ちたての生そばを持参して、賞味していただかねばなりませぬな」

「気をつかわずともいい。そのうち大井に案内《あない》してもらい、しのびででも食しに行こうさ」

総一郎はまた少し笑いかけたが、ふっと真顔にもどって、

「そういえば、その信濃屋の常客で、そなたと同じ裏店《うらだな》に住まう戯作者……」

「関亭万馬……師匠ですね」

「さよう。その万馬とやら、ひどい目におうたそうではないか」

「はい。とんでもない濡《ぬ》れ衣《ぎぬ》で……というより、あまりにも似た男がいたがための災

難でございました」

「嫌疑を晴らしてやったそうな。この大井から、話は聞いておる」

ひろい額を突きだすようにして、大井は小さく首を揺すった。

「それがしも、黒米から報告をうけただけのことですが……ご奉行はもちろん、それがしの出る幕でもござりませんでしたので」

日々、火つけや盗賊、辻斬りなどが跋扈《ばっこ》する江戸にあって、「のぞき」などは微罪中の微罪でしかない。しかし、

「いたって破廉恥《はれんち》な行為」

ではあり、へたをすれば、のちのちまでも周囲から侮蔑《ぶべつ》の目で見られかねない。

「冤罪《えんざい》と知れて、当人はさぞ喜んだであろう」

黙って顎をひき寄せながら、源三郎は、「そっくり男」を入舟町の番屋まで連行したときの万馬の様子を脳裏《のうり》に思いうかべた。男が洗いざらい白状して、身の潔白が明かされると、万馬は声をあげて泣いた。

さきに源三郎に助けを求め、懇願したときの涙とはちがう。こんどは感激のあまりの「嬉し涙」であった。

そのおりのことで、源三郎にはもう一つ、心に引っかかったことがある。

いかに、

「そっくり男との見分け」

が困難だったとはいえ、あやまって万馬を捕縛してしまったことを、岡っ引きの又七をはじめ、舟琢湯の主人らもふかく詫びた。

用あって、大創の内儀のおしなは、おみつらが帰ったあとから駆けつけたのだが、いちばんに驚き、うろたえたのは彼女で、

「本当にすまないことをしました」

くりかえし言って、頭をさげつづけた。気が勝って、必要以上に騒ぎたてた感もあるが、さすがに「深窓《しんそう》育ち」の内儀ではあった。

そうして、みなが平謝りでいるなかで、一人だけ、

「傲然《ごうぜん》とふんぞりかえっている者」

がいた。舟琢湯など、近辺の湯屋の守りをまかされている用心棒の桑山泰一郎である。

しかし源三郎は、彼のそういう態度が気になったのではない。

桑山があいかわらずの「死魚のまなこ」で、冷やかにまわりの様子を眺めている

……むしろ、その落ちつきと静かさが不気味に思われてならなかったのだ。

（あの桑山という浪人者、いつか、何かしら、危ういことをしでかしそうだ）

あらためて素姓《すじょう》を洗ってみようか、とぼんやり考えていると、

「ところで、源三郎」

同じように黙っていた総一郎が、声をかけてきた。

「貴様、下野《しもつけ》へ行ってはくれぬか」

「下野へ？」

「ああ。この春の辻斬り騒ぎとからみ、いろいろと事のあった藤浦へだよ」

なるほど、と察しがついた。兄の狙いはおそらく、

「下野藤浦藩の大掃除」

である。先だって、おけら長屋の田所文太夫のもとへ届いたのと相似た知らせが、幕府や奉行所にももたらされたのだろう。

当の藤浦藩からの報告もあろうし、下野での出来事とあれば、関東取締出役《しゅつやく》、すなわち「八州廻り《はっしゅうまわ》」の役人たちが密偵のような役割をつとめることもある。

朝廷や諸大名を監視し、取りしまるのが役務の大目付など、幕府本体のほうでも探索にとりかかろうとしていた。それで何事か、藩主や家中に失態でも生じようものな

ら、最悪、

「お家取りつぶし」

といったことすらも取りざたされよう。

だが何分にも幕府という組織は規模が大きすぎて、そう簡単には動きだせない。

「いまのうちに……」

と、総一郎は言った。

「他の役所の手の者が、あれこれとしらべだすまえに、裁きの結果を確かめて、知らせてほしいのだ」

「藤浦藩主・牧田葦成《よしなり》公の、城代家老や留守居役らに対するお裁きでございまするな」

「しかり、じゃ。できれば、雅楽頭《うたのかみ》葦成どのと会え……さすれば、より事実がはっきりとしよう。源三郎、そなた自身についてはあると聞いたが」

「はい、兄上。やはり同じ長屋の住人に、元の藤浦藩士が……」

「田所……文太夫、ですな」

と、大井がその名を口にする。

「たしか、田所はすでに藤浦に向けて発ったはず……」

そのとおりだった。源三郎らが関亭万馬の［そっくり男］をさがして浅草へ出かけた日の朝に、文太夫は万馬の身を案じながらも、いそぎ下野へと旅立っている。

（兄上や大井どのは、そこまで知ったうえで、このおれをよびだしたのか）

と、源三郎があらためて総一郎の眼を見すえたとき、兄もまた真剣な表情で、

「公明正大な裁きがなされ、すみやかに事がおさまったとなれば、それでよい」

告げると、ひとりごちるようにつぶやいた。

「……わしがひそかに、ご老中のお耳に入れておく」

町奉行は老中の監督下にある。そして、その南北に分かれた町奉行の支配下に与力や同心らの町方役人がおかれているが、それ以外にも非公式の［捕り方］はたくさんいる。

目明かし――岡っ引きや下っ引きはもとより、湯屋やその他の店を守る用心棒もその一つだが、源三郎はたんなる［湯屋守り］ではない。

市中の民びとのなかにまぎれこんで、

「諸々の悪事をさぐり、あばきだすべし」

との密命をうけた、町奉行の個人的な
［密偵であり探索方］

であった。

だからこそまた、いかに親しい仲の者であろうとも、容易に正体を明かせないでいるのである。

源三郎が長屋を出るときには普段着でいて、わざわざ組合の詰め所で、略礼服などに着替えるのも、そのためだった。

(しかし、小石川の義姉上がお園どのを伴って、長屋まで来られたときには危なかったな)

おみつと鉢合わせになり、たまたまお香が通りかからなかったなら、

(おみつちゃんに、すべての素姓を知られてしまいかねなかった)

そう源三郎が思ったとき、

「こたびの探索行には、亡き白鷺の銀次の娘、おみつやその子分どもを連れていってもよいぞ」

総一郎は言った。彼は銀次の生前をよく知っていた。いまの源三郎に対するように、そばに直接よびだすなどして贔屓《ひいき》にし、切れ者の銀次を重宝《ちようほう》にもしていたのだ。

その遺品の白房の十手をおみつにあたえ、「暗黙の了解」のかたちながら、彼女が亡父のあとをついで目明かしになるのをゆるしたのも、総一郎だった。

「さきの戯作者なぞ、他の長屋の住人たちも連れていけ」

言いたしてから、総一郎はふたたび笑顔になって、

「大勢で賑やかに参ったほうがむしろ自然で、良かろうて」

「日光への参詣という名目がよろしかろうと……」

そばで大井が口にする。

早い話が、周囲に探索方であることをさとらせぬための「隠れ蓑《みの》」である。

だがまた、この時代、特別な用向きでもないと、一般庶民の旅行はなかなか許可されなかった。が、「お伊勢参り」や各地の「札所巡《ふだしょ》り」、そして「日光詣で」ならば、比較的簡単にみとめられたのだ。

「源三郎どのの場合には、湯治場《とうじば》の見物なぞも、のちのお役に立つのでは」

「ふむ、そうじゃ。あの辺には、名だたる出で湯《いゆ》も多いでのう」

と、相づちを打ってから、総一郎は、

「なぁ、大井。これまでの手柄に対しての礼の意味もある……源三郎には少々、多めに路銀《ろぎん》を渡せるよう、手配してはくれぬか」

「御意《ぎょい》」

応えると、ふだんはあまり笑わぬ大井が、この日はじめて口もとをゆるめて源三郎

のほうを見た。

帰路にもやはり、亀島町の組合詰め所に立ち寄って元の平服に着替え、堀川町のおけら長屋には夕暮れ間近にもどった。その足でまっすぐに信濃屋へ行くと、

「よう、源の字」

と、入れ込みの座敷から声がかかる。とうに元気をとりもどした関亭万馬で、すぐかたわらにお香。二人と向かいあって、ぼて振りの六助が坐っていた。

座敷にあがって、その六助の隣に腰をおろすと、

「……みんなに話がある」

板場のほうを向き、

「おみつちゃん。おめぇもちょいと、こっちへ来てくれねぇか」

手まねきする。

まだ書き入れどきには間があり、他に客がないこともある。こくりとうなずいて、座敷に来ると、おみつはお香の背後にかがみこんだ。

そこで源三郎はみなの顔を見まわし、おのれが今日、南町奉行所に出向いたことを明かした。町奉行に会ったことまでは言わない。ただ、筆頭与力の大井勘右衛門によ

びだされた、と告げて、

「用件はな、これよ」

と、懐中から大井に手わたされた祝儀《しゅうぎ》袋を取りだし、一両小判を十枚、座卓の上にならべてみせる。

真向かいの万馬の眼が、団栗どころか、もっと大きな栗のようになった。

「どうしたんだ、源の字、こんな大金？」

「……だから、大井の旦那に頂戴《ちょうだい》したのよ」

昨秋は中山道《なかせんどう》すじを荒らす盗賊団に対する大捕物、この春には、江戸市中を騒がせた連続辻斬り犯人の壊滅に寄与《きよ》した。

「遅ればせながら、その礼金だとよ」

おのれ一人の手柄じゃない、と源三郎は言った。

「ここにいるみんなにも少なからず、手伝ってもらった……とりわけ、おみつちゃんにはな。ために大井さまがこれで、みんなを連れて日光へ行けってぇのさ」

「日光へ？」

「ああ、東照神君《とうしょうしんくん》・家康公の御廟《ごびょう》にお参りしてこいってな。道中手形も、奉行所が人数ぶん、きっちり用意してくれるそうだ」

「そいつはまぁ、手まわしのいいことで」

「よすぎるわよ」

と、おみつがちょっと唇をとがらせる。なだめるように目配せして、

「知ってのとおり、途中の道すじには、田所の文太夫さんが向かった下野藤浦がある
……」

「……あっ」

と、おみつが片手で口もとを押さえた。さすがに、源三郎の本当の用向きが、

「藤浦藩の騒動にからんでいること」

に気づいたのだ。

（参詣のほかに、何かある）

と、万馬やお香も察したようで、たがいに顔を見あわせている。

一人、六助はぽかんと口をあけたまま、なおもじっと卓上の小判をにらんでいた。

ちらとそちらに眼をやって、

「乗りかけた舟ってこともある……田所さんにも会わなきゃならねぇし、おれには
少々やることがあるが、みんなには関係ねぇ」

くわしいことは告げずに、源三郎はそうとだけ言った。

「付近にゃ、日光湯元《ゆもと》だの滝《たき》だの川治《かわじ》だのの出で湯もあることだ。せいぜい愉《たの》しんでくりゃあいいさ」

「そうさせてもらおうかい」

日々の勤めもなく、気楽な立場にある万馬が、笑って応えた。一同のなかで彼はいちばんの「風呂好き」ではあるし、例の新たに着手しようとしている戯作の成功を、

（あらためて祈願したい）

という思いもある。

「じつは源の字、おめぇほどじゃあねぇが、こっちにも大枚がはいってよ」

今日の午後、例の「大創」のおしなが「舟廼湯」の主人とともに、長屋の万馬の住まいを訪ねてきて、

「あたしのせいで、師匠には、たいへんなご迷惑をおかけしました」

あらためて詫び、一分金に二分金、二朱金を何枚か、おいていったという。

「すげぇっ……こりゃあ、大名旅行だ」

おもわず六助がつぶやき、

「わかったわ。行きましょう、日光へ」

と、お香も同意する。一度、大きく肩をすくめてみせたのち、

「おっとさんさえ承諾してくれれば、あたしも大丈夫」

言って、おみつは板場の安蔵のほうを眺めやった。

すべての内容までは聞こえていないようだが、万馬のだみ声などは店中にひびきわたる。何となくわかったとみえ、安蔵はおみつを見つめかえして、うんうんと首を縦に振っていた。

もう一人。おみつの子分のうち、伍助はあいかわらず表稼業の仕事に追われていて無理だが、健太が随行することになった。

肝心の源三郎は奉行所からの帰りに寄ったとき、組合世話役の八右衛門に会い、

［町奉行じきじきの御用］

であることを打ち明けて、すでに話をつけている。

ただし、十数軒もある担当の湯屋のそれぞれに留守をつたえる必要と、みなの準備の都合もあり、出立までにはなお四、五日ほどもかかった。

何はともあれ、かくして源三郎やおみつらは、文太夫に遅れることほぼ半月、日光へ向けて旅立つこととなる。

九が重なる［重陽《ちょうよう》の節句］もすぎて、新暦ならば十月なかば、秋たけなわのころであった。

第二章 謎の千手観音《せんじゅ》

一

武州《ぶしゅう》足立郡《あだちごおり》千住《せんじゅ》。――

江戸の「五街道」のうち、日光街道と奥州《おうしゅう》街道とは、途中の宇都宮《うつのみや》まで道を同じくする。その両街道の最初の宿場が、千住である。

起点となる日本橋からは、たったの二里と八町（約九キロ）。歌の文句にあるように、

「お江戸日本橋七ツ立ち」

すなわち、まだ明けやらぬ午前四時ごろに出立《しゅったつ》すれば、はや七時、八時には千住に着く。

だから、江戸から下る旅人はふつう、ここには泊まらずに、さらにさきの草加《そうか》や越《こし》ケ谷《がや》、あるいは粕壁《かすかべ》(春日部)あたりまで行ってから初日の宿をとる。

源三郎やおみつらの一行はしかし、

(今宵の宿は千住にしよう)

と決めていた。

おけら長屋の木戸のまえに全員が打ちそろい、深川堀川町をあとにしたのも、正午近くになってからである。が、こちらのほうがわずかながらも、日本橋からより千住に近い。

どれほど大勢でのんびりと歩いていっても、森下、本所《ほんじょ》、浅草をへて、一ツ刻半(三時間)から二ツ刻(四時間)ほどもあれば、千住大橋の南詰に達してしまう。

ここは当時、

[江戸の東北の外《はず》れ]

にあたっていたが、千住宿にくみいれられていて、幾多の旅籠《はたご》もあった。今日の住所でいえば、[足立区]ではなく、

[荒川区南千住]

である。

旧町名は中村町と小塚原《こづかっぱら》町だが、一般には、新たに千住にくわえられたので［加《か》宿《しゅく》］、また橋を渡ったさきの［大千住］に対して［小千住］などとよばれていた。たんに、［南］とよぶ者も多かったようだ。

さて、一行はその千住の南に着いた。

それにしても、まだ陽《ひ》は高い。空には抜けるような青空がひろがり、秋日のやわらかな斜光が、隅田の大川を錦繡《きんしゅう》の彩りに染めていた。

たもとに立って、眺めやり、

「この大橋のあたりまでが隅田川だ。同じ流れでも、ここをすぎると、荒川とよばれるようになる。みなも知っていようが、ここ千住に最初に橋がかけられたのは、東《とう》照神君《しょうしんくん》・家康公が入府なされて四年目のこと……」

例によって、万馬が講釈《こうしゃく》をはじめる。

じじつ、千住大橋の架橋は、家康が江戸入りしてまもなく計画され、四年後の文禄《ぶんろく》三（一五九四）年に完成した。

［隅田川にかけられた最初の橋］

として名高い。

当初はいまの位置より百十間（約二百メートル）ほど上流にあったが、その後一度、大洪水により橋が崩落。これより四十年ほどまえの天明《てんめい》四（一七八四）年に、再建されている。

「いったんは壊れはしたが、みちのく仙台の伊達政宗《だてまさむね》公が調達されたという犬槇《いぬまき》はそれでも、すこぶる水腐れに強くてな、橋脚だけは昔のまま、変わっちゃいねぇのさ」

万馬は得意げに、しゃべりつづける。その顔を横目でにらんで、お香がちょっと唇をねじ曲げ、だれにともなく言う。

「いくら物見遊山《ゆさん》とはいっても、こうまで悠長《ゆうちょう》にしていて、いいもんですかね」

「まだずいぶんと、さきがありやす」

と、相づちを打つのは、六助だ。

「こんなんで、本当に日光までたどり着けるのか、どうか……」

「途中、文太夫さんのいる下野藤浦《しもつけふじうら》にも寄っていくんでしょう」

二人とも暗に、［千住泊］を主張した万馬を難じているのである。

口には出さぬものの、足が達者で［韋駄天《いだてん》］の異名をとる健太までが、

（もう少し歩きたい）

という顔をして、足踏みをくりかえしている。

「まぁまぁ」

と、源三郎が割ってはいって、

「強行軍とまでは言わねぇが、明日からは、もそっと長ぇ距離を行くことになる。今日のところは、これぐらいでいいんじゃねぇのか」

「……足慣らしには、ちょうどいいわよ」

おみつも微笑をうかべた。

とりあえず大橋を渡ったさきの新宿をへて、掃部宿《かもんじゅく》。そして本宿まで行ってから、

(旅装を解こう)

と考えている。

「何にしても、まだ早ぇな」

橋詰には旅籠のほか、荷駄屋《にだ》、廻船《かいせん》問屋、雑穀《ざっこく》屋、材木屋などにまじって、茶店も何軒か立ちならんでいる。そのうちの一つを眼でしめして、

「やすんで、団子《だんご》でも喰おうじゃねぇか」

そう言う源三郎に、おみつと万馬が同意し、他のみなも、しかたなさそうにうなずいた。

万馬が千住に泊まろうなどと言いだしたのは、ほかでもない、彼を［出歯亀《でばがめ》］——

女湯をのぞいた犯人とまちがえた［大創《だいそう》］の内儀《ないぎ》・おしなのせいだった。

おしゃべり好きの万馬や六助は、あちこちで、

［このたびの日光詣で］

のことを触れてまわっている。

それが、おしなの耳にもはいったようで、出立ときめた日の三、四日まえに、彼女は万馬のもとを再訪し、

「日光に行かれるならば、必ず千住を通りますよね」

と、念を押したうえで、頭をさげた。

「じつは、お願いしたいことがあるんです」

おしなはみずから縫いあげたという正絹《しょうけん》のお守り袋を持参してきており、それと私信を二通、万馬に託そうとした。

「千住の三丁目に、山崎という旧家がありましてね。いまは［千疋屋《せんびき》］と号して、椀《わん》などの漆物《うるしもの》の問屋をいとなんでいるのです。そこに一年ほどまえ、あたくしの妹が嫁《とつ》ぎまして……」

「その妹さんに届けてくれ、と？」

「はい。まことにあつかましいお願いなのですが、師匠ご自身が山崎の家を訪ねら

れ、手ずからお絹に渡していただきたいのです」

「ほう……お絹さん、と申されるのですな」

「ええ、あいだに弟が二人おりまして、末の妹でしてね、今年十八になります」

飛脚《ひきゃく》に頼んでもいいのだが、いい加減な業者も多く、途中で棄《す》ててしまったりして、あとで問題になることも少なくない。

(見知った人なら、そんなこともしないだろう)

と考えたのだという。

さらに、妹の元気な姿をその眼で確認して、江戸にもどったら自分につたえてほしい、ともおしなは言った。重要なのはむしろ、こちらのようだ。

二つの手紙のうち、一方はむろんお絹あてだが、もう一通はその夫である山崎家の若主人にあてたもの。万馬のことをはじめ、源三郎らについても書いてある。万馬たちがおとずれたなら、

「妹夫婦はもちろん、山崎の家の者たちは、けっしてないがしろにはしないはず……きっと歓待してくれます」

「さようなことは、どうでもよいが……」

応えて、万馬は、おしなが眼にひどく真剣な光を宿しているのを感じた。

（これは、何かありそうだ）

そうも思ったが、頑《かたく》なな性格であることはすでに知らされている。

（訊《たず》ねても、なにも答えやしねぇにちげぇねぇ）

あえて聞かないことにいた。

「……わかりやした」

おしなとしては、このことがあって持ってきたわけではなかろうが、さきに「詫び料」として、大枚《たいまい》をうけとった手前もある。

「ようござんすよ」

と、万馬は二つ返事で引きうけたのだった。

この話を、はなからお香はうとんじていた。

万馬の「そっくり男」を連行したさいにも、入れかわりに帰ってしまうなどして、すれちがい、おみつは一度もおしなに会っていない。が、ちょうどそのおりに入舟町の自身番屋で、お香はおしなと顔をあわせている。

同じ女のお香の眼から見ても、おしなは飛びきりの美人である。しかも気性は激しく、男まさりだ。

そのあたり、お香もいっしょで、おみつとも共通する。が、おみつならばゆるせるのに、おしなの場合には、同じ年ごろだけに、相入れない。

（どうも……妙に、虫が好かない）

のだ。

いつものように一同、信濃屋で卓をかこんでいて、万馬がおしなに手製のお守りや文《ふみ》を託された件を明かしたときも、そういう思いがお香の顔にあらわれていた。それを見て、

「おや、お香姐《ねえ》さん。やきもちでござんすかい？」

六助がからかった。

「ははぁ、お香さん、やっぱり師匠にほの字だったんだ」

「馬鹿なこと、お言いじゃないよ」

お香は変に真顔になった。

「だれが、こんな角ばったヒゲヅラ男にほれるってのさ」

が、そんなふうにまじでいる自分に恥じたのか、ふっと笑って、

「源さんならば、ともかくね」

告げると、ねぇ、とわきにいたおみつの肘《ひじ》をつつく。それに対して、おみつはあい

まいに首を揺すっただけだったが、

「よさねぇかい、みんな」

源三郎が制した。それから、おもむろに万馬のほうを向き、

「……で、師匠は千住に泊まりたいと？」

「まぁな。頼まれたのは小さい物だし、通りがけにでも渡してしまやぁ、それで用事はすむんだろうが……何やら事情《わけ》がありそうなもんでな」

と、万馬は応えた。そして、みなが嫌なら自分一人でも千住にとどまる、と言いそえた。

「いや、待ちねぇ」

と、源三郎は万馬の肩に手をおいた。

「おれも千住に泊まる。万馬さんの言うとおりだ……その話、何かにおう」

におえば、放っておけないたちなのだ。それは、おみつもまた、同様だった。

「わかった。あたしも千住に泊まるわ」

このときも、おみつがそう言って、みなも、

「右へならえ」

するよりほかはなかったのである。

二

源三郎がふと用事を思いついたのは、大橋の手前の茶店に半刻（一時間）ほどもいて、勘定を払い、出ようとしたときだった。

用とはいっても、あらかじめ決まっていたことではなく、

（ぜひに、しなければならない）

というほどのことでもない。

だからこそ、忘れていたのだが、一行が立ち寄った茶店のすぐ裏手、廻船問屋の角を曲がったあたりに、この界隈《かいわい》の湯屋《ゆや》組合の詰め所があるのだ。

源三郎が雇われている日本橋南地区の組合と同様、かなりの規模の組合で、北浅草から箕輪《みのわ》（三ノ輪）、千住南一帯の湯屋を傘下にしていた。

何か湯屋がらみの事件が起こったり、組合内部の問題が生じたりする場合にそなえて、江戸市中の湯屋組合は緊密に連絡をとりあっている。わけても、

［大きな組合同士の交流］

は活発だった。

源三郎も年に一度か二度は、八右衛門《はちえもん》や乙矢《おとや》などと連れだって挨拶《あいさつ》まわりをする。「大橋南詰の組合」を仕切る世話役の團司朗《だんしろう》は六十なかばの温厚な老人で、源三郎をかわいがり、よくしてくれている。そんなこともあって、ふだんでも彼は、ついでがあるときには顔を出すようにしていた。

そのことを思いだし、いまも、ちょっと寄っていくことにしたのである。

さっきより陽は西にかたむきかけていた。が、千住の本宿に到着予定の夕刻までにはまだ、だいぶ間がありそうだ。

源三郎は一同に事情を話して、

「わるいがな、みんな、さきに行っててくれねぇか……おれぁ、その團司朗さんに会っていくわ」

「かまわないけど、あんまり遅れないでよ」

おみつが、こころもち頬をふくらませ、

「酒なぞ出されたら、断われなくて困るぞ」

万馬が、からかうような目つきをする。

(師匠、おめぇさんとはちがうぜ)

これは口にせずに、

「いや、本当に挨拶するだけだ」

「まぁ、いいさ」

万馬が小さく笑って、他のみなに言った。

「大橋を渡ったところに、青物《あおもの》市場がある……ヤッチャヤッチャという競《せ》りの掛け声から、[やっちゃ場]ともよばれてるんだがな、神田・駒込《こまごめ》とならぶ公儀《こうぎ》御用のお江戸三市場の一つだ」

たしかに橋の向こうの河原《かわら》町には市《いち》が立ち、五穀《ごこく》や青物――野菜の問屋がたちならんでいた。なかには荒川で採れた川魚などをあつかう店まであって、眺めてまわるだけでも、けっこう良い暇つぶしになった。

「おもしれぇから、あのあたりの店を冷やかしてまわろうや……そのうちに、源の字も追いつくだろうさ」

突然なので、どうかと思ったが、おりよく大橋南詰の組合詰め所には世話役の團司朗がいて、喜んで源三郎をむかえ入れてくれた。

頭はすっかり禿《は》げあがり、半分以上歯が抜け落ちている。その口を大きくあけて、

團司朗は笑いかけ、

「座敷にあがって、お茶でも飲んでいけ」

と、しきりに誘ったが、源三郎は、

「お茶なら、いま、そこの茶店で飲んできたばかりですので……」

と断わり、土間に立ったままでいて、座敷にはあがろうとしなかった。

それでも、八右衛門や乙矢らの消息や、日本橋南一帯の湯屋の近況など、つぎつぎと訊かれ、いちいち答えているうちに、四半刻（三十分）ほどもすごしてしまった。

團司朗はそれこそは、酒でも供しそうな素振りをみせたが、

「連れの者たちが、このさきで待っておりやすもんで」

ようやく言って、暇《いとま》を告げ、外に出る。

もと来た道を引きかえし、廻船問屋のわきから本道にもどると、源三郎は一人、大橋に向けて足を踏みだした。

そうして源三郎が、橋のなかほどへ差しかかったころだった。反対側から、女人《にょにん》をまじえた町人の一行が歩いてきて、彼と行きちがおうとした。

［どこぞの商家の主従］

のようで、先頭に二十代なかばの手代頭《てだいがしら》らしき男がいて、背後にも二人の小僧が

ひかえている。彼ら男衆に守られるようにして、内儀《ないぎ》と、その付き人とおぼしき女が進む。

付き人は四十年配だが、内儀のほうはえらく若い。まだ十七、八で生娘《きむすめ》のようだが、上物の留《と》め袖《そで》をまとっていて、

「すでに夫をもつ身」

と知れる。

すれちがった瞬間、うつむいていた顔をかすかにあげて、その内儀がちらと源三郎のほうを見た。

びっくりした。透《す》けるように肌が白く、切れ長の眼に、ツンととがった鼻。貝殻《かいがら》を重ねたように小さなおちょぼ口……その唇の端から真っ白な八重歯《やえば》がのぞくところまで、おみつにそっくりだったのだ。

しかし、むろん、おみつであろうはずもない。顔立ちはもとより、歳格好もいっしょだが、身につけているものが異なるし、連れの者たちが大きくちがう。

おそらくは千住宿の、どこかたいそうな老舗《しにせ》か大店《おおだな》の若女将《わかおかみ》だろう。使用人たちを付きしたがえて、橋の向こうへ買い物にでも行くのにちがいない。

（それにしても、よく似ていた……）

先だっての万馬に瓜二つの「のぞき男」といい、いま見たおみつにそっくりの内儀といい、

「世の中にゃあ、こんなこともあるんだ」

おもわず声がもれる。

橋上に立ちつくしたまま、源三郎はほとんど呆《あき》れたような顔をして、首をめぐらし、去りゆく一行の姿に眼をこらしつづけた。

その直後に、もう一つ、驚かされることがあった。

首を元にもどして、源三郎がふたたび歩きだしたときである。

こんどは、桑山泰一郎《くわやまたいいちろう》に似た男と行きちがったのだ。

万馬が捕縛されたと聞いて、入舟町の番屋へ駆けつけたおりに出会った、源三郎と同じ、

「湯屋守《も》りの浪人者」

である。

深編み笠をかぶっていたので、さだかな顔立ちはわからなかった。が、小袖のたもとが相手の小袖と触れた刹那《せつな》、かすかに男の目もとが見えた。

削《そ》げて落ちくぼんだ頬の上で、

「三白《さんぱく》の死魚のまなこ」

が、うつろな光をはなっている。

（あんな眼の持ち主は、そうはいない）

ごく一瞬、すれちがいざまに、うかがい見ただけなのに、

（まちがいない、たしかに桑山だ）

と、源三郎は思った。

じっさい、彼がこの辺を歩いていたとしても、おかしくはなかった。

無実であることがわかり、万馬が解きはなたれてまもなく、源三郎は舟廼湯《ふなのゆ》を訪ね、同湯の主人の口から、桑山を雇った経緯《けいい》やその素姓《すじよう》を聞いていたのである。

「いつでしたか、店がお休みの晩に、あたし、一人で仲町あたりの居酒屋に行きまして……えらく酔ってしまいましてね」

帰り道に不動尊裏の暗がりで、主人はよろけ、反対側から来た浪人者にぶつかってしまった。当然のように、浪人者は言いがかりをつけてくる。

「向こうは一人ではなく、二、三人でいまして、あたし、取りかこまれたのですがね」

「そこを桑山に助けられた、と？」

「そうなんですよ。よく、ご存じで……」

ご存じも何も、喰いつめた浪人たちが仲間と示しあわせて、しじゅう使う手――

［猿芝居］ではないのか。

しかし、たとえ芝居であったとしても、現実に桑山は腕が立つ。気配だけで、源三郎はそれを感じとったが、舟栖湯の主人もそうと見たらしい。

それで他の湯屋の主《あるじ》とも相談し、用心棒として雇うことにしたのだが、くわしい身元までは知らされていない。ただ、桑山の生家は千住と同じ足立郡の西新井竹ノ塚《にしあらいたけのづか》にあり、いまも家族はそちらに住んでいるという。

「けっこう頻繁《ひんぱん》に往《い》き来《き》されていて、非番のおりなぞには必ず帰っておられるようですよ」

きっと今日も［里帰り］したのだろうが、桑山のほうでは源三郎に気づいた様子はない。例の暗い眼をひたすら前方に向けていて、他に意識を払ってはいなかったのだ。

桑山の前方を行く者たちといえば、おみつ似の内儀ら一行のほかにないが、

（あとを尾《つ》けていた？）

ふっと頭にひらめき、まさか、と即座に源三郎は打ち消した。これに関しては、ほとんど何の根拠もない。

いずれ、万馬の釈放以来、一度も会うこともなくすごしてきた。べつだん、声をかけるほどの間柄でもなく、そんな義理もなかった。

さらに、桑山自身が、他人によびとめられるのを拒むような雰囲気を発してもいたのだった。

橋を渡りきって、対岸に着いた。源三郎がふと足をとめて、見ると、万馬と六助、健太の三人が、所在《しょざい》なげに市場の入り口に立っている。

「おっと、どうしたい……おみっちゃんとお香さんは?」

「いや、ここへ差しかかったらな、おみっちゃん、源さんじゃないけど、あたしも寄ってくとこあったの思いだしたって……」

答える万馬に、おみつの子分の健太が言いそえる。

「葱《ねぎ》屋さんですよ。信濃屋で使ってる葱はもともと、ここ千住の近在で採れたもんでね、それを「青一《あおいち》」ってぇ葱問屋から仕入れてるんで」

青一では毎朝舟を出して、浅草、深川、日本橋あたりまで採れたばかりの新鮮な葱をはこんでいるらしい。

「その青一さんへ挨拶に行くって、お香さんだけ連れて奥へ行っちまったんでさ」

と、欠伸《あくび》を噛み殺しているのは六助だ。

「そういえば、千住の葱は有名だもんなぁ」

「生《き》そばに刻んだ葱は、つきものでやすしね」

六助の言葉に重ねるようにして、これも退屈していた万馬が、またぞろ講釈をはじめる。

「千に住む、ではなくて、千の寿《ことぶき》と書く……こいつは根深葱《ねぶか》といってな、ふつうの葱の倍どころか、三倍も太くて重い。刻んで薬味《やくみ》にしても、倍、三倍もとれるって寸法よ」

味のほうも折り紙付きだ、と万馬はつづける。

「葱特有の風味はもちろんあるが、この千寿葱には甘味があって、焼いたり煮たりすると、はっきりわかる。口のなかに入れると、とろけるように甘い。上州下仁田《じょうしゅうしもにた》の殿さま葱もよく知られているが、それに負けねぇ味わいでな……」

得意にしているだけあって、万馬の講釈はなかなかのものだ。ことに喰い物に関する説明は上手《じょうず》で、聞いていると、葱でも青菜《あおな》でも、じっさいに食べたくなってくる。

そんな万馬の饒舌《じょうぜつ》ぶりを、ぼんやり眺めながら、

（やっぱり、桑山らしき男に会ったことは話さねぇほうがいいだろう）

源三郎は思った。関亭万馬は、ほかでもない、その桑山らに捕まって、自身番屋の片隅にとじこめられ、痛い目にあったのだ。

（やつの名前を聞くだけでも、いやな気分がするにちがいねぇ）

おみつにそっくりの若い内儀のことも、同様であった。

他の者にとってはそれなりに面白い話で、退屈しのぎになろうが、万馬だけはべつだ。現に、彼の［そっくり男］にその後、余罪が発覚、

［百たたきのうえで所払《ところばら》い］

という裁きが下ったが、万馬のまえでは、だれもその話はしようとせず、当人も耳をふさいで聞こうとはしなかった。

「あら、源さん。追いついたのね」

背後で声がして、ふりかえると、おみつとお香が立っている。おみつは手に、渋紙《しぶがみ》につつんだ葱の束をぶらさげていた。

ちらと眺めてから、眼をあげて、あらためておみつの顔を見すえる。小さく笑ったおみつの口もとでキラッと八重歯が光る。

(ほう、似ている)

内心でつぶやいたはずが、声になってしまっていた。

「でも、ちがうな……別人だ」

「何よ。何のこと?」

源三郎は万馬のほうに視線を走らせ、

「いや、いいんだ。何でもねぇ」

「ふんっ。変な源さん」

と、おみつは眼をとがらせ、ほそい顎《あご》をしゃくりあげたが、

「土産にもらったのよ、今朝がた採れたばかりの千寿葱……宿に落ちついたら、厨《ちゅう》房《ぼう》に頼んで焼いてもらいましょ」

気を取りなおしたように言って、手にした包みを持ちあげてみせた。

三

河原町・橋戸《はしど》町の［新宿］から、開拓者の官名をとって［掃部宿］とよばれる仲町《なか》へ。そこからさらに足を進めて、源三郎らの一行は、一丁目から五丁目までである［本

宿」に到着した。

大名の宿所である本陣をはじめ、中田屋や相模《さがみ》屋などの大旅籠。長円寺《ちようえん》、清亮寺《せいりよう》、安養院《あんよう》、そして勝専寺《しようせん》といった名刹《めいさつ》・古刹も多く、ここが、

「宿場町・千住」

の中心となっている。

おしなの末妹が嫁いだという山崎家もまた、この本宿のほぼ中央、三丁目にあった。全盛期には、

「南北あわせて五十五軒」

を数えた大小の旅籠が、幅五間《けん》（約九メートル）ほどの街道にそい、ずらりと軒をつらねている。

秋もふかまり、このさきの山ぎわあたり、

「そろそろ紅葉見物か」

という頃合いではあったが、街道すじのとばくちの千住宿は、さして混みあってもいないようで、客引きの姿などもそここで目についた。

源三郎らは、それらの宿のどこかへ泊まるつもりでいた。が、とりあえず、

（万馬が託された用事だけは、すませておこう）

と、まずは山崎家に足を向けた。

同家は千住宿の草創《そうそう》のころからつづく旧家だが、旅籠ではない。名主《なぬし》兼町役として幅をきかすかたわら、百年ほどまえに、当時の当主が椀や木皿、塗《ぬ》り箸《ばし》などの漆器《しっき》の卸《おろ》し業をはじめた。

いまも［千疋屋］の名で表通りに店を出している。

店そのものは、存外に小さい。二階建ての総格子《こうし》造りだが、表の間口は三間ほどしかなかった。が、すぐかたわらに狭い路地があって、古ぼけた板塀が奥に向かい、まっすぐに延びている。

見れば、家の者たちが出入りする木戸ばかりか、門や玄関もそちらにあるようだ。

「店の客じゃねぇんだ、表で取次ぎを請うのは、どんなものかね」

「そうね。そっちの門からはいったほうがいいみたい」

などと言いあっているうちに、今しがた源三郎らが来た江戸寄りの方向から、一挺《ちょう》の駕籠《かご》がやってきて、店のまえでとまった。

あとに二、三人の男衆がつきしたがっていて、どうやら先刻、源三郎が大橋の橋上で行きちがった手代や丁稚《でっち》らのようである。

（……とすると）

はたして、まえの駕籠から出てきたのは、付き人の中年女。ついで、後ろの駕籠の簾《すだれ》が捲《めく》られ、なかから、おみつと瓜二つの内儀があらわれた。

店の戸口のまえに立って、源三郎らのほうを向き、

「当店に何か、ご用でし……」

言いかけて、あっと内儀は口をあけ、唖然《あぜん》となった。おみつの姿が眼にはいったのである。

事は、そのおみつの側でも、いっしょだった。

すでに一度、相手を眼にとめている源三郎はともかく、万馬やお香ら、そして山崎家の使用人たちのほうも一様に驚いたが、本人同士がいちばんに仰天した。何しろ、

（鏡のまえに立っているのではないか）

と思われるほどに酷似《こくじ》していたのである。

二人はたがいに黙って見つめあった。

その様子を、これも不思議な面持《おもも》ちで眺めていたお香が、

「失礼ですが、あなたがお絹さん？」

「は、はい。さようですが」

ようやく我にかえって、お絹が答える。

「なるほど。そういえば、おしなさんにも似ているけれど……」

と、お香は源三郎のほうに顔を向ける。

源三郎には、お香の言いたいことがわかった。何度か会う機会はあったのに、そのつど行きちがい、お絹の姉のおしなは、おみつの姿を見てはいないのだ。

(見てりゃあ、同じようにたまげたろうし、みんなにも話したろうがな)

そういうことがなかっただけに、なおさら双方がびっくりさせられてしまったのだが、

「……姉のことをご存じなのですか」

あらたまったように、お絹が訊き、

「ええ、まぁ……このなかで、いちばんよく知ってるのは、こちらの先生ですけどね」

お香はくすっと笑って、こんどは万馬のほうを見た。

そんなお香をちょっと怖い顔でにらんでから、万馬はお絹に向きなおった。

「いえね。あんたに届けてくれと、おしなさんから頼まれたものがありやしてね」

「姉が……何か、お言付《ことづ》けを?」

「へぇ。お絹さんへの手紙と……」

万馬が口にしかけたとき、付き人の女がお絹に目配せし、

「ご用の件はおよそ、わかりました」

と、お絹が軽く押しとどめた。

「でも、こんなところで立ち話も何ですから……どうぞ、みなさま、奥へ」

それを受けて、付き人の女が一同に向け、大きく頭をさげ、

「……こちらでございます」

路地のほうを指さした。そのまま、お絹とともに先に立って歩いていく。

後方から、さきの手代頭にもうながされ、一行はお絹らのあとにつづいた。

店の側の間口は狭かったが、最前見たとおり、奥行きはかなりある。

板壁にそって六、七間も進んだあたりに木戸があって、そこが通用口。さらに同じくらい進むと、黒塗りの長屋《ながや》門にぶつかり、くぐり抜けたところに入母屋《いりもや》造りの宏壮《こうそう》な玄関があった。

源三郎らは、その玄関から招じ入れられ、よく磨きこまれた檜《ひのき》の廊下をだいぶ行ったさきの奥座敷に通された。中庭に面した十五、六畳ほどもある広間である。

「ずいぶんと立派なお屋敷ね」

「お大名はともかく、お旗本だって、これほど広い家には住んでいないわよ」

おみつとお香が顔を見あわせて、ささやきかわしている。

むろんのことに、源三郎は口をはさまずにいたが、

(お香さんの言うとおりだ)

と思った。屋敷の構えや内装などはともかく、敷地の広さでは、自分の実家の空木《うつき》家よりも勝っている。少なくとも、部屋の数はずっと多い。

おそらくは、現役の江戸町奉行であり、より大身《たいしん》の旗本たる長兄・総一郎の住まう駿河台《するがだい》の筒見《つつみ》邸よりも多いのではないか。

(さすがに名だたる旧家だけのことはある……)

そうして一同、座敷に膝をならべて坐り、しばし待つほどに、いったん消えたお絹が、夫に伴われて姿をみせた。

お絹よりも一まわりほども年上か、若妻ほどではないものの、肌のいろが白く、頬が張りだし、鼻も耳も大きい。世にいうところの、

[福顔そのもの」

であった。

その顔をほころばせて、低頭し、

「山崎家十三代目当主の山崎楠左衛門《なんざえもん》と申します」

頭をさげる。

「このたびは、ご面倒なお役を引きうけていただきまして、まことにありがとうございます」

さらに丁重《ていちょう》に礼の言葉をつらねたのち、楠左衛門はゆっくりと顔をあげた。すでにお絹の口から聞かされていたとみえ、さして驚いた表情はみせなかったが、向かいあったおみつの顔を繁々《しげしげ》と見て、

「ほんに、よう似ております……まるで双子の姉妹のようですなぁ」

それまでと打って変わった親しげな口調で言った。

その振るまいは、不しつけともいえなくはない。が、そこに嫌味な感じはなく、当のおみつは、お絹に対してと同様に好感をおぼえた。

「ところで、関亭……万馬さまと申されましたな」

と、楠左衛門は視線を移して、

「義姉上《あねうえ》から託されたという、わたくしあての文《ふみ》をお渡し願えましょうか」

「えっ……ああ、もちろんですとも」

万馬が、おしなから預かってきた書状は二通。一通はお絹にあてたもので、さっ

き、この部屋まで案内してもらったおりに、おしな手製のお守りとともにお絹に渡している。

もう一通の楠左衛門あての文に関しては、

「あとで主人も挨拶に参りますので、直接お渡しください」

そうお絹に言われて、万馬が懐中にしたままになっていた。

いそぎ彼が差しだすと、

「少々、失礼……」

巻き紙をひらき、楠左衛門は眼を通しはじめた。

いっきに読みきったように他のみなには見えたが、途中でわずかに顔いろを変えたのを源三郎は見逃がさなかった。こころなしか、

(眉根《まゆね》を曇らせたか)

のように思われたのだ。

だが、その手紙の後半部分には、万馬や源三郎ら一行のことや、旅の予定などが書かれていたらしい。

「みなさま、これから日光までお出でになるのですね」

読み終えて、巻きもどしながら、楠左衛門は言った。

「さよう。東照神君の御廟《ごびょう》に詣でたいと存じましてな」

と、万馬が応える。

「それは、よいお心がけです」

大きく顎をひき寄せてから、

「今宵はここ千住にお泊まりとか……お宿のほうは、お決まりで？」

「いいや。これから、さがそうかと……」

よかった、と楠左衛門は両の手を打った。

「部屋なら、たくさんございます。ぜひとも、みなさま、当家にご宿泊くださいまし」

「……そうなさいませ」

わきでお絹も言いつのる。

「このあと、お酒《ささ》や料理なぞもご用意させていただきますので」

源三郎はおみつやお香のほうに思案顔を向けたが、「お酒」の一言がきいたとみえて、

「それじゃ、甘えさせてもらおうぜ」

告げるや、すでにして万馬は、

「……よろしく」

と、楠左衛門とお絹の夫婦に向かって頭をさげてしまっていた。

四

源三郎たちは、さきの座敷のちょうど真上ぐらいに位置する二階の二間をあてがわれた。

六畳一間の小さな部屋にお香とおみつが落ちつき、隣の十畳の間を源三郎と万馬、六助に健太の四人が使うこととなったのだ。

それぞれ旅装を解いて、一段落したころに、例のお絹の付き人をしていたお勝《かつ》という女中が、一同をよびにきた。

「お支度ができました。みなさま、どうぞ、階下のほうへお出でください」

ふたたび一階の大広間に行くと、すでに人数分の食膳《しよくぜん》がしつらえられていた。膳の上には、刺身《さしみ》や煮物、天婦羅《てんぷら》などのご馳走《ちそう》がところ狭しとばかりに並びおかれている。

向かいあった席に適宜《てきぎ》、座すと、お絹が給仕役の女中を数人したがえて現われた。

夫の楠左衛門は店のほうで用事ができて、遅れるという。

女中たちは温《ぬる》めに燗《かん》をした徳利《とっくり》のほかに、小鉢を盆にのせてきている。万馬が、おのれに供された鉢をのぞきこんで、

「おっ、こんがりと美味《うま》そうに焼けてるな」

「はい。見るからに新鮮でしたもの」

お絹が応える。

「千寿葱は、よけいな手をくわえるよりも、こうして一寸ほどに切り、軽く塩をふって焼いたほうが甘みが出て美味《おい》しいのです」

「さすがね、お絹さん……あなた、なかなか気がきいてるわ」

最前、ここ山崎家に泊めてもらうと決めたとき、おみつはたずさえてきていた葱の包みを取りあげて、

「よろしかったら、こちらさまでお使いください」

と、手わたそうとした。

「先刻、青一という葱問屋で頂戴しましてね、宿がきまったら、そちらの厨房で料理してもらおうと思っていたのですが……」

「あら、そういうことですの」

それでは、と素直にうけとり、包みを抱えて去ったのだが、どうやら自家の調理人に申しつけて、塩焼きに仕立てさせたものらしい。

年齢《とし》は若いが、お絹は相応に「しっかり者」で、山崎家の奉公人にも受けがよく、「旧家の女主人の役割」をきちんとこなしているようだ。

それかあらぬか、いまも自分より年長の女中たちをてきぱきと使い、みずからも率先して酌《しゃく》をしてまわったりしている。

そのお絹からつがれた酒を、口にはこびながら、

「なるほど、顔や姿格好が似てると、中身までいっしょなのかしら」

お香がつぶやき、真向かいにいた六助が聞きとめて、

「どういうことでぇ、お香さん？」

「だからさ。お絹さんも、おみっちゃんも、たいそうな器量《きりょう》よしで、そのうえ気立ても気風《きっぷ》もいいじゃない。それに引き換え……」

と、お香は隣の万馬に眼を向ける。このままだと、話はどうしてもまた、「万馬のそっくり男」のほうに行ってしまう。

そうと源三郎は思い、見ると、案の定、万馬は眼《む》を剝き、苦虫《にがむし》を嚙みつぶしたような顔をしている。

（こうなりゃ、しかたねぇ）

たまたま、お絹がそばに来た。よびとめて、

「お絹さん、じつは昼間、おめぇさんを大橋の橋上で見かけたんですがね」

源三郎は話題を変えようとした。

それこそは万馬への気兼ねがあって、だれにも彼は、さきにお絹を見たなどと明かしてはいない。おみつをはじめ、みなが、おやという顔をしたが、かまわずに源三郎はつづけた。

「往《ゆ》きは付き人のお勝さんら供をしたがえて歩き、帰りには駕籠を使っておもどりなすったようだが、どちらへ行かれたんで？」

「はい。「かね丁《ちよう》」といって、千住南の中村町にあるかんざし屋ですよ」

と、事もなげに、お絹は答える。

かね丁は界隈では評判のかんざし屋だが、そこで新種の図柄のかんざしが発売された。

「その噂《うわさ》を手代頭の利平が聞きつけてきまして……」

「利平さん？……ああ、お伴をしていた一人ですね」

「ええ。それで、見立て役にお勝なぞもつきあわせて、いそぎ出かけたんです」

「で、気に入ったのが見つかりましたか」

黙って、うなずきかえすと、お絹は自分の頭に手をやって、一本のかんざしを抜き、

「……これが今日、かね丁で買いもとめたものです」

「あ、どうも」

と受けとって、ほう、と源三郎は眼をほそめた。

ちょっと見た目には、ふつうの銀細工で平打ちのかんざしでしかない。しかし、一本の脚のついた平たい円状の部分に、精緻《せいち》な孔雀《くじゃく》の姿が刻まれている。それも、よく見ると、胴体が一つで頭が二つ――双頭《そうとう》の孔雀なのである。

「こいつは変わってる……なんとも、珍しい図柄ですな」

お絹の話では、かね丁にはほかにも相似た細工のかんざしがあって、円形部には虎だの獅子《しし》だの、象や鰐《わに》といった異国の鳥獣、また鳳凰《ほうおう》に龍、麒麟《きりん》、貘《ばく》など、架空の動物が彫りこまれている。そして、そのいずれもが、

「単体に双頭」

のかたちで描かれているらしい。

源三郎はもとより、博識の万馬も、かんざしやこうがい、腕輪、首輪などの「飾りもの」のことはよく知らない。そういうものには目のない女衆も、じつのところ、出来あがったものを身につけるだけで、細かな仕様《しよう》にまで気を配ることはなかった。

そこで、本業が「飾職人」の健太に手わたすと、ためつすがめつ眺めてから、

「こいつは、相当に手が込んでいる……」

貴重なのは、図柄の珍しさだけではない。たとえば、二つの頭の一方は光って浮きあがり、かたや陰《かげ》って沈む――こんな器用な彫り込みは、

「よほどの名人」

でないと出来ないという。

「おそらく値も張ったでしょうが、それだけ結構なものでござんすよ」

なるほど、と納得はさせられたが、だからといって、何をどうしようということでもない。このときの源三郎はただ、

（その場の話題を変えたい）

と思っただけである。

だが、なぜか、そのかんざしの模様のことは、強く源三郎の印象に残った。

それからまもなく当主の楠左衛門も姿をみせて、酒席はいっそう盛りあがったが、

「明日は早立ち」

の予定でいる。

そろそろ五ツ（午後八時）というころになって、その場を切りあげ、源三郎らは二階の部屋にもどることになった。が、腰はあげたものの、

「何だか、物足りねぇな」

と言いだした者があった。

万馬と六助の二人である。毎度のことともいえたが、とくに万馬は、

「おみつとお絹が瓜二つ」

であることにからめて、お香らに自分の「そっくり男」のことを蒸しかえされ、いまひとつ面白くない。

そんなこともあったようで、しきりと街なかにくりだしたがっている。そこで源三郎は、

「まぁ、いいでしょう。ただし師匠たち、あんまり遅くならずに帰ってきてください

よ」

そう言って、二人を送りだした。

　山崎家の主人の楠左衛門が承諾した。そればかりか、例の利平をよんで、万馬らの「案内役」につけてくれたこともある。

おみつとお香は、

「あたしたち、今日はもう、へとへとよ」

と告げて、そそくさと隣室に行き、こもってしまう。わけても、ふだんほとんど酒を飲まないおみつは、今夕の酒でだいぶ酔ったようで、顔を赤く染めていた。

そのうちに、二人の寝息がもれ聞こえてきた。こちらの部屋では、遠慮がちに隅に陣どった健太が、それでも足をのばして、手枕をしている。

やがては、その健太もいびきをかきはじめたが、源三郎は寝つけない。

（万馬さんらの帰りを確認しなければ……）

ということもあるが、今後の日程や兄・総一郎からさずかった密命――下野藤浦藩で自分のとるべき行動などを考えると、とても眠ってなどはいられなかった。

そうして壁にもたれてあぐらをかき、行灯《あんどん》をつけたまま、一ツ刻（二時間）近くもたったころだった。

だれかが階段を駆けのぼり、わきの廊下を走ってくる音が聞こえたと思ったら、いきなり部屋の障子戸があいて、

「起きてやすか、源さんっ」

「見ればわかるだろう、六さんよ」

「て、大変《てぇへん》なことが……」

「またかよ、おい。また、万馬さんかね」

「よく、おわかりで」

(わかるよ、それは)

思ったが、呆れてしまい、声にもならない。黙っていると、

「師匠らが喧嘩《けんか》に巻きこまれてるんで……」

六助は急に平たく冷《さ》めた声を出した。それが源三郎に、かえって事の重大さを感じさせた。

利平に連れられていった問屋場《といやば》近くの居酒屋で、ここ千住の町の男衆同士が対立。双方にらみあって、ゆずろうとはしない。

「それに万馬さんが、かかわっているというのかね」

六助は顎をひき寄せて、

「……利平さんも、いっしょでさぁ。あっしも危なかったんだが、源さんに知らせてとめてもらおうと思って、必死で逃げてきたってわけで」

「まったくなぁ」

腰をあげはしたものの、源三郎は何だか情けなくなって、

「こんな夜中に、おめぇたちは何をやってるんだか……」

ため息が出た。

五

源三郎はとうに刀をはずし、部屋の側壁《そくへき》に立てかけておいたが、こういうさいである。持たずに出るわけにもいかない。

ちょっと考えて、脇差《わきざし》のみをつかみ、腰に差す。それから肩を揺すって健太を起こし、三人して部屋を出た。

刻が刻だけに、山崎家の者たちはおおかた床についていて、寝静まっている。

忍び足で階段をおり、廊下をつたって玄関へ。さいわい、だれとも会わずに外へ出ることができた。

「よし、いそごう」

「合点《がってん》でっ」

俊足の健太を先頭に、源三郎らは人通りの絶えた街道をひた走り、めざす居酒屋［橋元《はしもと》］に着いた。

引戸をあけると、もう四ツ（午後十時）をだいぶすぎたというのに、十数人もの客がいた。

店内は右手奥に小あがりの座敷があるが、そちらにはだれもいない。中央に、［コの字のかたちの飯台《はんだい》］がしつらえられ、最奥の厨《くりや》に向かい、左右の二辺が長く延びている。

その飯台の両辺に七、八人ずつ、二手に分かれて男衆がならび、手狭な空間をはさんで、にらみあっている。

双方ともに殺気だち、ほとんどは中腰か、腰をあげていたが、左手のなかほどの席に一人、悠然《ゆうぜん》と坐っている総髪《そうはつ》の男がいた。寄っていき、

「万馬師匠」

源三郎は声をかけた。

「これは、いってぇ何の騒ぎで？」

「わからねぇ」

と、万馬は角ばった顎の先を左右に揺する。

「おれにも、わからねぇのよ。この利平さんと千住の名の由来について、話していたら、いつのまにやら、こうなっていた」

「………？」

源三郎は、万馬の隣に突っ立っている千疋屋の手代頭・利平の側に物問い顔を向けた。

痩《や》せて、ほっそりとした面差《おもざ》し。犀《さい》のように小さく切れた眼をしていて、昼間はそれが彼を、いかにも、

「気のいい商家の奉公人」

と見せていたが、いまはちがう。その場の他の男たちと同じように、気色《けしき》ばみ、血走っていた。その眼で、利平は源三郎を見つめかえして、

「ただの言いがかりでさぁ」

吐きすてるように言う。

「……言いがかり？」

「へぇ。万馬先生は当たり前に、ふつうのお話をなすっていただけのこと」

何のことはなかった。巻きこまれたのではなく、きっかけは、「当の万馬の講釈」にあったらしい。

「あたしは先生のお話に相づちを打っていた……そこに、こいつらが割りこんできたってわけで」

と、利平は向かいあった男たちを指さす。

見れば、そんなにわるい人相ではない。正面にいるのは下《しも》ぶくれの、どちらかといえば穏やかな顔の四十男で、これも、

「どこぞの商家の番頭《ばんとう》風」

に見えた。

それをはさんで立った二人の若衆も、血気盛んな年ごろではあるが、やはり堅気《かたぎ》の手代のようだ。

「はじめは、この三人との口争いだったんで……」

利平の話を補足するようにして、背後で六助が源三郎に耳打ちする。

「それがどんどん、ほかの客もくわわっていった。一人増え、二人増えしているうちに、おかしな野郎までまぎれこむ始末でね」

相手方ばかりか、こちらのほうも、端っこにいるのは、明らかに「遊び人」である。

（おそらくは、土地の与太者《よたもの》だろう）

と、源三郎は見た。

（これではまるで、博徒《やくざ》同士の出入りじゃねぇか）

そのときだった。先方の端にいた男たちが源三郎らのほうに駆け寄って、

「何だかんだ、やかましい連中だぜ」

「よけいな三品《さんぴん》まで、加勢によびやがってっ」

と、腰かけを踏み越え、飯台の上に足をかけようとする。はずみで空《から》の徳利が倒れ、わきにおかれた碗《わん》や皿に当たって割れた。破片が床に砕け散り、大きな音をたてた。

奥で女の悲鳴があがった。店の下ばたらきの老婆だった。彼女をふくめ、店の者たちはひとかたまりになって、板場《いたば》の隅にうずくまっている。

ちらと見やって、源三郎は、

「ここでは、お店に迷惑だな」

ひとりごちるようにつぶやき、あらたまったように相手方を向いた。

「べつにおれぁ、加勢に来たわけじゃあねぇが、どうしてもって言うなら、かかってくりゃあいい」

その言葉に、男たちが身がまえたが、

「ただし、戸外だ。店の外へ出ようじゃやねぇか」

源三郎が告げると、さきの下ぶくれの番頭風の男がうなずき、味方の者どもを制して、みなに外へ出るよう目配せした。

戸外はほとんど闇であった。

周囲の店も旅籠も、とうに掛《かけ》行灯をかたづけてしまっている。こんな刻までやっているのは橋元ぐらいで、店内からもれる明かりと中天の月影が、二派に分かれて立つ男たちの輪郭を、かろうじて浮きあがらせていた。

その一方の列の中央に立って、

「さて、どうする?……できれば丸くおさめてもらいてぇが、駄目かね」

源三郎は申しでたが、

「しゃらくせぇっ」

と叫んで、飛びかかってくる者があった。今しがた店内で暴れてみせた与太者の一

人で、手に光るものを握りしめている。その匕首《あいくち》の尖端《せんたん》を源三郎に向けて、

「ええい、三品、くたばりやがれっ」

突進してくるのをひょいとかわして、源三郎は腰の脇差に手をかけた。それはまさに、

「香具師《やし》の居合《いあい》など及びもつかぬ早業《はやわざ》」

であった。抜刀するや、すぐさま峰をかえして、小手《こて》を打つ。

「痛《つ》っ」

匕首を取り落とし、ひろおうとする相手の喉《のど》もとに剣尖《けんせん》を押しあてて、

「わかったか、おいっ……そんなへっぴり腰じゃ、敵は殺《や》れねぇ。喧嘩ってぇのは度胸をすえてな、こうやるものよ」

ささやくなり、闇に慣れた眼で、源三郎は相手方の全員をじろりと見わたした。

「このままだと、こいつの喉首は掻《か》っ切れる……助けたいと思う者は、かまわねぇ、死ぬ気でかかってこいよ」

むろん、殺すつもりはない。が、驚いて、相手の者たちはみな、尻込みしている。

例の番頭や手代とおぼしき商人《あきんど》らをはじめ、堅気の連中にいたっては度肝《どぎも》を抜かれ、恐怖の面持ちでいて、早くも踵《きびす》を返しかけていた。

そこへ呼子《よびこ》の音がして、こちらに向けて龕灯《がんどう》を照らしながら、宿場役人が数名、駆けてくるのが見えた。

こうなると、もう敵も味方もなかった。居あわせた男衆はだれも、蜘蛛《くも》の子を散らしたように逃げていく。

源三郎の手から解きはなたれた与太者もあわててその場を離れ、困ったことに、案内役のはずだった利平までが消え失せてしまっていた。

残ったのは、源三郎と万馬、それに六助、健太の四人である。六助が焦《あせ》った声で、

「源さん、やばいよ。あっしらも逃げよう」

しきりとうながし、万馬と健太も、そうしたほうがいいと言ったが、源三郎はとりあわずに役人たちが来るのを待った。

近づいて、さっそく誰何《すいか》しようとする筆頭《ひっとう》格の役人に、

「われらは江戸表より参りました」

と、先手を打つ。

「日光詣でに参ろうする途次《とじ》でございまして、怪しい者ではありませぬ」

それだけで、納得する相手ではない。そこは源三郎も、先刻承知。おもむろに懐中

に手を入れ、町奉行所与力の大井勘右衛門《かんえもん》から渡された［通行手形］を取りだした。

並みの手形ではなかった。何しろ、

［江戸南町奉行じきじきの書付け］

なのである。威力は大きい。これを源三郎は、

（こんなこともあろうか）

と、旅のあいだ、つねに持ち歩くことにしたのだった。

はたして、一瞥《いちべつ》するなり、

「……たしかに」

役人は大きく顎をひき寄せた。それを見て、源三郎は微笑みを返し、

「今しがた、この場でちょいとした騒ぎがございましたが、なに、酔客《すいきゃく》同士のもめ事で、もうおさまりましたゆえ」

これまた、さきに明かしてみせた。

「さようでござったか」

ふたたび役人はうなずきかえして、

「まぁ、この辺も夜分は物騒《ぶっそう》で、何があるか、わかり申さぬ……くれぐれも、ご用心召されるように」

告げるや、部下らのほうをふりかえり、抑えるように片手をあげると、ともどもに去っていった。

六

あらためて「橋元」にもどり、主らに詫びを入れて、いくばくかの慰謝金《いしゃきん》を手わたすと、源三郎は他の三人をうながして、帰路についた。

夜半間近で、まるで人気《ひとけ》の絶えた暗い道を、万馬と肩をならべて歩きながら、

「さてと、師匠。何がどうして、こうなったのか……いま一度、最初からきちんと話してもらいやしょうか」

源三郎は言った。

「きちんとも何もねぇやな。さっきも言ったとおり、おれぁ、何でこの宿場に千住って名前がつけられたものか、てめぇの知ることを話してきかせてたんだ」

「利平さんに、ですね」

「ああ。あんときゃあ、この六もそばにいたがね」

と、少し遅れてついてくる六助のほうに首を向け、顎をしゃくりあげる。

「……どんな話で？」

「だからよ。千住って名は、室町将軍・足利義政《あしかがよしまさ》の愛妾《あいしょう》で千寿ってぇのがここで生まれたから付けられたとか、はたまた千葉氏が住んでいたためだとか、いろいろ言われているがな、いちばん確かなのは、千手観音の話よ」

ときは鎌倉の初期、源頼朝《みなもとのよりとも》に仕えていた新井図書政次《あらいずしょまさつぐ》なる者が隠退し、この地で悠々自適の日々を送っていた。ある日、その政次が荒川に向け、たわむれに網を打ってみた。

「すると、投網《とあみ》は水の底ふかく沈んで、容易にあがってはこない。そこで政次、しいてこれを引くと、千手観音の像が網にかかっていたという……政次はかつ驚きかつ喜んで、この像を奉じて家に帰り、大切に安置供養《くよう》した」

のちに政次の一子・新井兵部政勝《ひょうぶまさかつ》が［勝専寺］なる寺を建立、みずから開基《かいき》となって、そこに観音像を移安した。

「その伝《でん》にちなんで、千手……それが千住になったってぇわけさ」

「ほう。さすが師匠、ずいぶんと物知りだ」

言われて、万馬はちょっと、満更でもなさそうな顔をしたが、

「じつのところは、おれもな、付け焼刃《やきば》なのよ」

と打ち明ける。

旅立ちが決まり、［大創］の内儀のおしなに、千住の山崎家に寄ってほしい、と頼まれてからのことだ。知り合いの瓦版屋《かわらばん》に言いつけて、万馬は、江戸の五街道や、千住をはじめとする名だたる宿場にまつわる書物をさがさせた。

「そういうわけですかい」

苦笑がもれる。しかし万馬師匠、はったりばかりではない。なかなかの［勉強家］でもあるのだ。その点で、源三郎は見なおす気分にもなったが、

「……それでな、おれが観音さまのことをしゃべったら、利平さんがよ、その千手観音が山崎家にあるって言いだすじゃねぇか」

万馬が話のつづきをはじめた。

「観音さまの像がな、家宝として残されているってぇのよ」

「本当ですかい？」

「いやぁ、おそらくは眉つばだって、おれは思ったがね……やっこさんとしては、それぐれぇ古く由緒《ゆいしょ》ある家だって、自慢したかったんだろうよ」

「そうでやすよ」

と、背後から追いついて、六助が話にはいってくる。

「この千住に、いちばん早くに住みついたのが山崎家だって、得意そうにしてたもの」

「書物を読んで、おれが知ったのは山崎、柏原、横山の三家が古い……くわしい時代や、古さの順番はわからねぇがな」

「ところが利平さんは、観音像のことをもちだして、嘘じゃない、うちが最初だと言いはる……そこへ、ほら、飯台の向かいにいた連中が文句をつけてきた」

「あの下ぶくれの商人たちが？」

「おうよね」

と、万馬が答える。

「それでもって、こんどは連中と利平さんとの言い争いがはじまったってわけよ」

どうやら彼らは、万馬があげた「三つの旧家」のうち、柏原家の奉公人のようだという。

「……やっぱり、そうか」

詳細は不明ながら、源三郎にも、いくらか事情が読めてきた。じつは、この悶着《もんちゃく》ざたの背景には、

「ここ千住宿における旧家同士の対立」

があるのではないか。

おそらくは楠左衛門を当主とし、お絹を内儀とする山崎家と、柏原家の対立——期せずして、そこに万馬は一石を投じてしまったというわけで、そういう意味では、

「もめごとを引き起こした張本人」

であるが、なるほど、たんに、

「巻きこまれただけ」

とも言えなくはない。

山崎家が近づいた。さきを歩いていた健太が、表店《おもてだな》の千疋《せんびき》屋のまえで待っている。そのわきから、同家専用の路地へ踏み入りながら、

「それにしても、万馬さん」

からかうように源三郎は言った。

「こないだの浅草奥山のそっくり男のことといい、今夜のことといい、どうもここんとこ、あんたには厄病神《やくびょうがみ》がとりついているような気がするぜ」

「馬鹿言っちゃいけねぇ」

笑いとばそうとしたが、それきり黙って、万馬は両の肩を大きくふるわせてみせた。背に妙な寒気をおぼえたのである。

出るときには消えていた長屋門の門灯がついている。源三郎を先頭に、順にくぐり抜けると、玄関の軒灯もついていて、その下に若主人の楠左衛門が立っていた。

かたわらに、利平もいる。背を丸め、いかにもしょげかえった様子だった。

そんな利平のほうを、ちらと横目で見て、

「みなさま方には、いろいろとご迷惑をおかけしたようですね……すべて、この利平から聞きました」

楠左衛門は、ふかぶかと頭をさげた。

宿場役人の吹く呼子の音で目ざめたか。あるいは、客人たる源三郎や万馬らのことを気づかった利平に起こされたか。いずれ、寝についた矢先のことであったろうに、不快な表情など、みじんも見せずにいる。

役人たちをうまく丸めこんで追い払った、と源三郎が告げると、

「それは良かった。重ね重ね、ご苦労さまです」

ふたたび楠左衛門は低頭し、

「もうすっかり、酔いもさめてしまったことでしょう。この刻限ですから、少々では

ありますが、利平に申しつけて、奥の座敷に酒の用意をさせております」

一同を見まわして、静かに笑いかけた。

「よろしかったら、お飲みなおしください」

「そいつは、ありがてぇ」

宿場役人への弁明にも使ったとおり、最前の喧嘩騒ぎには、

「酔った勢い」

がからんでいたことは疑いない。

それを忘れて、万馬は何とも嬉しそうに揉《も》み手をしている。

呆れ顔で眺めながらも、

「それでは、遠慮なく……」

一礼して、源三郎も楠左衛門のあとにつづいた。

そうして楠左衛門は、夕刻にもてなしたのと同じ奥座敷に一行をまねき入れると、

「わたくしの酌なぞはお嫌でしょうが、ここは一つ、ご勘弁《かんべん》のほどを」

言いながら、徳利を手にする。

「家内のお絹も、他の女どももみんな、ぐっすり寝こんでおりますもので……」

うなずきかえすと、じっと天井を見すえて、

（おみつちゃんやお香さんも、今ごろは何も知らずに白河夜船《しらかわよふね》だ）

源三郎は思った。その目前に座して、

「ま、ご一献《いっこん》」

と、徳利をかたむけたのち、楠左衛門は、

「じつを申しますと、今宵のような騒ぎは初めてではございません。それどころか、遠い昔より、ずっとくりかえされてきたのです」

神妙な顔をして、これまでの経緯を問わず語りに語りはじめた。

七

さきに万馬が源三郎らに明かしたように、千住の旧家といえば、この山崎家に柏原家、それに横山家だが、その横山家は、

「いまから七、八十年ほどまえに、初代がここで呉服屋をひらいたそうでしてね」

比較的新しい、と楠左衛門は言う。

「……であればこそ、出自《しゅつじ》もはっきりしているのです」

二代目は呉服の商いをやめて、「松屋」の屋号のままに地紙《じがみ》問屋をはじめ、障子紙や浅草紙をあつかうようになる。一方では、

「公儀の伝馬《てんま》役」

をつとめ、横山家は「伝馬屋敷」ともよばれている。

山崎、柏原の両家はそれよりずっと古く、室町《むろまち》どころか、鎌倉期にまでさかのぼるとも言われているが、本当のところは定かでない。系図や古文書《こもんじょ》などは伝えられているものの、いずれも途中で改ざんされた形跡がある。

この三家とはべつに、

「千住の骨つぎ」

として、全国的に知られるようになったのが、名倉家である。

もとは秩父庄司《ちちぶしょうじ》・畠山氏の出で、これより百年ほどまえに千住へ移り、五十年後の明和《めいわ》年間（一七六四〜一七七二）、弥次兵衛直賢《やじへえなおかた》なる人物が接骨治療の業を興したという。

そんなふうに、由来が明らかなせいでもあろう。名倉家も、そして横山家も「泰然《たいぜん》自若《じじゃく》」とでも言おうか、ゆったりとかまえて、他家のことなど、頓着《とんちゃく》せずにいるのに、

「当家と柏原家とは、旧家同士として牙《きば》を剝きあい、ひさしく葛藤《かっとう》し、しのぎをけずってきたのです」

ため息まじりに楠左衛門は言った。

「どちらが古いかってことが、それほど大事なことなんで？」

首をかしげる源三郎を、じっと見すえて、

「まぁ、ないがしろにはできませぬな」

楠左衛門はゆっくりと顎をひき寄せる。

「たとえば、あちらさんは同じ本宿でも、もう掃部宿に間近なところにございます」

「つまるところ、あとになって切りひらかれた土地ということで？」

「そのとおりです。けれども、当家は千住の三丁目。柏原家は一丁目……」

南側、すなわち掃部宿や新宿に近づくほど、

「数字が若くなる」

のだ。

「それはまぁ、お江戸寄りということもあるのでしょうが」

どちらにしても、古さを証す根拠にはならない。

「しかしご当家には、千住の名にもなったという千手観音の像が……」

万馬から聞いた話を源三郎が口にすると、楠左衛門は即座に応えた。

「ございますとも」

向かいあって坐った源三郎ばかりか、万馬も他の二人も耳にして、ほとんど同時に唾をのんだ。

「酔っていたとはいえ、ほんに利平も、よけいなことを口走ったものです」

その利平は、新たな酒をはこんで、ちょうど厨からもどってきたところだった。みなの眼があつまり、いかにも困惑げな顔をしている。

「もっとも、このあたりでは、当家の家宝の観音像のことを知らぬ者はいない……じっさいに見た者は、かぎられておりますがね」

「新井政次なる者の投網にかかったといわれる観音さまで？」

「そう伝えられております。ただし、あの話じたいが、本当なのかどうか……つくりものかもしれませんからね」

伝説もしくは物語の域を出てはいない。

「ですから、政次の見つけた観音像とは言いきれない。というより、正直を申せば、たぶん、べつのものでしょう」

部屋の隅に坐り、かしこまっている利平が、ちょっと不満げな表情をうかべた。

「でも、古い時代の作であることだけは、たしかです……わたくしは、当家の先祖がどこぞの名工に託して、こしらえさせたものではないかと考えています」

「そうか、やはり本物ではなかったか」

ひとりごちるように、万馬がつぶやく。聞きとめて、ずっと温厚なままでいた楠左衛門の顔が一瞬、こわばった。

「師匠、本物ではないかもしれませんが、当家の観音像は全身くまなく、純金でつくられています」

「なに……黄金の観音さまですと?」

「はい。それに関しては、まったく嘘偽りはございません」

またぞろ、みなが唾をのみこみ、

(一目なりと拝みたい)

という顔つきになった。察して、楠左衛門は、

「残念ながら、容易にはお見せできかねます。何分にも、先祖代々つたえられた秘蔵《ひぞう》の品……いくつもの錠をかけて、蔵の奥の奥に安置しておりますので」

「じつはあたしも、一度しか拝見させていただいてはおりません」

悄然《しょうぜん》としたままに、利平が言う。彼は山崎家に奉公にあがってから、まだ二年に

もならないが、当初から楠左衛門に目をかけられ、平《ひら》の手代からたちまちのうちに筆頭へと昇格した。

それほど信頼されている利平ですらも、眼にしたのは、

「たったの一度」

きりだというのだ。

「これを機会に、いま一度なりと拝ませていただきたいものですがね」

そうとまで利平は言ったが、楠左衛門にみとめる気配はない。それも当然ではあろう。

利平はともかくとしても、である。義姉にあたるおしなが、信用して手紙などを託したとはいえ、もともと楠左衛門にとって、万馬や源三郎たちは、

「通りすがりの旅人《たびにん》」

にすぎない。さらに言えば、それこそは、

（どこの馬の骨ともしれぬ）

のである。値段がつけられぬほどに、

「高価な黄金の古仏」

など、見せられるはずもなかった。

座が少々、白茶《しらちゃ》けた。なにがなし、気まずい雰囲気が漂っている。

とりなすようにして、

「ところで、ご当家は漆器の椀や皿なぞを商っておいでのようですが、柏原家は何を家業にしているんで？」

源三郎が訊いた。

「かしわ屋さん、ですな」

と、楠左衛門は先方の屋号を告げて、

「瀬戸物《せともの》問屋です」

「ほう、それは……」

と眼を丸め、おもわず源三郎は口にしていた。

「よく似た商いですな」

木材が原料の椀や皿と、陶器《とうき》や磁器《じき》からなる瀬戸物とでは、「物」としてはちがう。が、似て非なるもの、の逆で、

「非にして似たもの」

といえる。その使われ方がいっしょであり、売る対象――すなわち、客が重なって

しまうのだ。

そのことが、いっそう両家の対立に拍車《はくしゃ》をかけた。どちらも、ここ千住宿の内外にある旅籠や料理屋などが、おもな取引き先となる。

「顧客の獲得をめぐっての争い」

は、熾烈《しれつ》をきわめた。

「商売のことだけではないのです」

両家はともに、宿場の周辺に広大な田畑をもっている。荒川での漁業権も得ていた。

それらの耕作や漁労《ぎょろう》はすべて、近在の百姓や漁師にまかせ、実入《みい》りの何割かを徴収する方法をとっているのだが、そういう末端の農民・漁民たちまでが、二手に分かれて相争っている。

「たとえば、当家では諸方に人気の高い千寿葱も栽培しておりますが、これが収獲まえに、何者かによって根こそぎ引き抜かれ、捨てられてしまう……」

「うちの持ち舟の底に、片っ端から穴をあけられたこともありますよ」

と、利平がわきから口を出す。その利平を軽くにらんで、楠左衛門は言った。

「まぁ、こちらの使用人どもも、同じようなことをしておるようですがね」

当初は山崎と柏原両家の対立、ことに奉公人同士の争いにすぎなかった。それがいつしか双方を後押しする者が増えて、宿場中にひろがっていった。そして、ついには、

「利権めあての与太者や博徒」

までが、くわわるようになった。

「わたくしとしては当然、博徒なんぞにはかかわってもらいたくない……それどころか、もういい加減に、何とかしたいのですがね」

そう告げて、楠左衛門は大きくため息をついた。それこそは博徒並みに、相手の柏原家と「手打ち」がしたいということだろう。

源三郎は万馬と顔を見あわせて、かすかに首をかしげた。おしなが万馬に、千住の山崎家に寄ってくれ、と頼んだ、

（その本当の狙いは、何だったのだろう）

こうなってくると、それを考えざるを得ない。

おしなが、現実に万馬の眼で見て、

「妹のお絹の息災《そくさい》をたしかめてきてほしい」

と言ったのは、いま聞いたような婚家・山崎家の事情があったからではないのか。

(おしなさんはおそらく、妹の身の上が案じられてならなかったのだ)

だからといって、まさか自分たちに問題解決の手伝いを託したのではあるまいが
……と、源三郎が思ったとき、

「ともあれ、今宵は源三郎さまをはじめ、みなさま方のおかげで大事にはいたらず、助かりました」

楠左衛門が言い、利平をよんで隣に坐らせ、二人あらたまったように頭をさげた。

翌朝は一同、まだ夜も明けやらぬころに起きて、出立の支度をした。

たっぷりと睡眠をとったおみつとお香の二人は元気だったが、源三郎はもとより、男ども四人は一ツ刻半（三時間）と寝ていない。

おまけに夜半すぎに飲んだ酒が、まだ体内に残っていて、万馬や六助などはふらつき、足どりも怪しいありさまだった。

「あたしたちが寝ているあいだに、大きな騒ぎがあったそうね」

報告のかたちで、かいつまんで健太が話したらしく、おみつが言い、

「街の居酒屋で喧嘩ざたですって？」

と、お香がうけて、

「こんどもまた、万馬さんがからんでいたみたいじゃないの」

横目で万馬をにらむ。

「いやいや、そんな単純なものではないんだ……もそっと入り組んだ話が、背後にはある。なぁ、源さん」

頭が痛くて、万馬を弁護するどころではない。源三郎は応えずにいたが、昨夜、当主の楠左衛門に聞いたほかにも、

(何かまだ、隠されたことがありそうだ)

とは思った。

しかし、そういつまでも千住にばかり、とどまってはいられない。他の一同にとっては［日光参詣］の目的がひかえているし、源三郎には兄・総一郎からの［密命］がある。

とにもかくにも、下野藤浦へといそがねばならないのだ。

「細かい話は、あとでゆっくり聞くわ……何しろ、このさき、道中長いもの」

源三郎に向かって、おみつが耳打ちし、頭の端に手をあてたまま、彼は黙ってうなずきかえした。

第三章　日光山恋もみじ

一

源三郎らの一行は早朝に千住の本宿を発って、一路、日光街道を北上。草加《そうか》、越ヶ《こしが》谷《や》の両宿をへて、暮れの七ツ（午後四時）ごろには、今宵の宿ときめた粕壁《かすかべ》に到着した。

途中、草加を通ったのは、昼にはまだだいぶ間のある頃合いだった。しかしだれも、いそいで山崎家を出たために、朝食を食べていない。

「腹がへったな」

と、万馬が言いだして、街道ぎわの茶店に寄ることにした。

茶店といえば、団子《だんご》や餅《もち》がつきものだが、ここ草加には、他の名物がある。

そう、煎餅《せんべい》である。この煎餅、はっきりとした時代は特定できないが、これより少しまえに、

「おせんなる茶店の女あるじ」

がつくって、売りだしたといわれる。

おせんは当初、旅人《たびにん》相手に団子を売り、それなりに好評だったが、売れ残ることも再三ある。あるとき、茶店に立ち寄った旅の僧にそのことを告げて、こぼしたら、

「残った団子を平たくのして、干し、焼いてみなされ」

そう教えられた。そして、そのとおりに焼いてみたところ、香ばしくて美味《おい》しく、しかも日持ちのいい「堅焼き餅」ができたという。それが、

「草加のおせんべい」

の由来というわけで、当然のことに、万馬はしらべて知っている。軒をならべる茶店の一つにはいるなり、講釈《こうしやく》をはじめて、

「ほう、やはり、この店も煎餅を売り物にしておるのう」

と、店内を見わたしていた万馬の団栗《どんぐり》まなこが突然、「点」になった。壁に貼られた紙に、墨黒《すみぐろ》で一文字、「酒」と書かれていたのである。

今朝がたはほとんど二日酔いの状態だったというのに、根が酒好きの万馬は、

「ふーむ。茶ばかりでなく、ここでは酒も飲ますのか」

言って、手で杯《さかずき》を握るしぐさをしてみせる。

「煎餅をかじりながら軽く一杯、というのも、なかなかオツなもんだぜ」

「これだ。師匠、ちょいと懐《ふとこ》ろがあたたけぇと、すぐにこうなっちまう」

茶化《ちゃか》しながらも、六助もその気でいる。しかたなしに、

「迎え酒か。本当に、軽く……一杯だけだぜ」

苦笑して、源三郎はわきのおみつらのほうを盗み見た。

おみつは呆《あき》れた顔つきで肩をすくめたが、お香と健太は知らぬ顔で茶をすすっている。

そんなこんなで、おのずと一行六人は二組に分かれ、源三郎に万馬、六助の三人が一つの卓で酒を飲み、おみつ、お香、健太は隣の卓で茶をすすることになった。

店には団子や煎餅のほかに、香の物などもあって、まさに、

「昼酒を楽しめる」

ようになっている。

それはいいのだが、その酒のおかげもあって、一行はこのとき、店にいた先客の口から、文字どおり、

［聞き捨てならぬ話］を耳にしたのである。

「……しかし、いくら今日はさきをいそごうと決めていたとはいえ、お大師《だいし》さまに寄れなかったのは残念だな」

最前の口約束など、どこ吹く風で、いきなり二杯、三杯と杯を重ねたのち、万馬がつぶやいた。

お大師さま――千住の北西、日光街道すじからはちょっと外れて、［大師みち］を進んださきにある西新井《にしあらい》大師のことである。

「創建は、いまから千年ほども昔のことさ。弘法《こうぼう》大師さまが関東をお巡りになられたおり、観音菩薩《かんのんぼさつ》のご託宣《たくせん》を耳にされて、手ずから十一面観音を彫り、ご本尊とされた……本当の名は遍照《へんじょう》院總持《そうじ》寺というんだが、開運厄除《やくよけ》の霊験《れいげん》あらたかよ」

そこまで万馬が語ってきかせたときだった。

店はすいていて、他の客は、おみつらとは反対の隣の卓に、男が一人いるだけだった。万馬の地声は大きい。耳にはいったとみえ、その男がふりむいて、

「そいつは惜しいことをしましたな」

声をかけてきた。

「そちらの旦那の言われたとおりだが、西新井のお大師さまにはとくに、厄除のご利《り》益《やく》がある……それというのも、室町のころに寺は三度も焼けたが、ご本尊は無事で、［火伏《ひぶ》せの大師］とまでよばれたほどでしてな」

見れば、唐草《からくさ》模様の大きな風呂敷包みをかたわらにおいていて、行商人のようである。ちょうど団子を喰い終えたばかりで、口に楊枝《ようじ》をくわえている。

「そうそう。それで、災厄全般に効き目あり、と言われるようになったんだ」

とうなずいて、万馬は大きな眼で見つめかえし、

「よくご存じのようだが、おたくは何かな、西新井あたりのご出身で？」

「いえね、あたしは、しがないふくべ売りでござんすが……新井や綾瀬《あやせ》、それに千住にも、お得意さんがおりますもんで」

男はここよりだいぶさき、日光街道が奥州《おうしゅう》街道と分かれる宇都宮《うつのみや》宿の在に住まい、［縁起物《えんぎもの》のふくべのお面］を売り歩いている。

宇都宮近辺の名物、干瓢《かんぴょう》（夕顔）の外皮でつくった玩具《がんぐ》のようなもので、それこそは［魔除《まよ》け］である。おもな行商先は江戸表だが、市中にはいるまえに売り切れる

ことも多いという。

「なに、千住にも得意先があるのか」

ふいと親しげに笑って、万馬はこう言葉をつづけた。

「わしらはゆうべ、千住の本宿にある旧家の山崎家に泊めてもらってな、今朝発ってきたところさ」

向きあって、黙って杯をかたむけながら、

（よけいなことを……）

と、源三郎は思った。

ひとなつこくて、行きあう者のだれとでも、すぐに仲良くなれる――いいことではあるのだろう。が、それゆえの失敗も万馬は重ねてきている。

同じことを六助も思ったらしく、わきから万馬の膝のあたりを手指でつついている。しかし、すでに遅い。

「ほう、山崎さまのお屋敷に」

こころもち眼をみひらかせて、ふくべ売りの男は腰をうかせ、

「表の店で漆器《しっき》の椀なぞを商っている千疋《せんびき》屋さんですね」

万馬の近くへ寄ってくる。

「……贔屓《ひいき》にしてもらってるのかね」

「いえ、贔屓とまでは参りませんが……師走《しわす》なぞの時季になると、それなりにお買いあげくださいます」

「ふむ。ご当主の楠左衛門《なんざえもん》さんも、ご内儀《ないぎ》のお絹さんも、みんないい人たちだが、いろいろ厄介事が絶えないようだな」

「おい、ちょっと、万馬さん」

さすがに源三郎は片手をのべて、やめさせようとしたが、万馬は気づかぬふうでいる。それどころか、自分の杯を干して空《から》にしてから、相手の鼻先に差しだして、

「どうだ。おめぇさんも、やらねぇかい」

「いえ、もうそろそろ、あたしはここを出て、それこそ千住宿へと向かわにゃあなりませんので……」

ふくべ売りは、これから行商に向かうところで、一行とは逆に江戸方面へ上るつもりでいるらしい。

「まだお天道《てんとう》さまはお頭《つむ》の真上だ。そんなにいそぐこともあるめぇよ」

ささ、一杯……と、ほとんど口癖になっている一言で、万馬は相手を誘い、

「そうですか。それじゃ、まぁ、少しだけ」

と、ふくべ売り。どうやら、この男も、嫌いなほうではないようである。

はたして、一杯どころか、二杯、三杯と立てつづけに飲みほしたのち、

「じつは、山崎家の楠左衛門さんには許嫁《いいなずけ》がいたんですよ」

突然に、ふくべ売りの男はそんなことを口にした。

「お絹さんのまえにかえ？」

万馬がいつに増して大声で訊《き》きかえし、みなの眼がいっせいにそちらに向けられる。

隣の卓で、おみつとお香はとうに団子や煎餅を食べ終えて、べつの話をしかけていた。が、すでにして、耳が団扇《うちわ》になっている。

「はい。たしか、おはんといったかと思いますが……その娘の父親は、最前話に出た西新井大師の門前で、仏具店をやっておりましてね」

老舗《しにせ》で、かなりの大店《おおだな》ではあるが、場所が場所だけに、敷地はさほどに広くない。

そこで、番頭らの雇い人のみをそこにおいて、主人一家はべつに屋敷をかまえている。

「一里（約四キロ）あまりさきの竹ノ塚ですよ」

「……竹ノ塚」

おもわず源三郎は口中につぶやく。が、他の者たちは、万馬とふくべ売りの話に聞き入っていて、気づいた様子はない。

「お大師さまの門前《めぇ》の老舗の仏具屋なら、いかな旧家の山崎家でも、嫁にとって、何の不足もあるめぇ」

「ふつうなら、そのとおりで……」

ところが、結納《ゆいのう》まですませたあとになって、その娘の家が、千住で長らく山崎家と対立関係にある、

「柏原家の遠縁」

にあたることが発覚した。

「それが山崎家方の親戚中に知れて、大騒ぎになり、結局は破談《はだん》になりましたんで……」

「いつごろの話だえ?」

「もう三年ばかりまえになりましょうか」

「そうか……ってことは、それから二年後に、楠左衛門さんはあらためてお絹さんを迎え、祝言《しゅうげん》をあげたってぇわけだ」

「で、そのおはんさんとやらは、その後、どうなすったんでしょう？」

隣卓から大きく身を乗りだして、お香が訊《たず》ねた。

「それが……」

と、ちょっと口ごもったのち、ふくべ売りの男は、あえて押しだすようにして答えた。

「荒川の土手から身を投げて、亡くなったそうです」

問うたお香も、そしておみつも、小さく口をあけたまま、驚きとも悲しみともつかぬ複雑な表情でいる。他のみなも、妙に困惑したような気分でいて、一様に黙りこんでしまった。

そんななかで、ただ一人、源三郎だけがちがった顔つきでいた。

今しがた、ふくべ売りの口から「竹ノ塚」の地名がもれるのを聞いてから、彼は、

（竹ノ塚には、あの入舟《いりふね》町の湯屋守り・桑山泰一郎の生家があるはず……）

と思いだし、その桑山の、

「死んだ魚のような眼」

を頭にうかべていたのである。

夜になり、粕壁宿の旅籠《はたご》に落ちついてからも、昼間、草加の茶店で旅の行商人から聞いた話は一同の頭から離れず、たびたび話題にのぼった。

わけてもお香とおみつにとっては、楠左衛門に許嫁がいたことにくわえ、そのおはんが身投げしたという事実は、大きな衝撃となったようだ。

まえの晩と同様、その晩も彼女ら二人は、源三郎ら男どもと別個に寝部屋をとった。が、夕食は全員、いっしょだった。

宿側が用意した大広間に食膳《しょくぜん》がならべられたのだが、源三郎や万馬らを相手に晩《ばん》酌《しゃく》をしているお香のほうはともかく、おみつはまるで食欲がない様子で、ほとんど料理に箸《はし》をつけないでいる。

「おみつちゃん、気持ちはわかるけどさ、少しは何かお腹に入れないと、からだに毒よ」

お香がうながしたが、それには応えず、

「ねぇ、お香さん。死んだおはんさんのこと、お絹さんは知っているのかしら」

「さぁ、どうなのかしら……ご亭主の楠左衛門さんは、そんな許嫁がいたことなぞ、おくびにも出さなかったものね」

と、お香。ややあって、言いそえる。

「もしかして、何も明かしてはいないのかも……」

「知ってしまっても、ふつうの顔して旧家のお内儀におさまっているだなんて、辛すぎますよ」

二人とも少し黙った。やがて、おみつとお香のやりとりを聞いていた万馬が、

「おはんとやらの家も、てぇした仏具店だったってぇが、おしなさんとお絹さん姉妹の実家もよ。日本橋南の……そりゃあ、でっけぇ塩問屋みてぇだぜ」

思いだしたように言った。

「なぁ、源の字」

急に振られて、戸惑ったが、姉妹のことはさておき、当の塩町をはじめ、日本橋の南は「湯屋守り」としての源三郎の担当の地区である。二人の実家の「塩安《しおやす》」の名を、彼が知らぬはずもなかった。

「ん？……ああ。塩安といってな、あの界隈《かいわい》ばかりか、江戸でも一、二をあらそう塩の問屋よ」

おみつは、うつむいていた顔をあげて、またお香のほうを向き、

「名家とか旧家とか、老舗とか……お大尽《だいじん》の家に生まれたら、うらやましいようだけれど、そうとは限らないってことですね」

「そうよ。それなりに苦労がつきまとうんだわ、きっと」

「案外、貧しくても、あたしらみたいに、気楽に生きてるほうが幸せかもしれない」

「そのとおりだよ、おみつちゃん」

万馬が手にした杯を膳の上において、おのれの膝をたたいた。

「侍でも、おんなじでな、浪人者がいちばんよ。どこぞの家に仕官して、家来でいるのも大変だしよ……大名家や大身《たいしん》旗本の若さま、姫さまともなりゃあ、こんどは窮《きゅう》屈《くつ》でさ、やってられねぇぞ」

詳細はだれも知らないが、もとはといえば、万馬も越後《えちご》の武家の出身。それで出まかせで言ったのかもしれないが、源三郎はこころもち肝《きも》を冷やした。しかし、むろん、彼は口をつぐんだままでいる。

お香をはじめ、他の者たちはみな、うなずきかえし、おみつも小さく顎《あご》をひき寄せかけたが、ふと何か、うかがうような眼で源三郎のほうを見た。

が、それはほんの一瞬のことで、たんに源三郎の気のせいかもしれなかった。

粕壁からは幸手《さつて》、栗橋《くりはし》、古河《こが》、間々田《ままだ》などをへて、道中最多の旅籠を擁する小山宿《おやま》へ。

二

ここでの軍議で、徳川家康が、[石田三成征伐《みつなりせいばつ》]をきめ、それがついに天下分け目の[関ヶ原合戦]へといたる。

その[小山評定《ひょうじょう》]で名高い小山から新田《しんでん》、小金井《こがねい》、石橋、雀宮《すずめのみや》と四つの宿場をへて、宇都宮宿に着く。

[日光街道と奥州街道の分岐点]であり、下野《しもつけ》最大の城下町でもあるだけに、規模としては宇都宮は小山をしのぐ。

ここから、めざす藤浦藩《ふじうら》の郷村、徳次郎《とくじら》宿まではわずかに二里と十二町（約九・三キロ）。ふつうに歩けば、一ツ刻（二時間）あまりで達するが、江戸に近いほうから順に、下・中・上の三つに分かれ、中心となる中宿へは、いま少しかかる。

一行は、その中宿の旅籠[吉田屋]にわらじを脱いだ。

宇都宮を昼すぎに発ってきたので、八ツ半刻（午後三時）——まだ陽の高い頃合いである。

「いいか、みんな。ちょっと聞くと、人の名のようだが、とくじろうじゃねぇぞ。とくじら、だ」

部屋に通されるなり、万馬が言う。

「その昔、日光山から「久次良《くじら》」なる一族の者たちがこっちへ下ってきて、御霊《みたま》をまつり、ここに根づいた……外側に住みついた久次良族な」

「なーる……」

と、六助がいくども首を縦に揺すり、

「それで、外《と》久次良ってわけですかい」

「そうそう。なかなか察しがいいな、六よ、おめぇ」

そこまで明かされれば、だれでもわかりそうな話だが、六助め、満更でもない顔をしている。

どうせ、これも万馬は旅に出る直前にしらべてきたのだろうが、源三郎は、それよりもだいぶまえに田所文太夫《ぶんだゆう》から聞いて知っていた。藤浦という藩名も「ふじら」とよばれていた時代があり、これまた久次良にからんでいるらしい。

一般の旅籠のほかに、
［飯盛女《めしもりおんな》をおいた娼楼《しょうろう》まがいの宿］
も軒をつらね、上・中・下三宿をあわせると宿の数は七十二。さきの小山につい
で、多い。相応の賑わいをみせ、日光からつづく杉の並木に松や檜《ひのき》、桜なども植え
られた街道すじには四六時中、人通りが絶えなかった。
つねのごとく、いつまでもやみそうにない万馬の講釈にうんざりし、あくびを嚙み
殺しながら、
「そろそろ田所さんが現われてもいい頃合いだが……」
ひとりごちるように源三郎はつぶやく。
源三郎らが江戸を発つ半月ほどもまえに、田所文太夫は旧主・牧田雅楽頭葦成《まきたうたのかみよしなり》によ
ばれて、下野藤浦藩へと旅立っていた。その文太夫にあてて、源三郎が文《ふみ》を書き送っ
たのは、［日光行き］がきまってまもなくのことである。
おりしも文太夫のほうから便りがきて、
［藩目付《めつけ》の太刀川勇人《たちかわはやと》のもとにいる］
との知らせを受けた。この春に葦成の特命をおびて江戸入りした藩士で、当の葦成

はもとより、文太夫にとっても、
［他のだれよりも頼りになる味方］
である。
源三郎の文は、その文太夫の便りに対する返信の体裁《ていさい》で、太刀川方の［気付《きづけ》］とし、これまでの探索方への貢献により、町奉行所の特別のはからいで、長屋の仲間とともに日光参詣をすることになった。そう記し、
［大枚《たいまい》の路銀《ろぎん》を頂戴《ちょうだい》したこと］
も書いてある。そして、そこまでは同行するみなに話したが、それ以外のことは明かしていない。
文太夫にはしかし、本当の目的を知らせてある。
すなわち、新藩主の牧田葦成が、旧悪をどう処理し、過去の汚職にかかわった者たちをいかに裁いたか──その経過と結末をたしかめ、
［実兄たる筒《つつみ》見総一郎政則《まさのり》に報告するのが自分の役目］
と、正直に書きつづったのだった。
その役務を遂行《すいこう》するためには、当然のことに、文太夫の協力が要る。
（また、できれば、じかに雅楽頭どのにお会いしたい）

との意向も、文太夫あての手紙にはしたためておいた。

自分たちの旅立ちと同時に、再度、飛脚《ひきゃく》便を差し向けたが、こちらはただ、出立《しゅったつ》を知らせるだけのもので、今日でいう［電報］のようなものである。

そのうえで源三郎は今朝、宇都宮の旅籠を出るときに、おみつの了解のもと、足の速い健太を藤浦の太刀川宅にいる田所文太夫のもとへ使いに出した。

「夕刻まえには徳次郎の中宿に着く、と伝えてくれ」

「合点《がってん》でっ」

と、健太が走り去ってから、ほどなく二ツ刻（四時間）になる。

（おそらく、田所さんは健太といっしょに来るにちがいない）

何か支障があって来られなければ、その旨の伝言を健太に託すことになっている。

藤浦の城下へは宇都宮から三里半（約十四キロ）、徳次郎からだと、わずかに一里の距離である。

健太の足なら、とっくに太刀川宅へ到着しているであろうし、いそぎ支度をして駆けつければ、この刻限には姿をみせてもいい。

宇都宮で人づてに聞いて、

（今宵の宿は、ここ吉田屋）

と、あらかじめ定め、それも健太には教えてある。

そうでなくとも徳次郎宿は、藤浦で生まれ育った文太夫にとっては、

「おのれの家の庭先のようなもの」

まず、道に迷うはずもなかった。


源三郎はみずから立って、吉田屋の戸口まで見に行こうかと思ったが、その必要はなかった。はたして彼らのいる部屋に向かい、廊下を歩いてくる足音が聞こえ、外から障子戸《しょうじ》があけられた。

骨太《ほねぶと》の、がっしりとした立ち姿……文太夫その人であった。かたわらに、健太をしたがえている。

おみつや万馬ら、居あわせた面々それぞれと、文太夫が会釈をかわすのを待って、源三郎は彼に坐るようながし、

「お国もとでの大掃除は終わりましたか」

開口《かいこう》一番に訊《き》いた。

「まぁ、何とか……」

答えて、文太夫は源三郎のまえに腰をおろすと、左右に張りでた顎の先をふるわせ

て、小さく笑ってみせた。

みんな、きょとんとしている。が、さすがに、おみつは勘がするどい。

「よかった」

おもわずつぶやいて、

「それじゃ、文太夫さん、お江戸へもどれるのね」

「ふむ。そのつもりではいるのだが、まだ少し後始末というか、雑用が残っておって
……」

そこまで聞いて、万馬やお香らにも「大掃除」の意味がわかったようで、

「源さん、田所さんと二人きりで話したいことがあるんでしょう」

お香が言い、おみつが相づちを打つ。

「そうね。あたしたちは席をはずしたほうが良さそう」

「よし」

と、万馬も両の手を打った。

「ここ中宿には、智賀都《ちかつ》神社というお社《やしろ》がある。創建は千年も昔……さっきも言った久次良の一族が日光山の御霊をまつったことにはじまるという」

その森が「千勝《ちかつ》の森」で社名のもととなった。祭神は日光の二荒山《ふたらさん》神社と同じで、

大己貴命《おおなむちのみこと》、田心姫命《たごりひめのみこと》――

「それと、味耜高彦根命《あじすきたかひこねのみこと》の三神だ。大鳥居のわきにゃあ、樹齢五百年といわれる夫《め》婦欅《おとけやき》も、そびえてるそうな……おれたちは、そのお社を見物に行こうじゃねぇか」

「すまねぇな、師匠」

本当は、ふるい社などに出向くよりも、［飯盛宿］を冷やかしに行きたいのにちがいない。現に、ここへの道々、万馬は女たちに聞こえないところで、六助相手にしきりとそんな話をしていたのだ。

「いいってことよ。なぁ、六」

と、万馬は、まだ事をよく呑みこめていない六助の肩をたたき、みずから腰をあげて、他の一同に目配せした。

みなが部屋を出ていったのち、やや間をおいて、

「源三郎どのには、いろいろご心配をかけさせたようですが……」

あらためて一礼して、文太夫は言った。

「すべて、かたづき申した」

新藩主・牧田葦成の［藩政改革］の一環《いっかん》として、旧悪はあばかれた。

葦成は目付・太刀川勇人をはじめ、清廉《せいれん》な藩士を多く抜擢《ばってき》して、領内を通る日光街道の修復にからんだ［汚職事件］の調査・探索を命じた。

結果、資材・建築費の水増しをするなどして、当時の勘定《かんじょう》奉行・奥山大蔵《たいぞう》とその一派が、

［藩の公金を横領《おうりょう》していた事実］

は明白となった。

「それがしの証言も、少しはお役に立ったようでして」

「ご謙遜《けんそん》を……少しどころではないでしょう。ほとんど決め手になったのではありませんか」

「それは、まぁ。じっさいに奥山の部下の一人として、はたらいておったのですからな」

その奥山の悪事に気づき、訴えでようとした文太夫を、刺客《しかく》を放って奥山は闇にほうむろうとした。それを逆に討ちはたして、文太夫は逃亡したのだが、

「それがしが、かつての同僚なぞ、三人の藩士を斬殺した件は無罪……お咎《とが》めなしということになり申した」

「当然でしょう。降りかかる火の粉を払っただけ……それも、よこしまな手合いをた

たきつぶしてやったのです。褒《ほ》められても、おかしくはない」

言ってみれば、文太夫は、

「冤罪《えんざい》を晴らした」

というわけだが、それまでにはずいぶんと長い時がかかった。藤浦藩を出奔《しゅっぽん》し、江戸に逃げ落ちてから、じつに八年――その間に、病弱だった彼の愛妻・八重《やえ》は、道之助、章之助の二人の息子を残して他界した。

「……草葉《くさば》の蔭《かげ》で、八重も喜んでくれておるでしょう」

と、文太夫はおもわず目頭《めがしら》を押さえた。そのまま、ちょっと物思いに沈んでいたが、

「そんなことで、何分にも、時がたちすぎ申した」

話をもとにもどした。

文太夫が藤浦に来る以前すでに、「主犯」の奥山大蔵は城代家老の職を解かれ、自宅で禁慎《きんしん》させられていた。当人は死罪をも覚悟していたようだが、葦成による裁きは、

「隠居のうえ永蟄居《えいちっきょ》」

であった。

その暗躍ぶりを、ほかでもない源三郎やおみつらがさぐりつづけた江戸留守居《るすい》役の梶沢荘兵衛《そうべえ》は藩から追われ、これまた、

「永遠に所払《ところばら》い」

の身となった。

奥山一派の元作事《さくじ》奉行・森本一兵衛《いちべえ》や、文太夫の訴えを奥山に密告し、彼の災難のもとをつくった老目付の羽田篤之進《はだあつのしん》も、ほぼ同様の罪を科されたという。

もちろん、材木商のまるき、口入れ屋の喜八郎《きはちろう》などの関連業者にも、厳罰がくだされた。

「何はともあれ、奥山の一派は藤浦藩から一掃《いっそう》されたというわけですね」

「はい。かの悪事にいささかなりと加担した者は、ことごとく罰せられました。一人も残ってはおらない……少なくとも、重職にはついておりませぬ」

「そうか。それは、一安心だ」

おみつや万馬らはもどらず、旅籠の客や女中らの気配もない。周囲にはだれもいなかったが、源三郎は膝を進め、声を落として言った。

「これで、きちんと兄に報告することができます」

総一郎は、その源三郎の報告を、さらに上役の老中方につたえるつもりでいたが、

場合によっては、そうしたことを、

「雅楽頭どの本人に知らせてもかまわぬ」

と言っていた。

総一郎としては、葦成の才覚や人柄などはいっさい、わからない。しかし文太夫のことは、源三郎や筆頭与力の大井勘右衛門《かんえもん》、黒米徹之進《くろごめてつのしん》らの口から聞いて、知らされている。

捕り方を扶《たす》けて、江戸市中を騒がせた「辻斬《つじぎ》り」の一味を壊滅に追いこんだ、ということをである。

「どうやら、田所文太夫……あの者は信頼するに足るようじゃ」

つまるところ、

「幕府の一員たる町奉行の手の者」

空木《うつき》源三郎が下野藤浦藩に送りこまれたことを、藩主の牧田葦成につたえるか否《いな》か、それは文太夫の判断にまかせる、というのだった。

さきの手紙でも触れた、そのことを源三郎が念を押すように告げると、文太夫はちょっと息を呑むようにしてから、

「じつは、源三郎どの。今夕、わが殿が、おしのびで徳次郎宿まで来られることにな

っておるのです」

声を発した。

「いや、馬の支度さえできれば、こちらに向かうとの仰《おお》せ……はや、お出でになっておられるやもしれぬ」

三

文太夫の言ったとおりであった。

徳次郎中宿の旅籠［吉田屋］の一室で、源三郎と文太夫の二人が語りあううちにも、牧田雅楽頭の使者が立ちあらわれ、

「当宿某所にて、わが殿がお待ちいたしておりまする」

そう告げて、葦成のいる場所まで二人を案内するという。

文太夫はもちろんのこと、源三郎にも否やのあろうはずもない。藩主との対面は、はなから彼が望んでいたことであった。

おみつや万馬らはしかし、最前出かけたきり、まだ宿にもどってきてはいない。

源三郎は帳場《ちょうば》に寄って、

「ちょいと出かけてくる……連れのみんなが帰ったら、そう伝えてくれ」

吉田屋の主《あるじ》に言いおくと、使いの者について、文太夫とともに外へ出た。

吉田屋の戸口のまえに、二人のための駕籠《かご》が用意されていた。目配せして、

「どうぞ、お乗りください」

小声で使者が耳打ちする。

さきほどの文太夫の話だと、奥山の一派は一掃されたが、なお家中に［不満分子］はいる、とのよし。そんなこともあり、このたびは、あくまでも、

［非公式の対面］

ということなのだろう。

途中、智賀都神社のすぐわきを通った。万馬ら他の一同はまだ境内にいるようで、簾《すだれ》ごしにのぞくと、欅の古木の葉隠れに、おみつの小袖《こそで》らしき黄いろいものがほの見えた。が、むろん、声をかけることはおろか、駕籠をとめることもできない。

二人を乗せた駕籠がとめられたのは、徳次郎宿の北端の上宿でも、さらに最北に位置する竹林のあたりであった。

欝蒼《うっそう》と生い茂った竹林のなかの小道に点々と、青白い踏み石がおかれている。その踏み石づたいに七、八歩も進むと、同じように薄青く木目こまやかな石でつくられた

蔵があった。よく見ると、竹編みの小屋根のついた玄関口があって、わきに掛行灯《かけあんどん》がかけられ、［小鯨亭《こくじらてい》］という文字が読めた。

「料理屋ですか」

文太夫のすぐあとを歩きながら、源三郎が訊くと、

「はい。もとは、この地の名家の石蔵《いしぐら》だったようですがね」

「……なるほど」

「きれいな石でしょう。徳次郎石と申しましてね、遠い昔から掘られてきた特産の石なんです」

同じ下野の大谷《おおや》で採れる大谷石に似ているが、より滑《なめ》らかで、まろやかな風格がある。こういう隠れた料理屋には、もってこいの建材といえよう。

戸をあけて玄関にはいると、桜樹《おうじゅ》の一枚板を使った上がり框《かまち》が眼についた。

框ばかりではない、天井や壁板、奥に長くつづく廊下も、屋内はすべて桜材で統一されている。

おしゃれ、である。これこそは、まぎれもなく、

「鄙《ひな》にはまれな、たたずまい」

であった。

「源三郎どの、気に入られたようですな」

と、文太夫。葦成らとの［密談の場］として、彼はすでにいくども、この店をおとずれているのだった。

「店の名もしゃれてますね」

小鯨――久次良をもじっているのである。

昔は城づとめをしていたという、これまた粋《いき》なふぜいの女将《おかみ》の案内で、源三郎らはなかほどの座敷に通された。廊下に両膝をついて、女将が襖《ふすま》をあけると、手前に数名、供の者がいて、なかに太刀川勇人の姿もあった。

気づくと、太刀川は低頭して、

「これは、空木うじ……こたびはまた、ご苦労なことでござりまする」

「いやいや」

と、源三郎は、おのれの鼻先で片手を揺すってみせた。

「たいした労ではない。それよりも太刀川うじ。お元気そうで、何よりです」

二人の挨拶《あいさつ》が一段落するのを待って、彼らの向こうにいた葦成が、

「よし。そのほうどもはしばし、下がっておれ」

太刀川らに告げ、彼らは別室で待機することとなった。
そうして人払いをし、座敷に残ったのは牧田葦成と、それに向かいあって座した源三郎、文太夫の三人きりになった。
文太夫、さらに太刀川からも聞かされて、葦成も、源三郎が、
（いったい何者であるか）
は知っている。譜代《ふだい》旗本の出にして、
［時の江戸南町奉行の実弟］
なのである。それでも、葦成もまた、
［小なりといえども、二万五千石以上の大名］
さすがに上座にはまわったが、
「空木……源三郎どのでござったな」
手ずから徳利《とっくり》をつかんで、差しだした。
「まずはお近づきのしるしに、ご一献《いっこん》」
兄・筒見総一郎の密偵役をつとめる源三郎の報告のしかたによっては、大事も出来《しゅったい》しかねない。そういう現在の微妙な関係や、たがいの立場をおもんぱかってもいる

のだろう。じつに丁重な応対ぶりではある。

だが、それが、いささかもわざとらしくない。「慇懃《いんぎん》さ」が板についており、「無《ぶ》礼《れい》」なところがみじんもないのだ。

（ひとえにこれは、持ちまえの人柄ゆえ）

と、源三郎は読んだ。

面《つら》がまえも、わるくない。やや鷲《わし》っ鼻《ばな》気味ではあるが、落ちくぼんだ二重《ふたえ》の眼は思慮ぶかそうで、全体に品のいい顔だちをしていた。

源三郎、文太夫、そして葦成と、それぞれが杯に酒を満たすと、軽く重ねて、いっきに飲み干し、

「さて……」

と、葦成自身が、奥山大蔵らの一派に対するおのれの裁きの結果を源三郎に語ってきかせた。

それは先刻、文太夫が話したのとほとんど同じであった。

「本心を言いますとな、奥山には切腹を申しつけたかったのでござるが……」

事が起きたのが、八年まえ。葦成の父親――先代・葦史《よしふみ》の治世のときで、ふるい話ではある。それだけに、

「時効的な意味合い」

もないではない。くわえて、奥山の家は藤浦藩でも一、二を競う旧家であり、「なかなかに由緒《ゆいしよ》のある家柄でしてのう、家中には親類縁者がたくさんおるのです」

その本家の頭領《とうりよう》であった奥山大蔵の生命《いのち》までも奪うことは、たいそうな覚悟と決断が要る。それより何より、一族の恨みを買いかねず、

「憎しみの連鎖《れんさ》をまねく危険性」

もあった。

「なるべくならば、あとに禍根《かこん》を残しとうはないと思いましてな」

「いやぁ、みごとなご裁断です」

と、源三郎は心からの笑みをうかべた。

強く、きびしいばかりが、藩主の能ではない。ときには鞭《むち》打ち、ときにはまた大きく手綱《たづな》をゆるめるようなことも必要なのだ。

そんな葦成の「名采配《さいはい》ぶり」を、

「あまさず兄上につたえましょう」

と、源三郎は約束した。と、そのときだった。屋敷の裏手のほうで、馬のいななきが聞こえた。

源三郎は、最前文太夫が、葦成がおしのびで城を出、みずから馬を駆ってくると言っていたのを思いだした。

(おそらくは、この店の背後に厩《うまや》があるのだ)

そこに葦成主従は馬をつなぎ、裏口から上がってきたのだろう。

源三郎と同様に、ちょっと耳をそばだててから、

「殿は、乗馬もお上手《じょうず》でございまするがな」

文太夫は言った。

「剣の腕前も、なかなかのもの」

「世辞《せじ》を申すな」

と、葦成は文太夫をにらんだが、目もとはやわらげたままでいる。

「少なくとも、田所……そちほどの才はないわ」

「いやいや、ご謙遜を」

かつて在藩していたときの文太夫は、

「家中第一の剣客」

と、自他ともにみとめていたが、いまも藤浦の藩内には、彼に勝てる者はいない。

その文太夫も、葦成の剣には一目《いちもく》おいている。

すべての探索に調査、そして裁決を終えてから、葦成に請われ、いくどか文太夫は彼と手合わせした。

三本勝負のうち、二本は文太夫がとったが、

「必ず一本は、とられました」

そう告げて、文太夫は苦笑してみせる。つられたように、頬をくずして、

「それにしても、田所は惜しい人物でござる」

源三郎に向かって、葦成は言った。

「聞けば、先年妻女を失くし、二人の子息もすでに手を離れ、家を出たという……できれば、このまま江戸へなぞ行かずに、それがしのもとにとどまってほしいと願うておるのですがのう」

「帰藩して、勘定方にもどってほしい、とでも?」

「さよう。最初は組頭《くみがしら》ということになりましょうがな、遠からず、奉行職についてもらおうかと……」

太刀川ら若手の目付のあいだでも信望があり、

「筆頭《ひっとう》目付に」

という話も持ちあがっているらしい。

「どうじゃな、田所。少しは気持ちをあらためてくれよったかの?」

「いやいや」

と、文太夫は大きく首を揺すった。

「殿のお心はまことにありがたいのですが、江戸表では遠野彦五郎先生が待っておられますゆえ」

「また、それを申す」

と、葦成は困り顔で源三郎を見る。

どうやら文太夫は、葦成から再出仕をうながされるたびに、小石川・牛天神《うしてんじん》わきの遠野道場で、

「師範代に雇われたこと」

を「方便《ほうべん》」にして、断わっているようだ。

(たぶん、本音はちがうな)

いつだったか、文太夫は源三郎に、こう打ち明けたことがある。

「浪人暮らしは金銭面では辛うござるが、気楽は気楽……一度やったら、やめられませんなぁ」

最前、葦成も指摘したとおり、長年連れそった妻とは死に別れ、道之助に章之助の

二子もそれぞれ独立した。そういう現在《いま》こそ、文太夫は、

（自由気ままな浪々の身でありたい）

と思っているのだろう。

そんなふうに文太夫の本音を読みはしたが、一方で、葦成と文太夫とは、これ以上ないほどに、

［ぴたりと呼吸《いき》のあった主従］

とも見える。

源三郎としては、ただ黙って二人のやりとりを聞いているほかはなかった。

四

ほどなく、太刀川勇人らの供人たちも座敷によびもどされ、ほとんど無礼講《ぶれいこう》の小宴となった。果ててのち、文太夫は太刀川らとともに、藩主・牧田葦成について藤浦城下に帰ることになったが、別れぎわ。――

「明日にはわれら、日光へと向かい、東照宮にお参りする所存……どうです、田所さんも、ごいっしょに？」

と、源三郎は誘ってみた。

文太夫は苦笑して、耳もとに手をやった。その手で頭をかいて、

「近場におったにもかかわらず、じつはそれがし、日光山に詣でたことなく、ごいっしょしたいのは、やまやまなれど……」

なおしばらく、藤浦を離れるわけにはいかない、と言う。

「先刻、おみつちゃんらにも申しましたように、後始末が残っておりますでな」

「そいつは残念……」

と、源三郎はちょっと鼻を鳴らし、

「ならば帰路にまた、この徳次郎宿に立ち寄りますので、そのおりにでも落ちあって、ともに江戸へ向かいましょう」

「ふむ。五、六日あとですかな」

「女子《おなご》を連れての遊山《ゆさん》の旅ゆえ、いま少し……十日ほどもかかるかもしれませぬが」

滝《たき》か、川治《かわじ》か、湯西川《ゆにしがわ》か、近辺の湯場《ゆば》を訪ねる予定もある、と源三郎は明かした。

「それは、ますます……」

残念至極《しごく》、とつぶやいて、

「まぁ、十日もあれば、それがしの用もかたづくやもしれませぬ」

小さく首をかしげながらも、文太夫は帰路での合流に同意した。

「それでは、こちらに近づいたら、また健太を使いにやりますから」

源三郎が言って、結局はさきの［吉田屋］で落ちあうことと話がきまった。

徳次郎から日光までは、大沢、今市《いまいち》、鉢石《はついし》の三宿があり、ほぼ六里（約二十四キロ）。ゆっくり歩いて、丸一日の行程である。

最後の鉢石宿は、［神橋《しんきょう》］のたもと近くまで迫っている。神橋とは、日光開山の祖・勝道上人《しょうどうしょうにん》が、

「二匹の蛇《へび》と山菅《やますげ》をもちいて、大谷《だいや》川の激流に橋をかけた」

との言い伝えの残る朱塗りの橋で、

［山菅の蛇橋］

が正式の名だが、もう日光山のとばくちと言ってよい。

翌日、一行は朝も遅めの刻に徳次郎の中宿を発して、暮れの七ツ半（午後五時）には、その鉢石に到着。なかほどの旅籠［横瀬《よこせ》屋］に宿をとった。

つぎの日。いよいよ、日光参詣である。

日光山とは、さきの勝道上人が、

［男体山《なんたいさん》のご神霊・大已貴命」をたてまつり、創建した二荒山神社。比叡山延暦寺《ひえいざんえんりやくじ》などとならぶ、［天台宗《てんだい》三山」の一つ、輪王寺《りんのうじ》。そして東照宮、の三つの聖所を総称したものである。

まずは、そのうちの東照宮に詣でる。とはいえ、［世界遺産」に指定され、老若男女に邦人・異人、だれでも奥まで行ける今日とは異なり、当時の一般の参詣客は、［神君・家康公の棺《ひつぎ》がねむる奥の院」はもとより、本殿にあがることもゆるされない。

それができるのは将軍家のみで、もっとも奥の唐《から》門内への立ち入りが可能なのは、一万石以上の大名家。さらに外郭の陽明《ようめい》門のなかへは、それらの大名の家臣のほか、旗本・御家人《ごけにん》だけが入場できる。

それ以外の浪人者や、町人・百姓は陽明門の外までしか達し得ないのである。

それでも玉砂利《たまじゃり》の敷かれた陽明門まえの広場は、全国津々浦々からやってきた善男善女でごったがえしている。

じっさい、その近辺はどこも、きらびやかな装飾がなされていて、眼で見て歩くだけでも充分に楽しむことができる。

銅葺《どうぶ》き入母屋《いりもや》造りの屋根をもち、四方の軒に唐破風《からはふ》をつけた、

［陽明門の威容］

もさることながら、周囲の壁や柱など、赤や緑、青、黄……さらには金や銀で彩色され、

（目がくらみそうな……）

ほどである。

おみつとお香もまた、門やそこからつづく回廊《かいろう》を飾る彫刻の数々に見惚《と》れていた。

「どうしたい、お二人さん……やけに熱心に眺めてるじゃねぇか」

源三郎が寄っていき、笑いながら声をかけた。

「だって、見てよ、源さん。素晴らしい彫り物ばかりよ」

眼にあざやかなばかりではない。珍しく、見たこともないような鳥獣や花、植物がいっぱい描かれているのだ。

わけても獣の像は龍に虎、象、麒麟《きりん》、唐獅子《からじし》、龍馬《りゅうま》、貘《ばく》……異国や想像上の動物が多く、鳳凰《ほうおう》や孔雀《くじゃく》の姿もあった。それを見て、おみつは千住・山崎家のお絹の挿《さ》していたかんざしを思いだし、

「もしかして、あれをこしらえた職人さんもここ日光へ来て、同じものを眺め、それ

から案をねったのかしら……」

「ふむ。たぶん、あんなふうにしてな」

源三郎が指さすさきには、紙と筆を手にして、懸命にそこかしこの彫刻の模様を写しとっている健太の姿があった。


広場の手前側にある神厩舎《しんきゅうしゃ》のまえでは、こちらも万馬と六助が二人して、頭上の壁面に見入っている。ここは東照宮の神馬を入れる厩で、

「猿は馬の病いを治す守神」

という支那《しな》伝来の信仰にちなみ、八枚の猿の姿が彫りこまれているのだ。

「左から順に、猿の一生を描いているという話だがな」

人間の少年への教訓が戯画《ぎが》化されている、とも万馬は言った。

途中、何枚目かに、三匹の猿がそれぞれ両手をもちいて目、口、耳をふさいでいる図柄のものがあり、

「見ざる、言わざる、聞かざるか……仰せのとおりでござるよなぁ。あんなふうに目をつぶり、口と耳をとざしていりゃあ、よけいな災難にもあわずにすむ」

「厄払いには、もってこいってわけで」

と、六助が合いの手を入れる。

「ちったぁ師匠も、あのお猿さんたちを見習ったら、どうでやすかね」

「無理、無理っ」

と、ふいに近づいてきて、片手を振ってみせるのは、お香である。

「それはね、六さん、できない相談ってものよ……ねぇ、万馬師匠」

「……ふぐっ」

と、妙な声を出したきり、万馬は黙りこんでしまう。どことなく神厩舎の壁に彫られた猿の目に似た団栗《どんぐり》まなこが裏がえり、白一色になっている。

五

源三郎が、ごま塩頭の老武士に、

「おっと、空木どのっ」

と、出会いがしらに声をかけられたのは、みんなして陽明門まえの広場をあとに、出入り口となる一《いち》の鳥居《とりい》のほうへ向かおうとしていたときだった。

一瞬、無視して去ろうとも思ったが、

「ふむ。まちがいない、空木源三郎どのでござるな」

相手は源三郎の二の腕を軽くつかみ、ひき寄せるようにして、彼の顔をのぞきこんでいる。逃げようにも逃げられなかった。

幸いに、というべきだろう。万馬とお香を先頭にして、六助、健太、おみつの順に、一行はてんでんばらばらに歩いていて、たまたま源三郎はしんがりにいた。まえを行くおみつとのあいだにしても、三町（約三・三メートル）くらいある。

依然、あたりは往きと帰りの参詣客で賑わっているし、

（たぶん、聞こえはしなかったろう）

が、気配を感じて、おみつはふりかえり、けげんな顔をこちらに向けている。

源三郎はさりげなく相手の手を払うと、反対に、その紋付きの肘《ひじ》をとらえて、

「植田どの、ここではまずい」

耳打ちした。

「通行の妨《さまた》げになり申す」

言いそえてから、植田の腕を引き、

「……ちょいと、向こうへ参りましょう」

参道わきの木立ちのほうを眼でしめした。杉の古木に欅などがまじり、天をついて

そびえている。

「えっ……はぁ、かまいませぬが」

源三郎はおみつに向かい、手で、

（待つように）

というしぐさをし、さきに立って木立ちの側へと歩きだした。植田は黙って、そのあとをついてくる。

植田十兵衛《じゅうべえ》孟縉《もうしん》。――
字《あざな》は子夏《しか》、雲夢斎《うんむさい》と号し、
［日本各地の地理地勢に通じ、地誌編纂《へんさん》で知られた碩学《せきがく》］
である。
すでに六十歳前後のはずだったが、もとは八王子《はちおうじ》千人同心の組頭《くみがしら》で、源三郎の長兄の総一郎と若いころに同じ剣道場に通い、その後も［つかず離れず］の付き合いをつづけていた。
ずいぶんとまえに一度だけだが、駿河台《するがだい》の筒見邸――総一郎の屋敷で鉢合わせになり、紹介されて何やら語りあった覚えがある。

杉の古木の真下まで進んで、源三郎が足をとめると、

「源三郎どのは、ご参詣ですか」

植田は訊いた。

「はい。東照宮に詣でての帰りでして」

「……お一人で？」

「いいえ。さっき、まえのほうにいた何人かと連れだって参ったのです」

「まえにいたって……あれらは町人たちではござりませぬか」

「そうですよ」

と笑い、源三郎はわざと大きく胸を張ってみせた。

「わたくしだって目下、天下の素浪人《すろうにん》。あの人たちと、ほとんど変わらぬ身分ですゆえ」

「…………」

源三郎がこの植田十兵衛と会ったのは、まだおけら長屋に住みつく、まえのころのこと。だから植田は、源三郎が町人たちとまじわり、日々、遊び暮らしていたことも知らない。ましてや、彼が、

「江戸の湯屋の用心棒」

となり、そのじつ、総一郎個人の［密偵］の役まで担《にな》っているとは、思いも寄らずにいる。

戸惑い顔でいる植田のほうをあらためて凝視して、

「植田どの……十兵衛さんは、どうして、ここへ?」

「つとめておるのです」

「おつとめ、ですと?」

「さよう」

と、植田は皺《しわ》の刻まれた顎をひき寄せて、

「ここ日光山の火の番を仰《おお》せつかっておりましてな」

安永《あんえい》のころから間をおいて、すでに十数回、日光奉行所に出向《しゅっこう》してきているという。

(そういえば、羽織の紋どころは日光奉行の紋のようだな)

源三郎が繁々と見まわしていると、白髪《しらが》まじりの頭をかいて、

「まぁ、しかし、ここでのお役は気楽なものです。このあたりでは、江戸近辺とちがって、めったに事は起こらない……おかげで、好きなように周辺の山野を歩かせてもらっております」

「あいかわらず、山野で見聞きしたものを筆記しておられますか」

「ええ。そちらのほうが本職みたいなものですゆえ」

と、植田が答えたとき、万馬とお香が連れだって、こちらへやってくるのが見えた。

（まずい……そろそろ切りあげないと）

「ところで、お奉行……お兄上さまは、お元気でしょうか」

「総一郎兄ですね。息災《そくさい》でおります」

「それは良かった。じつはそれがし、事情《わけ》あって、総一郎どのにお会いせねばならなくなりまして……」

つづけて、植田は何かを言いだそうとしたが、先取りするようにして、

「まぁ、とにかく、兄上にはよしなに伝えますので」

ここは失礼、と早口に告げると、源三郎は植田に一礼して、そそくさと踵《きびす》を返した。

こころもち肩をすくめるようにして、植田十兵衛もべつの方向へ去っていったが、それと見て、すぐに万馬が歩み寄り、

「源の字、いまいたのは、ここ東照宮の役人みたいだが、知り合いかね」

「えっ……いや」

あわてて、源三郎は首を横に振った。

「日光奉行配下の同心だったがな、知り合いなんかじゃねぇ」

「そうか。けっこう親しげに話しているように見えたが……」

「冗談じゃねぇよ、万馬さん」

と、ちょっと眼を剝《む》いてみせて、

「どこそこのワルに似てるとか言って、よびとめてな、なんだかんだと訊いてきやがった……ただの人まちがいよ」

「そうか。源の字。おめぇも、そういう目にあったか」

妙に嬉しそうに笑う。そんな万馬を、背後に立ったお香が横目でにらみ、

「駄目よ、万馬師匠、源さんまで仲間に入れようとしても……」

言いかけて、あとから近づいてきたおみつのほうをふりむいた。

「でも、人まちがいって、けっこうあるのねぇ」

ちらと源三郎の顔に視線を走らせ、おみつは戸惑ったような、いぶかしむような、微妙な表情をうかべた。

六

源三郎は知らなかったが、出入り口の鳥居へ向かう参道上で彼をよびとめた植田十兵衛孟縉は、のちに十巻からなる『日光山志《さんし》』を著わしている。そして、「その発刊の許可」を得るべく、町奉行の筒見総一郎政則に会おうと考えていたのだった。

さらに、である。

植田はその著作のなかで、今日では、「日光のもう一つの代名詞」のようになっている「華厳《けごん》の滝」を紹介してもいるのだ。

万馬もまた、そういう名の滝が日光山の奥ふかくにあることは、あらかじめしらべて知っていた。

それを彼がみなに話したのは、夕刻近くになって、鉢石宿の旅籠「横瀬屋」に帰りついてからのことだった。一同足をのばして、宿の女中がはこんできた番茶などをすすりはじめたとき、

「何でも高低の差、三十二丈（約九十七メートル）……日の本《ひ もと》一だそうだ」

と切りだしたのである。

その日のうちに一行は、二荒山神社、輪王寺をも参詣してまわり、すでに日光の街なかでは見るべきものがない。

そこで、さらなる奥山に目が向けられた。二荒山神社の奥宮がある男体山をきわめるのは無理でも、同山の噴火でできた中禅寺《ちゆうぜんじ》湖のほとりに行くことぐらいはできそうだった。

「それがしかし、いろいろあってな、難しいのよ」

万馬が言うには、男体山はもとより、中禅寺湖の近辺もすべて、

「日光山領の聖域」

であり、往古より「女人禁制《によにん》」とさだめられてきた。

「要するに、山伏《やまぶし》だのが荒行《あらぎよう》をする修験《しゆげん》の地だからな」

「女人は汚れってわけ？」

お香と見かわしながら、おみつが訊く。

「ま、はっきり言ってしまうと、そういうことだ」

神に仕える身ならばよいだろうと、禁を破って入山した巫女《みこ》が、

「石になったという話まであるくれぇよ」

「怖いというより、何だか滑稽《こっけい》な話ね」

今日、「いろは坂」とよばれる蛇行《だこう》だらけの道は、当時の中禅寺坂――この坂のたもとに「馬返《うまがえし》」というところがあって、そこはまさに名のとおり、

「馬や駕籠を返す場所」

であり、それよりさきは、だれも徒歩で行くしかない。しかも女人は、そこから半里（約二キロ）ほどの「女人堂」で男体山を拝したら、

「もどらなきゃあならねぇ」

「……そうと聞いたら、なおさら行ってみたくなるわね」

と言いだしたのは、お香だ。おみつもまた、相づちを打って、

「ほかはともかく、その日の本一という滝はあたし、見てみたい」

「あたしはべつに、滝なんぞ、どうでもいいけど……女は来るなってのが、なんか癪《しゃく》にさわるじゃないの」

「石になってもいいの？」

「そんなの……ありっこないわよ」

女同士のやりとりに、ふっと笑みをうかべてから、それまで黙っていた源三郎が口

をきいた。

「奥山にはいりゃあ、さぞや紅葉《こうよう》もみごとだろうな」

「でも、結局は無理でしょうね」

と、お香が言い、おみつもつづける。

「あきらめるしかなさそうよ」

その間、万馬は胸のまえで腕を組み、珍しく口をつぐんで思案していたが、

「お香さんにおみつちゃん、ちょっと待ってくれねぇか」

告げるや、突然に立ちあがった。

「おっと、師匠、どこへ行くんだい？」

「源の字、おめぇさんもここで待っていてくれ……他のみんなもだよ。ひょっとして、ひょっとするかもしれねぇんだ」

そう言い残すと、そのまま万馬は部屋を出て、横瀬屋の戸口へと向かった。

「おい、何とかなりそうだぜ」

もどってくるなり、万馬が言った。手に風呂敷包みを抱えている。それを、部屋にいるみなにかかげて見せて、

「ほれ、神橋の手前にけっこう大きな古着屋があったろうが……あの店に行ってきたのよ」

じつは昨日、この鉢石の宿場に着いたときに、目をつけておいたという。

「なにせ、着たきり雀でよ、お江戸を出て以来、おいらはずっと、この小袖一つで通してきただろう」

「それは、あっしだって、おんなじでさぁ」

と、六助がおのれの着物の胸もとを軽くたたいてみせる。眺めやり、苦笑の面持ちで、源三郎が言った。

「まぁ、だれも、似たりよったりなんじゃやねぇのかい」

二人の言葉は聞きながすようにして、万馬は最前の場所に坐り、飲み残した冷えた番茶をすすると、

「……でな、そろそろ着替えようかと、その店の古着をあさってみたのさ」

「なんで、参詣まえに買わなかったんです？」

風呂敷包みに眼を落としながら、お香が訊く。

「ふつうならば、宮参りには新調した服で行こうと思うでしょうに」

「何となく、な。お参りするめぇに銭使うのが、もったいなくってよ」

ともあれ、万馬は、自分の替え着を買い求めたうえで、店の主に、

「貸し衣装はねぇのか」

と問うてみた。すると主は、貸すためにおいている着物はないが、いくつかの古着は貸してもいい、と答え、こうつづけた。

「ただし、お武家さま用ですよ」

「ほう、そいつはまた……」

妙だと思って、聞いてみると、同じように日光の奥山へ行きたがる女人の参詣客は少なくないらしい。それも、武家の子女が圧倒的に多い。

「そこで主め、若ぇ侍の服なら用意できるってぇのさ」

いわゆる「男装」をするのである。それならば、

「甘く、手ぬるいこと」

で有名な、中禅寺坂の番所など、

（たやすく抜けられるにちげぇねぇ）

そう思い、万馬は、何着かあった少々派手な色柄の小袖や羽織のうち、浅黄《あさぎ》いろの無地の紬《つむぎ》をえらびだした。そして袴《はかま》は、茶宇縞《ちゃうじま》の袴を借りうけることにした。――

風呂敷包みを解いて、それら一式を取りだすと、

「どうだい、おみつちゃん。こいつは、おめぇさんに似合うと思って借りてきたんだがね」

「あ、あたしにですか」

「ああ。帯や足袋《たび》、脚絆《きゃはん》に麻裏《あさうら》の草履《ぞうり》……腰に差す両刀までも、あるんだぜ」

と言って、万馬は小さく笑った。

「ただし、中身は竹光《たけみつ》だがね」

それから万馬は、お香のほうを向いて、

「あんたは、おれがてめぇのために買った袷《あわせ》の小袖でかまわねぇだろ」

「あら、あたしは若侍じゃないんですか」

「あの衣装は高ぇもんでよ……ただ借りるだけだってぇのに、二分《にぶ》も取りやがる」

「二分といや、あっしの三日ぶんの働きぶちでやすぜ」

横合いから、六助がたまげた声を出す。

「ふもとの番所を抜けるだけだってぇのに、そこまでの銭は使ってられねぇ。だからよ、お香さん、ここは一つ、我慢してもらわねぇと……」

「………」

お香は黙って、小鼻をふくらませている。

「だいいち、あんた、このほうが楽だぜ」

と、万馬が［若侍用の衣装］の下から取りだして、ひろげてみせたのは、黄いろの地に鳶《とび》いろ、漆黒《しっこく》の格子縞《こうしじま》をあしらった渋い柄物。手に取って、お香は、

「なに、これ……黄八丈《きはちじょう》？」

「……ではないが、安いものじゃねぇ。しかも、新品と変わらねぇだろうがよ」

「まぁ、万馬さんが一度も袖を通してないんだったら、いいですよ」

だいぶ機嫌をなおしたお香に対して、こんどは万馬のほうが、ちょっと傷ついた顔をして言った。

「通してねぇよ。古着屋の上の棚におかれてあったのを、そっくりそのまま、持ってきたんだからさ」

おみつと顔を見あわせ、失笑してから、

「ところで、万馬先生よ……頭はどうするんだ？」

源三郎がまた、口をはさんだ。

「髷《まげ》か。そいつも大丈夫……源の字は知らなかったかな、この六がよ」

と、万馬はかたわらの六助のほうを見て、顎をしゃくり、

「ぼて振りになるめぇにしばらく、髪結《かみゆい》で修業してやがったんだ」

「……本当かい、六さん？」

「へぇ。一人前になるめぇに、首になりやしたがね」

「そんなんで、結えるのっ」

おみつとお香が異口同音《いくどうおん》に、金切り声をあげる。

「まかしといてくれねぇか……なーに、女子の髷を結うのにくらべりゃあ、男衆の髷なんぞ、たやすいもんだ。屁《へ》の河童《かっぱ》よ」

応えて、六助はいま一度、ゆっくりと自分の胸をたたいてみせた。

七

六助の腕前は、まずまずだった。

お香の髪は自分や健太と同じ、ふつうの町人の髷に結い、おみつのほうは、「小粋な若衆髷《わかしゅわげ》」に仕立てあげた。

前髪を立て、元結《もとゆい》でしめた髷を二つ折りにしたものだ。

そして翌早朝、それぞれ万馬が用意した衣服に着替え、一同して日光の奥山へ。

「正体がばれたら、しかし、事だぞ」

と、源三郎は本気で心配したが、噂《うわさ》のとおり、日光奉行配下の役人たちの監視は甘かった。

（なるほど、あの植田十兵衛が、暇にまかせて近辺を歩きまわったり、書き物なんぞするはずだ）

と思わされたほどで、おみつとお香の二人は、他の男たちの背後にまわりはしたが、それだけで容易に通ることができた。

難儀だったのは、登山のほうである。

幾重《いくえ》にも曲がりくねった道で、だれもがまさに青息吐息《あおいきといき》——ひたすら無言で上りつづけた。

そうして何度どころか、何十度目かの角を曲がったころ、ようやくにして、滔々《とうとう》とした水をたたえる大きな湖が見えてきた。

中禅寺湖であった。

標高四百二十三丈（約千二百七十メートル）。ふもとでは、

（まだ少し早いか）

と思われたが、ここまで来ると、紅葉もたけなわ。湖畔の木々の彩りも豊かなら、湖面に映る、

［男体山の錦繍《きんしゅう》の装い］

の見事さと言ったらなかった。

その霊峰をのぞむ茶店の露台に腰をおろして、

「この景色……無理をしてでも、上ってきた甲斐《かい》があったわ」

お香が小声でつぶやく。したり顔で万馬が威張《いば》りだしそうなのを察して、

「なぁ、師匠」

と、源三郎が声をかけた。

「たしか華厳の滝は、ここから十町（約一・一キロ）ほども山中へ分け入ったあたりにあるってことだったよな」

「おう。おれの読んだ書物にゃあ、そう書かれていたな」

「行ってみましょう、早く」

と、立ちあがるおみつに、お香が告げる。

「あたしはもう疲れて、しばらく動きたくないわ……ここで、充分。聖なるお山を眺めながら、みんながもどるのを待ってます」

「でも……」

と、お香の側をふりむいたおみつの二の腕に軽く触れて、

「ちょいと、お嬢さん」

健太が言った。

「お香さんといっしょに、あっしも残りやす」

人一倍健脚の健太が、疲れているはずもないが、

「何だか、さっきから腹の具合が怪しくて……」

「そうかい、健太。すまないねぇ」

男装しているとはいえ、生身は女人——こんな山間《やまあい》の茶店に、お香一人だけをおいていくことはできない。

(万が一にも、何かあった場合……)

を考えて、健太が「居残り」を申しでたのは明らかだった。

めざす滝は、すぐに見つかった。

さすがに「日の本一」といわれるだけあって、その迫力には凄《すさ》まじいものがある。

「どうだい、六よ。てぇしたもんじゃねぇか」

「山伏たちは毎日、この滝に打たれるなぞして修行しているんでやすかねぇ」

「さてね……ここでかどうかはわからねぇが、冷てぇ水を頭から浴びるってぇのも、たしかに修験の道ではあるようだな」

「なるほど。しかし師匠、あれだけ激しい飛沫《しぶき》を浴びたら、並みの人間なんぞ、一たまりもねぇ……おっ死《ち》んじまいますぜ」

万馬と舎弟《しゃてい》分の六助は、滝つぼを見おろす反対の崖の縁に行って正座しながら、そんなやりとりをかわしている。

「いささかなりと、修験者たちの気分を味わってみようじゃないか」

と、万馬が誘ったのだが、

「飛沫のかからぬ場所での座禅《ざぜん》」

というのが、いかにも万馬たちらしい。

彼らのいるところから上方の斜面には、小さくほそい獣みちが毛細《もうさい》血管のごとく、縦横に延びている。源三郎とおみつは、なかで他よりいくぶん広く歩きやすそうな道をえらんで上り、少し滝のほうに張りだした平坦地に立った。

縁の側はやはり断崖状になっていて、ここから見ると、万馬と六助の二人が滝つぼの上の宙空にういているかのように眺められる。

「まるで、お人形よ……ほら、師匠たち」

緑と茶の地の上に塗られた桜や楓《かえで》の赤。橅《ぶな》やいちょうなどは透《す》いた黄いろに染まり、なかなかまどやもみじは彩りも濃くふかい。

そうした紅葉を背景に、はるか高みから轟々《ごうごう》と音たてて流れ落ちる真白の瀑布《ばくふ》……まさに箱庭《はこにわ》のようで、万馬たちの姿はたしかに、その、

［箱庭におかれた点景としての人形］

よりほかの何ものでもなかった。

しばらく眺めてから、源三郎は隣のおみつの顔に眼をもどした。若衆髷はなるほど彼女によく似合い、いかにも、

［凜々《りり》しい若侍］

と化しているが、どこかはかなげで脆《もろ》く、かえって、いっそうの［女らしさ］がにじみでてもいる。

口には出さぬが、源三郎、ふっとおみつに惚《ほ》れなおす気分になった。

だが、おみつは何かやはり窮屈《きゅうくつ》そうで、いつもの覇気《はき》がない。というより、持ちまえの勝ち気で強い気性までをも、身につけた［紋付き袴］の下につつみこみ、隠してしまっているようだ。

あるいは衣服などではなく、

「武家という存在そのもの」

が好きではないのかもしれない。

（……いや、ちがう）

粕壁の宿で、千住・山崎家の者たちの気苦労の話が出たおりに、ふともらした言葉が本心なのだろう。

「貧しくても、気楽に生きるが幸せ」

そのとき、おみつが見せた源三郎の真意をさぐるような眼差し。それがつい昨日、彼が東照宮の鳥居の手前で旧知の千人同心・植田十兵衛によびとめられ、路傍で語ってもどったおりの、戸惑いとも疑念ともつかない微妙な表情に重なる。

「おみつちゃん、これまでずっと黙っていたが……」

じつはな、と言って、源三郎はじっとおみつの顔を見すえた。切れ長の賢そうな眼のなかで、こころなしか黒目がふるえている。

「おれの身の上話さ、いつかは明かさなきゃならねぇと思っていたんだ」

「……源さん」

よびかけて、おみつは大きく首を横に振った。

「言わないで。わかってるの……何もかも、わかってるのよ」

本当には、わかってはいない。ただ、感じている。ずっと昔から、薄々勘づいていたのだった。

物ごころがついた、ほんの小さな娘のころから、源三郎は自分のそばにいた。まともにはたらこうとはせず、昼日なかから、ぶらぶらと遊び暮らしている、

［同じ長屋のワルのお兄ちゃん］

それでも、目明かしの亡父・銀次には、じつの息子のように可愛がられていた。

「どんなに遊んでも、曲がったことはしねぇ……でかいものには盾《たて》ついても、ちっちゃく、かよわいものには手を出さねぇ。生命《いのち》がけで守ってやるやつよ」

そう銀次は評していたが、ただの遊び人ではなく、諸国流浪《るろう》の浪人でもない。

［お江戸生まれの江戸育ち］

荒削りのようによそおってはいるが、持って生まれた品格や品性のようなものは隠せない。かといって、しかるべき大名家に仕えていたふうでもなく、

（そうとなれば、どこかの旗本か御家人の次男坊か三男坊……）

だが、それを知って、どうなるのか。

（……どうにもなりはしない）

とりあえず父の形見の［白房の十手］をあずけられてはいるが、ひっきょう、自分はただの町娘。父母代わりの安蔵夫婦こそはいるものの、ほかにきちんとした身内とてなく、言ってみれば、

［天涯《てんがい》孤独の身］

でしかない。

（釣り合いがとれない……）

それは、はなからわかりきっているのだ。だからこそ、ここは、

「見ざる、言わざる、聞かざる……よ」

と、気丈《きじょう》におみつは笑ってみせた。

夕陽が向かいの山を照らしている。

そこも椚《くぬぎ》や、櫟《けやき》などの原生林におおわれ、楓やななかまど、もみじの葉群《はむら》も陽に映えて、ひときわ赤く燃えはじめている。

滝は、正面の華厳の滝のほかにも小さなものがいくつもあって、白濁した流れが周囲の木々の織りなす華麗《かれい》な彩りを、美しく手の込んだ［色紙《いろがみ》細工］に変えている。

二人して、黙ったまま見惚れていると、ふいにかたわらの藪《やぶ》が揺れて、

「えっ……何？」

と、眼を落とす間もなく、褐色《かっしょく》の蛇があらわれた。鎌首《かまくび》をもたげ、にょろにょろと長い胴をくねらせながら、おみつの足もとを這《は》い、すり抜けていこうとしている。

おみつは蛇が苦手だった。何が嫌いといって、蛇ほど嫌いなものはない。

きゃっと悲鳴をあげて、飛びのこうとし、はずみで足をすべらせる。倒れかけたところを、

「おっとっと」

と、源三郎が抱きとめて、両の腕でささえた。

「心配ねぇよ、おみつちゃん……こいつは、ただのカラス蛇だ。まむしのように嚙んだりはしねぇさ」

なだめるように、おみつの肩を軽くたたいて、源三郎は言う。

「……たとえ嚙まれても、毒はねぇ」

それでも、おみつは大きく身をふるわせて、源三郎の腕につつまれたままでいる。ゆっくりと、その胸に顔を押しつけて、

「源さんは、源さんよね。ずっと昔から、あたしを大事に守ってくれてきたし、これからも、きっと変わらず、守ってくれる……」

「おみっちゃん、急に何を?」

かまわずに、おみつはつづけた。

「ねぇ、約束してくれる?……ずっと、あたしの源さんのままでいてくれるって」

おみつのもらす吐息が胸に熱い。

(愛《いと》おしい)

いつに増して強い感情がわいた。おみつの問いに答えるかわりに、源三郎は彼女の背にまわした手に力を入れた。

おみつは逃がれようとはしない。むしろ、おのれのほうから縋《すが》りついてくる。

そうやって長いあいだ、おみつは源三郎の厚い胸板に顔を押しつけていた。が、やがて、静かに首をもたげると、じっと源三郎の眼を見すえた。

そのおみつの切れ長の涼やかな眼のなかで、向かいの山の紅葉《もみじ》が赤く燃えていた。

第四章　下野《しもつけ》湯情

一

源三郎ら一行は、ふかくえぐれた渓谷《けいこく》ぞいの狭い山みちをたどっていた。楓《かえで》や橅《ぶな》に、ななかまど、いちょう、もみじと、ここも奥日光におとらず、紅葉が素晴らしい。

一行のまえを荷駄《にだ》が進み、その先頭に四十年配の禿頭《はげあたま》の男がいる。この隘路《あいろ》の行きつくさきにある、

[湯西川《ゆにしがわ》の湯宿の番頭]

だったが、嘉助《かすけ》といい、一行の案内役を買ってでてくれることになったのだ。

これには、ちょっとした事情《わけ》がある。

昨夕、源三郎やおみつらは、日光から今市《いまいち》へともどった。

同じ街道すじをまっすぐ南にくだれば、ふたたび徳次郎宿《とくじら》をへて宇都宮《うつのみや》にいたる。

が、一行は今市から少々、寄り道をしていくことにしたのである。

「湯屋守《ゆやも》りが湯場《ゆば》へ行かぬとあっちゃあ、しゃれにもならねぇ」

と、これは万馬の台詞《せりふ》だが、今市からちょっと山ぎわにはいれば、出《い》で湯の里がいくつもある。

わけても名高く、いちばん近いのが、「滝《たき》の湯」だろう。これは、今市から会津田《あいづた》島《じま》へといたる会津西街道を、日光街道とは逆に西北に進み、三里（約十二キロ）ほど離れた宿場町、藤原の近辺にある。

下滝温泉ともいわれ、のちにそばを流れる川の名をとって「鬼怒川《きぬがわ》温泉」とよばれるようになった湯場である。

滝の湯は元禄《げんろく》のころに発見されたが、藤原の村民代表と日光奉行のあいだで熾烈《しれつ》な所有権争いがおこなわれ、江戸期においてはながらく、

「日光山の僧侶や宮司《ぐうじ》、大名家主従などの占有」

となっていた。

「……つまるところ、おれたちが、浸《つ》かっちゃならねぇってことだ」

出自《しゅつじ》は士分とはいえ、いまやすっかり江戸の町人になりきっている万馬が言い、

「そんなところへ無理に行くことはねぇ」

と、源三郎も相づちを打った。

「この辺の村の衆は、藤原のさきの川治《かわじ》ってぇ湯場まで湯治《とうじ》に出かけてるそうだ」

万馬が読んだものの本によると、さきの滝の湯発見より遅れること、約三十年後の享保《きょうほう》八（一七二三）年。鬼怒川とその支流・男鹿《おじか》川の合流点にあった五十里《いかり》湖が大崩壊を起こし、それによって起こった洪水が周辺の土地をえぐった。

「そのときに、たまたま地下から湧きだしているのが見つかったという……川原に岩で囲いを築いてつくったらしいが、なかなか良い湯だってよ」

「よし、決めた。そこだ、その川治とやらへ湯浴《ゆあ》みに行こうじゃねぇか」

万馬をはじめ、お香やおみつら、みなも賛成して、さっそく明日にでも向かおうということになった。

ところが、であった。

聞けば、川治は例の会津西街道から西に少しはずれたところにあって、五十里へと向かうべつの道はあるが、宿場はなく、旅籠《はたご》らしい旅籠もない。

湯治の客はみな、南北にどちらも一里半（約六キロ）ほど離れた、

「藤原、五十里の両宿場」から歩いて通う。あるいは、川べりの岩風呂近くに建てられた掘立《ほったて》小屋に寝泊まりするしかないという。

「どうにか雨露をしのげるかどうかってふうの、何とも粗末《そまつ》な小屋ですよ」

そこに、掻巻《かいま》きなどの寝具を持ちこんで雑魚寝《ざこね》をするというわけだ。

里に数軒ある百姓家に、寝場所を供してくれるよう頼みこむという手もあるが、その交渉がけっこう面倒らしい。

「いずれ自炊が原則でしてね、米や野菜は持参しなければなりません」

そこで一同して、今市の表通りに面した雑貨《ざっか》・雑穀《ざっこく》商の日野《ひの》屋にくりだし、二、三日ぶんの食料を買いこむことにした。

すると、店の戸口のわきに駄馬が三頭つながれていて、馬子《まご》が一人、路傍にしゃがみこんで、煙管《きせる》をくゆらせている。

このあたりで「仲附駑者《なかつけどじゃ》」といわれる運搬業者である。

店のなかにはいると、頭はみごとに禿げあがっているが、いま見た馬子にくらべると数段身ぎれいな先客がいた。どうやら、どこか遠方から仲附駑者を雇って物の仕入れに来たとみえ、食料品のほか、椀《わん》だの盆だの笊《ざる》だのを、あれこれと物色《ぶっしょく》している。

その先客が一通り、注文するのを待って、

「どちらから来なすった？」

万馬が声をかけた。えっとふりむいて、男はちょっとためらったのち、

「栗山《くりやま》村でございます」

「栗山……だいぶ北だな。で、栗山村のどのあたりかね」

「湯西川と申しますが……」

「おう、知っとる、知っとる。その昔、源氏に追われた平家の落人《おちうど》が、壇《だん》ノ浦《うら》から逃げて隠れ住んだという里だ」

と、万馬が大きくうなずきかえす。

「たしか、平清盛《たいらのきよもり》の孫の忠実《ただざね》という者が一族の頭領《とうりよう》だったはずだ」

戦国期、その子孫が雪の日に、そこだけ雪のつもらない場所を見つけて、何かと怪しみ、掘ってみた。

「するってぇと、忠実の身につけていた甲冑《かっちゆう》やら愛馬の鞍《くら》やら刀剣やらが出てきて、わきから熱い湯がほとばしりでたという」

ほう、と男は眼を丸めた。

「……よく存じておられる」

一目《いちもく》おいたようだ。万馬の物知りも、それなりに無駄ではないということか。

みずから名のり、相手の嘉助という名前を聞いてから、

「荷駄まで連れて、ずいぶんとたくさん買いこんでもどるようだが……」

万馬がみなまで言うまえに、

「はい。あたくし、湯西川の旅籠ではたらいておりましてね。こちらの日野屋さんまで宿で使う食料や品々の仕入れに参りましたもので」

「なんだ、湯西川には旅籠があるのかね」

「ええ。あたくしども一軒のみでございますが……」

さきの平忠実の直系の子孫が、執拗《しつよう》な源氏の追及をかわすべく、平の一字を半と変え、人偏《にんべん》をくわえて「伴《ばん》」を姓とした。そして、これより百六十年ほどまえの寛文《かんぶん》六（一六六六）年に「伴久《ばんきゅう》」なる旅籠を開業した。

その宿で、嘉助は番頭をしているという。

「現当主の伴久治郎《きゅうじろう》は、最前お話に出た湯の湯守《ゆもり》りも兼ねておるのです」

まぎらわしいが、江戸などの市中にある湯屋・銭湯の安全を守る用心棒が「湯屋守り」。これに対して、「湯守り」は全国の湯場・温泉の管理人であり、言葉としては万葉《まんよう》の昔からある。

嘉助の口から、湯西川の一軒宿・伴久は、「茅葺《かやぶ》き入母屋《いりもや》造りの二階建て」で、部屋数は十数室、五、六十人ほども泊まれると聞かされて、一同はえらく喜んだ。

滝の湯には入浴できず、川治には粗末な掘立小屋しかない。

そうと聞かされていたからである。

辺鄙《へんぴ》であるがゆえに、平家の落人が「ついの棲家《すみか》」にえらんだ、

「源平の昔と、いまはちがいます」

と、嘉助は言う。かつてとは異なり、行く道のつきる、どん詰まりというわけではないのだ。

「……ここからですと、会津西街道を北へ進み、藤原、川治をへて、五十里宿のあたりから西へ向かうことになりますが、細かな道はもっとあるのです」

ほとんどが土地の猟師や樵夫《きこり》が踏みかためた「獣みち」まがいの小道ながら、日光や会津へと直接出るわき道もある。

伴久にはだから、近隣諸村の湯治客のほか、遠方からの商人《あきんど》なども宿泊するのだと

いう。

「ことに会津方面からのお客さまがたくさん、お見えになります」

「これはもう、そっちの湯場に行くしかないわね」

黙って嘉助の話を聞いていたお香が、声を発した。

「伴久さんとおっしゃるんですね……それだけの旅籠ならば、畳敷きの部屋もあるし、搔巻きぐらいはそろってるんでしょ」

「もちろんですよ」

と、嘉助はお香を見つめかえす。

お香はとっくに男装を解いていて、頬や唇には白粉《おしろい》、紅《べに》を差している。もともと目鼻立ちがととのっているだけに、色香《いろか》が増し、すこぶる艶《つや》っぽい。

お香のように化粧っけこそはないが、隣に立ったおみつもまた、目もとが凜々《りり》しく、色白の美人である。

「だいぶ遠く、けわしい山道を参りますが……いらっしゃりますかね」

頰をくずして、嘉助が言った。

「お江戸から日光山まで歩いたんですもの、大丈夫でしょう」

「ならば、あたくしがご案内させていただきます。お姐《ねえ》さん方、どうしても疲れて歩けないというようなときには……」

と、わずかに嘉助は言いよどんだが、すぐにこうつづけた。

「どうにか按配《あんばい》して、駄馬に乗ってもらいますから」

店の板壁に寄りかかって、成り行きを見守っていた源三郎が、ここではじめて口をきいた。

「何となりゃ、おみつちゃん、おれが抱えてってあげるさ」

「あら、おみつちゃんだけなの？」

と、笑顔ながらも口をとがらすお香に、

「お香さんには、師匠もおいらも、いるじゃあござんせんか」

六助が言い、ふんとお香は顔をそむける。

一同、大笑いし、ふと源三郎が眼をやると、おみつもまた愉しげに口もとをゆるめていた。

湯西川の旅籠でも、野菜や味噌《みそ》、塩はともかく、米だけは、

「客が持参する」

のが原則だが、山あいの難路を行くので、女人《によにん》二人は特別に、

「免除させていただきましょう」

と、嘉助は言った。

「相すまんことですがな、他の男衆の方々は、それぞれのぶんの米を、ここでお買いもとめ願いますわ」

「よし、わかった」

途中、藤原や川治、五十里などに泊まらねばならぬ場合も考えて、米は多めに持っていき、味噌や乾物《かんぶつ》なども携行することにした。それらの食料を源三郎たちは各々、風呂敷や打飼《うちがい》などにおさめて背負う。

そうして一行は、翌早暁《そうぎょう》、嘉助が先導する荷駄のあとについて、当時とすれば、「秘湯《ひとう》中の秘湯」

ともいうべき湯西川へと向かったのだった。

二

嘉助は宿の仕入れのために、しじゅう湯西川と今市のあいだを往き来《いき》している。それだけに、細かなわき道や近道に通じていて、ふつうなら二日がかりの行程を、一行は丸一日で進んだ。

むろん、湯西川の一軒宿［伴久］にたどり着いたのは、陽《ひ》が落ちて、あたりがすっかり暗くなってからのことである。

その夜、源三郎らがあてがわれた部屋にはいり、一段落すると、さっそく旅籠の主人にして、この地に落ちのびた平家の大将、［平忠実の子孫］たる伴久治郎が挨拶《あいさつ》に来た。

いい、ほそおもてで、やや切れあがったほそい眼に鼻すじの通った太い鼻、ひろく張りだした耳など、いかにも［公達《きんだち》］の顔である。

その顔をまっすぐ一同に向けたまま、ほとんど表情を変えることなく、

「この湯西川の里では、端午《たんご》の節句になりましても、鯉《こい》のぼりをあげませぬ」

と、［落人伝説］を語りはじめる。

「なぜならば、わたくしどもの祖先がこちらへ参ります途中、一人の侍女が男児を出産いたしました。みなみな喜び、祝いのために着物の肩袖《かたそで》を縫いあわせ、鯉のぼりをこしらえ、高くかかげたのですが……」

それが源氏の追っ手の目にとまり、攻撃されてしまった。さらにまた、飼っていた

鶏《にわとり》の鳴き声で居どころが知れたこともあり、

「いまだに、わたくしどもは鳴く鳥は飼わず、米のとぎ汁を川に流すこともいたしません」

とぎ汁が発見されて、奇襲をかけられたこともあるのだという。

「聞いている身には、面白いともいえる話ばかりですが、里の方々はずいぶんとご苦労されてるんでしょうね」

みなを代表するように、おみつがそう告げると、それには応えず、久治郎は静かに笑ってみせて、

「いまは源氏の者どもも襲ってきたりはしませぬので、どうぞ、みなさま、今宵はごゆるりとお休みくださいまし」

ふかぶかと頭をさげた。


翌朝、源三郎とおみつ、お香、それに健太の四人は、集落の名と同じ湯西川を渡り、対岸の森へ行ってみることにした。

この川には、[蔓《かずら》橋]という奇橋がかけられている。

もともとは、同じ平家の落人が住みついた阿波《あわ》徳島の祖谷《いや》なるところにある吊り橋

で、山野に生えたしらくち蔓《づる》を編んで作られている。

「昨夜もお話ししましたように、源氏方の追っ手の探索はきびしい……いつなりと逃げられるようにと、蔓で橋をこしらえたわけです」

蔓の橋なら敵が迫ってきたとき、鉈《なた》で切り落とすことができる、と久治郎は言った。

その祖谷の橋を模《も》して、最近、この地でもつくってみたのだという。

むろん、いくら珍しいからといって、橋を渡りたいがためだけに、対岸に行こうというのではない。

「向こうの森では、この時季、きのこがたくさん採れます」

乳茸《ちだけ》なる独特のきのこのほか、舞茸《まい》やなめこ、しめじ、栗茸、もだし（ならたけ）などが自生しているというのである。

久治郎に言いつけられて、嘉助がいくつかの空いた笊《ざる》を用意し、この日も一同の案内役をすることになった。ただし、万馬と六助の二人はこれにくわわらず、宿にとどまるほうをえらんだ。

「せっかく、はるばる遠い山道をたどって、こういうひなびた湯場に来たんだ……おれたちはのんびりと朝風呂に浸かって、おめぇさんらがもどるのを待ってるよ」

たしかに、ここ伴久の湯はわるくなかった。湯西の川ぞいにしつらえられた岩風呂のほかに、檜《ひのき》造りの浴舎もあって、そちらは屋根があり、半露天《ろてん》になっている。褐色《かっしょく》の板の床をくり抜いた格好で長方形の湯舟があり、そこにやはり檜材でつくられたほそい樋《とい》をつたって源泉からくみあげた湯が流れ落ちてくる。まさに、「掛け流しの湯そのもの」であり、ふぜいあふれた風呂であった。

湯は透明だが、しっとりとして肌にやさしく、柔らかい。

だが、万馬が対岸の森へ行くのをこばんだのは、風呂のせいばかりではない。

じつは万馬、吊り橋が苦手なのである。

この湯西川まで来る途中にも、一行は小さな吊り橋や丸木橋をいくつか渡った。そのたびに万馬は顔をあおざめ、身をふるわせて、他のみなにからかわれていたのである。

「きのこを採るためだけに、あんなに長く大きな吊り橋を渡るなんてな、物好きもいいところよ」

今日もそう言って送りだしたのだったが、頑丈な蔓でしっかりと結ばれた橋は簡単なことでは壊れそうにない。

それでも橋梁《きょうりょう》がないだけに、突風が吹けば、揺籃《ようらん》のごとくに揺れはする。一行が渡っている最中にも、川風にあおられ、一度、大きく揺れた。源三郎の真後ろにいたおみつが、

「きゃっ」

と叫んで、まえのめり、彼の背にしがみついた。が、一瞬のことで、あわててまた身を離してしまう。源三郎はふりかえり、

「おみつちゃん、手を貸そうか」

「けっこうよ」

首を横に振って、おみつは怒鳴《どな》りかえす。

「無用のお世話っ」

ここしばらくは、素直というか、おみつは源三郎に寄りそうような姿勢でいた。あの日光山は、

「華厳《けごん》の滝付近でのこと」

があったせいもあろう。少なくとも源三郎のほうでは、そんなふうに思っていたのだが、そのじつ、

（ちっとも変わっていないじゃねぇか）

と、考えをあらためざるを得ない。

あいかわらずの気丈さ、負けん気の強さである。

もっとも、源三郎とおみつの後ろにはお香が立って、二人の様子を見守っている。

そのせいもあるのだろう。

それかあらぬか、お香は肩をすくめ、いかにもおかしそうに笑っている。

源三郎らはきのこを求めて森のなかを歩きまわり、半刻（一時間）ほどもすると、持っていった笊が野生の乳茸や舞茸、しめじなどで一杯になった。

手分けして、それを抱え、ふたたび蔓橋を渡って、旅籠・伴久へと引きかえす。

もどってみると、宿のなかは大騒ぎだった。

何人かの手代や女中にまじって、玄関先に六助が立っていた。ひどくうろたえた様子で、しきりと足踏みをしている。

源三郎たちの姿を見ると、待ちかねたように六助は駆け寄って、

「早く、こっちへっ」

手まねきし、奥の浴舎のほうへ連れていこうとする。

「何だよ。また何事か、起こったってぇのか」

「へい。脱衣場荒らしが出やがったんで」

「脱衣場荒らしだって……万馬さんは、どうした？」

「まだ風呂場におりやす」

「ふーん。湯客の金品を盗んだやつでも捕まえたのか」

「そうじゃなくて……脱いだ着物を盗《と》られちまって、師匠、出るに出られずにいるんでさぁ」

日光を発つとき、万馬は江戸から着てきた道服《どうぷく》風の普段着を、例の神橋《しんきょう》近くの古着屋に二束三文《にそくさんもん》で売りつけた。かわりに、奥山からもどってお香が脱いだ小袖《こそで》をまとって、帰路についたのだ。

本物ではないが、黄八丈《きはちじょう》もどきのなかなか上等な袷《あわせ》で、新品同様の代物《しろもの》だった。

「あっしみてぇに、着たきり雀《すずめ》のぼろ着のままでいりゃあ、難にあわずにすんだんでしょうがね」

それはともかく、身につけていた服を持っていかれたのでは、万馬もさぞ困っているにちがいなかった。

三

源三郎らが行ってみると、はたして万馬は褌《ふんどし》一つで脱衣場の隅にうずくまっていた。あぐらをかき、腕組みをして、思案顔でいたが、

「おっと、源の字、来てくれたか……見てのとおり、みっともねぇことになっちまってなぁ」

言いかけたところへ、ちょうど宿の主《あるじ》の久治郎が飛びこんできた。

「どうも、お客さま、とんだことで……」

女中を一人連れていて、その手に替え着を持たせている。

「これは、わたくしどもの手代頭《がしら》の着物でございますが、とりあえずお召しになっていただければ、と」

「そうか。そいつはありがてぇ……いつまで裸でいるわけにもいかねぇからな、喜んで着させてもらうぜ」

立ちあがり、受けとって、万馬は身にまといはじめる。その様子を、源三郎の背後から眺めながら、

「旦那さま。これは、お客のどなたかが、おまちがえになったのじゃありませんか」

口にしたのは、番頭の嘉助だった。

「ふむ。わたしもね、はじめはそう思いましたよ」

と、久治郎が応える。他の湯客が自分の服とあやまって万馬の服を着ていったのではないかと、彼は考えた。そうであるなら、その客の着衣が脱衣場に残っているはず。――

「それで女中らに言いつけて、さんざん、さがさせたのだが……」

「どこにもありませんでしたか」

黙ってうなずきかえすと、久治郎はあらためて万馬のほうを向き、丁重に頭をさげた。

「おかげで着替えをお持ちするのが、遅れてしまいまして……まことに申しわけございません」

「しかし、服なんざ、こうやって借りたり、町に出て買ったりできるからいいが、銭まで持っていかれたのには弱ったぜ」

「なに、師匠。銭も盗まれたのか」

「ああ。有り金をそっくり……巾着《きんちゃく》を懐中《かいちゅう》に入れてたもんでな」

根が派手好きで見栄《みえ》っ張《ば》りの万馬は、日光までの往路ですでに、持っていた路銀《ろぎん》の過半を使いはたしていた。それでもなお、

「二分金《にぶきん》が四つほどは、へぇってたんじゃねぇか……ほかに、小銭もな」

「二分が四つといえば二両にもなる、馬鹿にできぬ額ですな」

と、嘉助がため息まじりにつぶやく。

「そりゃあ、あんた、お江戸まではまだ長ぇからよ」

「それにしても、うかつだったな、万馬さん」

源三郎は真顔で言った。

それというのも、江戸・日本橋の湯屋では、しょっちゅう「脱衣場荒らし」が出没し、事が起こるたびに、当の源三郎がよびだされている。用心棒の彼だけではない。

主人や番頭など、番台に坐る者はもとより、掃除や整頓役の手代や小僧、三助《さんすけ》や湯女《ゆな》までもが、

「湯客の脱ぎおいた衣服」

を守って、目を光らせている。

客のほうでもむろん用心はしていて、よぶんな金子《きんす》や貴重な品々は、はなから身につけずに来るか、番台にあずけるかしていた。

この湯宿でも、源三郎は入浴まえに、お香やおみつなど部屋に残る者におのれの財布をゆだねてから、風呂場に向かっていた。

江戸とここ湯西川の里とでは、しかし、事情がまったくちがっている。旅籠・伴久の主の久治郎も、番頭の嘉助も、万馬の着物が失せたと聞いて、

(他の客のまちがいか)

と思ったというが、それも無理はなかった。

ここは、もとが平家の落人、つまりは同族があつまり住んだ村落ということもあるのだろう。久治郎らが覚えているかぎり、

「これまで一度も、泥棒騒ぎなぞ、起きたことがございません」

と言う。

当然のことに、伴久でもそうした事件は起こらず、四六時中、玄関戸はあいているし、泊まり客はだれも自分の部屋に鍵をかけたりはしない。

「みなさん、荷物も何も、平気でおいて出かけられます」

浴舎でも、同じだった。着物はもちろん、どんなに貴重なものを脱衣場に残しておいても、盗まれるようなことはない。少なくとも「盗難届け」が出されるようなことは、絶えてなかった。

「そうか」

と、源三郎は軽く両の手を打った。

「……てことは、ご主人らだけじゃなく、ここではたらいてる者も、常連の泊まり客も、みんな、気づかないでいるかもしれねぇ」

「物を盗られたってことにかい？」

万馬が訊《き》きかえす。

「ああ。師匠、あんたの場合には、それこそ身ぐるみ持っていかれちまったんだ……気づかねぇほうがおかしいけどな」

「わかりました」

と、久治郎が顎《あご》をひき寄せた。

「女中や手代らに言いつけて、お泊まり中のお客さま全員に当たらせましょう」

失せ物や落とし物、忘れ物がないかどうか、いちいち聞いて、しらべてみようということになった。

案の定、であった。

今朝方発った客も多く、このとき伴久には源三郎らの一行をのぞくと、十数人の泊

まり客しかいなかったが、そのうちの四、五人が、

「そういえば、大事にしていた紅珊瑚《べにさんご》の根付《ねつけ》が失せちまって……」

だの、

「小銭しかはいってないんで、放っておいたが、どこかで巾着を落としたようだ」

だのと答えたという。いずれもやはり、

（盗まれた）

とは思わずにいたようで、すでに宿を出た客のなかにも同様の者がいたであろう。

それをふくめると、かなりの被害になるはずだった。

「これは、わたくしどもだけでは片付けられぬかもしれませんな」

久治郎は、絵に描いたように善良な顔をくしゃくしゃにゆがめて、困惑したあげく、

（そのすじに訴えてでるしかなかろう）

と判断した。

だが、脱衣場荒らしの犯人は、すぐに見つかった。

「第一のお手柄」

は、番頭の嘉助である。彼は宿の女中らといっしょに、各部屋にとどまっていた客

を訪ねてまわっていた。そのおりに、受け答えがあいまいで、

（何となく挙動《きょどう》不審な）

と感じた男がいて、それを源三郎に知らせたのだ。

ただちに源三郎はおみつと健太を誘い、その男のもとに向かった。両刀をたずさえるまでもなかった。

［万が一のとき］

のために、おみつも白房の十手を荷物の底に隠しておいたが、

「たぶん、そいつも要らねぇ」

源三郎に言われて、持つのをやめ、三人とも空手《からて》に丸腰のままである。が、第二のお手柄——このあとの［捕物］もえらく簡単にすんだ。

異変を察して、男は盗品をことごとく大風呂敷につつみ、それを背負って部屋を脱けだし、宿の裏の戸口から逃がれようとした。

表玄関は、久治郎や嘉助をはじめとする伴久の主従に言って、見張らせてある。

（逃げるとしたら、この裏口しかねぇ）

と読んでいたから、残る万馬とお香、六助の三人をその外に待機させておいた。

そのうえで、源三郎がおみつ、健太を伴って、背後から押し寄せたのである。脱衣

場荒らしの男にとっては、絶体絶命、

［袋のねずみ］

よりほかの何ものでもない。

たちまちに捕らえられて、盗人は帳場のわきの一室にとじこめられた。そのまま村役人に突きだしてもいいが、

「とりあえず、話を聞こう」

ということになり、久治郎と嘉助、それに源三郎やおみつ、万馬らが男をとりかこんだ。

四

男は太吉《たきち》といい、

［会津西街道の北の拠点］

会津田島の者であった。当地の造り酒屋に雇われ、おもに注文をうけた酒を顧客のもとへはこぶ仕事をしているという。

「こんたびも今市の得意先まで、一斗樽《いっとだる》さおぶって、行こうとしてたんだげんちょ、い、い、も

……」

と、会津ことばをまじえて、太吉は言った。

「この湯西川の手前で、崖っぷちの道さ歩いてて、けっつまずいちまったんでやす」

久治郎らによれば、会津から直接ここへ通じる道は、

「まず、獣みちのようなものですわな」

とのことで、今市や五十里の側からよりも数段けわしく、じっさいに断崖《だんがい》絶壁も多いらしい。そういう場所で、太吉は石につまずいて転倒。はずみで、背に負った一斗樽の紐《ひも》が解け、樽ははずれて落ちた。

「そのまんま、勢いよく崖さ転げていっちまってよぉ」

太吉自身に怪我《けが》はなかった。それは良かったが、さて、困った。

酒樽が転げ落ちたのは、ふかい谷の底。しかも途中で樽は損傷した様子で、たとえ必死でおりていって拾いあげたとしても、おそらく酒は一滴も残ってはいまい。

「これはもう、今市さ行っても、無駄だべ、した。かといって、酒売った銭こ持たずに会津さ、帰るわけにもいかねぇでやす」

「なるほど、それで、ここへ来て、この旅籠・伴久の泊まり客をよそおい、盗みをはたらこうと考えたのか」

と、源三郎が訊く。

「いんや、最初から考えたんではねぇべした」

ともかく一風呂あびてからだ、と浴舎の脱衣場に行ってみたら、脱ぎおかれた着物といっしょに、

「根付だの巾着だの、懐中のもんを放りっぱなしの者がいっぺぇいる」

それで眼にとまった高価そうな根付に、つい手がのびたのだという。つまりは、

「魔が差したのだ」

と、太吉は主張する。

それが三日まえのことで、どうなることかと思っていたら、だれも何とも言わない。宿の者も、客のあいだでも、噂《うわさ》にさえ出ない。そこで、こんどはべつの客の巾着に眼をつけて、おのれの懐《ふとこ》ろに入れた。これも、騒ぎだす者はいない。

「それまで、この里には、泥棒なぞ一人もいなかった……まるで前例のないことらしいからな」

太吉にとっては幸か、それとも不幸なことだったのか。

太吉は大胆になった。そしてそれから三日三晩、近くに人影がないと見ると、脱衣場にしのびこんで、彼は片っ端から金品を盗みつづけた。

もしや万馬の脱いだ着衣に手を出しさえしなければ、太吉はこうして源三郎らに捕まることもなく、あつめた金品をたずさえて、まんまと会津へ帰ることができたのかもしれない。

「あれは、しくじったべ。見るからに上物の袷だったもんで、つい……」

「ふむ。そりゃあ、そうだろう」

と、万馬は妙なところで嬉しがり、怒るどころか、笑顔でいる。こころなしか、ふんぞりかえった様子で、彼は、

「まぁ、とにかく、返してもらおうか。おれの銭入れもいっしょにな」

太吉のかたわらにおかれたままの風呂敷包みに、眼を落とした。

久治郎に言われて、嘉助がその包みを解くと、はたして見おぼえのある黄八丈もどきの袷と巾着が出てきた。

「どうぞ、おあらためを」

「おうよ」

と、万馬が巾着の中身をたしかめる。

「まちがいねぇ……銭は元のまんま、そっくり残ってるぜ」

「そりゃあ、ようございました」

「旦那の巾着だけじゃねぇべした」

他のものにも、まったく手をつけてはいないと、太吉は言う。

「嘘ではないようだが……」

つぶやきながらも、たしかめようと、嘉助は一つずつ品物を取りだしては、畳の上においていく。巾着や銭入れのほか、小間物《こまもの》類もいくつか、まじっている。根付に帯留《おびどめ》、こうがい、櫛《くし》、かんざし……と、そのとき、

「もしかして、そのかんざし、千住のお絹さんが持っていたものといっしょじゃないの」

おみつが指さした。大きく眼をみひらかせている。

それは、平打ちの銀細工のかんざしで、脚のついた平たい円形部に動物の模様が彫られていた。来しなに立ち寄った千住宿は山崎家、その年若い内儀《ないぎ》のお絹が、

「わざわざ大橋の向こうの加宿《かしゅく》まで買いに行きまして……」

と、見せてくれたかんざしに、そっくりなのである。

「ちょっと、しらべさせていただいていいですか」

久治郎らの了解を得て、おみつは手に取り、じっくりと眺めた。

お絹が買いもとめ、持っていたのは、円形の部分の図柄が、

[双頭《そうとう》の孔雀《くじゃく》]

だったが、これは鳳凰《ほうおう》のようだ。

お絹の話では、同様のつくりの他のかんざしの模様も、わが邦《くに》ではちょっと見られない珍しい鳥獣がほとんどで、しかもすべてが[双頭]だったという。

(それは変わっている……)

と思い、強く印象に残った。日光の東照宮《とうしょうぐう》で、陽明《ようめい》門近くの回廊の彫刻を見物していて、ふいと思いだしたくらいである。

わきから、のぞき見て、

「まったく同じものってぇわけじゃねぇが、たしかに似ている」

と、源三郎も言った。

「加宿の中村町にあるかんざし屋……かね丁《ちょう》とかいう名だったな。こいつもやっぱり、その店でつくられたものかもしれねぇ」

お香や万馬、六助も同意したが、それより何より、みずからも飾《かざり》職人で、彫金・彫銀を得意とする健太が、おみつから手わたされたかんざしの精緻《せいち》な彫り物を見て、

「まず、まちがいねぇですよ」

そう断言した。

「この鳳凰を孔雀に替えれば、まったく同じものになる」

その銀細工のかんざしの持ち主は、

（当然、女人であろう）

と、だれもが思った。

ところが、である。浴舎の脱衣場でそれを盗んだ太吉が言うには、かんざしがおかれていたのは、

「女ものの着物じゃねぇ、男衆の小袖《こそで》だったと思うげんちょも……」

「ほう。それじゃ、身につけていたのではなくて、売り物ってことか」

「まだ真新しいものね」

と、お香がつぶやき、

「さてね……色子《いろこ》の持ち物かもしれねぇじゃないか」

と、万馬がまぜかえす。同性愛者のことである。

そういえば、中禅寺《ちゅうぜんじ》湖に向かったときのおみつやお香も男装だったが、あの場合は特別である。

いずれにしても、そこにある盗品はすべて元の持ち主に返すことになり、嘉助みずから先頭に立ち、あらためてすべての泊まり客に問いあわせてまわった。

結果、多くの金品が被害にあった者の手に返ったが、いくつか該当者のないものがあった。例のかんざしもその一つで、男女のべつを特定せずに当たったが、どうしても持ち主が見つからなかった。

それらの品の処分に窮《きゅう》した久治郎や嘉助によって、いったん部屋にもどった源三郎らは、ふたたび帳場によびもどされ、相談をうけた。

「どれもやはり、この三日のあいだに当宿を出ていかれたお客さまの持ち物のようで……」

さいわいにして、現金や財布のたぐいのものは、すでに持ち主が判明。残りは小間物ばかりだという。困惑顔の久治郎に向かい、

「そうか。ならば、この旅籠においておけばいいだろう……なくした者が本当に大切なものだと思やぁ、取りにもどるさ」

と、源三郎はなだめるように言った。

「常連の客なら、つぎに泊まる機会にでも訊ねてくるだろうしな」

「おっしゃるとおりですな。では、そのように……」

かね丁製のものらしいかんざしに関しては、手の込んだ銀細工で、高価なものだと
いうことのほかに、

（いったい、どこのどういう者が、何の目的で持っていたのか）

と、気にはなったが、どうすることもできなかった。

ところで、犯人の太吉についても、久治郎らは処置・処分をどうしたものか、迷っていた。

盗んだものは何もかも、手つかずのままに返したことだし、当の太吉も悔いている。

（根っからの悪人ではなさそうだ）

ということで、太吉は村役人に引きわたしたりせずに、

「ゆるしてやろうじゃありませんか」

と、最初に言いだしたのは、主の久治郎だ。嘉助はどっちつかずの表情でいたが、
被害者の一人たる万馬が久治郎に同調した。それに対して、

「たしかに、役人をよぶまでもねぇ」

と、うなずきながらも、源三郎は言った。

「しかし、罪は罪だ」

「……何か、手ごろな罰はないもんですかね」

と、口をはさんだのは、おみつや六助らとともに帳場の戸口に立ち、遠巻きにして眺めていたお香だった。

(罰に、手ごろもねぇもんだ)

と、源三郎は思ったが、

「名案があります」

嘉助が応えた。

ここ湯西川では泥棒や殺傷ざたが起きたことはないが、大嘘をついたり、いたずらに他人と事をかまえるなどして、周囲に迷惑をかけるような者はいる。

「そういう手合いには、罰として、会津へ酒を買いに行かせるんですよ」

とくに冬場に、会津までの難路を往復するのは辛く、きびしい。道は凍《こお》りつき、積雪もかなりある。だからこそ、ちょうど寒さに向かうおり、

「罰としては最適」

というのだが、太吉はほかでもない、その会津から酒樽をはこんできて、それを失い、脱衣場荒らしという「犯行」におよんだのだ。このまま帰してしまったら、もど

ってくるという保証はない。

（主も主なら、番頭も番頭だ）

と、源三郎は、久治郎と嘉助の二人に呆《あき》れた顔を向けた。

もっとも、源三郎はこのあと、太吉を里の外《はず》れまで送っていき、他の者に知られぬように彼を道ばたによび寄せて、

「今市で売った酒の代金を持って帰らにゃ、困るんだろう」

耳打ちし、太吉の手にそっと二朱の金をねじこんでいる。

「いいか、会津に帰ったら、ちゃんとはたらいて銭をためろよ。その銭で酒を買ってな、必ずや、伴久さんに届けるんだぞ」

五

つぎの日の朝、一行は湯西川の里をあとにして帰路についた。

往路には嘉助の案内もあったので、いっきに湯西川まで来ることができたが、帰りは源三郎ら［江戸者］のみである。

近道や早道は迷うおそれがあるし、さすがに自分たちだけで九里（約三十六キロ）

もの本道（会津西街道）を一日で行くのは難しい。

そこで今宵は途中の五十里か藤原に宿をとって、川治の湯まで往復する案が出たが、

「どちらから行かれても、一里じゃきかない……二里まではないものの、道はけわしく、町の者が歩いたのでは、半刻（一時間）あまりもかかりますよ」

それでは湯冷めしてしまう、と言って、久治郎が川治に住まう知り合いにあて、紹介状を書いてくれることになった。

「百姓ではありますが、だいぶの土地持ちで、あの辺じゃ、けっこうな分限者《ぶげんもの》です。屋敷もひろいし、よほどのことがない限り、泊めてもらえるでしょう」

そこで久治郎の紹介状を源三郎がおのれの打飼におさめ、一同ひたすら歩きつづけて、昼まえには五十里宿に着いた。

ここから川治までは、会津西街道ではなく、男鹿川ぞいの道を行く。久治郎も言っていたとおり、人一人が通るのがやっとの、

［谷あいの隘路《あいろ》］

で、へたをすれば、ふつうの倍近くかかる。

道がとぎれ、かといって橋もなく、川の浅瀬をえらんで渡らなければならないよう

なところまであった。

「かわじとは川路……つまりは川の路《みち》だったという説があるが、ほんとにそんな感じがするじゃねぇか」

いつもの調子で、万馬は言ってきかせる。が、元気でいるのは彼と健太ぐらいで、お香や六助などはむっつりと黙りこみ、疲れきった様子でいる。

源三郎とおみつも、道の悪さに閉口《へいこう》させられていたが、

「これじゃ、もしや川治泊まりを断わられても、五十里にもどる気にはならねぇなぁ」

「……ならば、源さん、どうするつもりなの？」

「場合によっては、川治に寄って湯浴みなんぞしたりせずに、もっとさきの藤原の宿まで行くくさ」

「そんな……夜になっちゃうわよ」

「そうなったら、やむを得ねぇ、野宿だな」

「えーっ、真夏ならばともかく、この時季に野宿だなんて、無理よ」

秋もいよいよ深まって、ここいら山里ともなれば、夜間はかなり冷えこむ。

遅れ気味だったお香たちも、二人の話をもれ聞いただけで、何がなし肌寒くなり、

ぶるっと背をふるわせている。そしてその後はみな、おのずと足をはやめるようになった。

おかげで、まだあたりが暗くなるまえに、一行は川治の里にたどり着いた。

道中、あれこれと、

「今宵の寝場所」

が取りざたされたが、案ずるまでもなかった。

たずさえてきた久治郎の紹介状が効を奏し、言われた百姓家を訪ねてみると、

「ああ、いいだよ」

二つ返事で泊めてもらえることになったのだ。

よけいに持ってきたせいで、米や味噌がたっぷり残っていたことも、先方を喜ばせたようである。

もっとも、源三郎らと同じような、

「遠方からの湯客」

とおぼしき者たちを、里のそここで見かけたし、

「なんでぇ、厩《うまや》もどきの掘立小屋と聞いていたが、それなりにちゃんとしたもんじゃねぇか」

と、万馬が口をとがらせたが、露天の湯の周辺には、寝泊まりばかりか、自炊もできそうな湯治小屋もいくつか立ちならんでいる。

その夜のことである。

夕刻には一同、順に湯浴みをし、つましい食事もすませて、他のだれもが早々と床につき、すでにふかぶかと寝入っていた。

ただ一人、疲れすぎているためか、あるいは今夜は珍しく、

（酒気を抜いたためだろうか）

万馬は眠れないでいた。

（……こんなときには、湯に浸かるにかぎる）

と思ったが、あいにくと、ここから湯場まではけっこうある。

彼らが一夜の宿をかりたのは、百姓家とはいえ、まさに［豪農］と言ってもよく、家族や使用人の部屋のほかにも、四つ、五つと空き部屋があった。それぞれに寝具もあてがわれて、

「野宿もやむを得ないか」

などと、なかば本気で言いあっていた身には、極楽《ごくらく》であった。

惜しむらくは、出で湯の場所から遠いことで、五町（約五百五十メートル）ほどもある。

それでも、ちょっと思案したすえに、万馬は行く気になった。

わきで寝ていた六助を伴おうとしたが、大いびきをかいて眠っている。

（こいつは、いくら何でも、たたき起こすのはかわいそうだ）

誘うのはやめて、一人で夜道を歩き、川のほとりの岩風呂へと向かった。

川治の里の湯は、そこが一つあるきりだが、川をせきとめる格好でつくられた、

［大きな露天の風呂］

で、いっぺんに十人どころか、二十人や三十人は楽にはいれる。

手前に簡単な柵の囲いがしてあり、そのさきの石畳《いしだたみ》に簀子《すのこ》がおかれていて、脱衣場になっている。

湯西川では思いがけぬ［脱衣場荒らし］にあっただけに、さすがに巾着だのは百姓家においてきている。無造作《むぞうさ》に着ているものを脱ぎ、湯舟に向かおうとして、足もとの暗がりに男ものの小袖が二着ぶん、脱ぎおかれているのに気づいた。

たぶん、付近にある湯治小屋のどこかに寝泊まりしている客だろうが、

「ほう、こんな夜中に、酔狂《すいきょう》な」

ひとりごちて、万馬は、

（……いや、ほかにも、おれみたいに寝られないでいるやつがいるのかもしれねぇ）

なにげなく、眺めわたしてみたが、ひろいうえに湯けむりでぼやけている。

おまけに、最前までは月明かりがさやかで夜道も平気で歩いてこられたのに、川霧が立ち、あたりをおおいつくしていた。二尺（約六十センチ）さきも見えない。

まわりばかりか、湯舟のなかにもあちこち岩が突きだし、それも［目隠し］になっていて、先客の姿は見えなかった。

ただ、それらの岩間のどこかに、人のいる気配はある。川の瀬音《せおと》や吹く風の音にまぎれがちながら、何やらひそひそと語りあう声も聞こえてくる。

（べつに気をつかうこともなかろう）

とは思ったが、騒がしくする必要も、またない。

万馬は静かに湯舟にはいり、ゆっくりと身を沈めた。

［外傷に効能あり］

とのことだが、湯西川同様、透明の湯で肌にやわらかい。

なかなかに良い気分で、万馬は眼をつぶり、うつらうつらしはじめた。

「しかし辰、おめぇ、ずいぶんと待たせてくれたじゃねぇか」

そう言う声が、ふいと万馬の耳にはいった。

風の向きの加減にもよるのだろう。が、二人の湯客は移動したか何かして、万馬のいる岩陰のすぐ真後ろに近づいたようだ。かなり、はっきりと聞きとれる。

「なに、たったの二日、遅れただけだろうが……」

眼をあけて、ちらと万馬は視線を向けたが、岩が邪魔になっている。また、依然ふかい霧と湯けむりがたなびいていて、相手の姿は見えない。

「いくら湯場だからったって、こんな山里に二日もいれば、飽きてもくるぜ。湯西川でも、同じくれぇ待っていたんだからな」

「いや、すぐに追いつけると思ったんだ、最初はな」

[辰]とよばれた男が応えてから、やや間があって、

「そんなに待たせやがったのか、あの若松の漆《うるし》職人」

「ああ。漆がきちんと乾くまで待てってな……なにも、そこまで丁寧《ていねい》にやらなくてもいいのによ」

言葉づかいからして、二人は江戸の町人のようだ。商用で――たぶん漆の器《うつわ》でも仕入れるべく、会津若松まで行っての帰りだろう。

何かべつの用があって、もう一人の男は一足先に若松を発ち、［辰］が、［仕上がった品物］を持って、そのあとを追った。

そんな筋書きだろうが、

（まぁ、おれにはかかわりがねぇ。どうでもいいことだ）

と思い、万馬が両手に湯をすくって、顔を洗いかけたとき、

「あの銀のかんざしは、もったいなかったな」

また聞こえた。

（銀の……かんざし？）

おもわず湯を捨て、顔をあげて、聞き耳を立てた。

「どのみち会津まで遠出するんだ、駄賃にしようと親方に申しでて、いろいろ見つくろい、何本か持ってきたんだがな、おおかた売りきっちまったぜ」

「どれほど売れたって？」

「若松で三本、大内で二本、田島と湯西川でも一本ずつ……」

「そんなに捌《さば》いたのかよっ、梅」

［辰］が大声をあげた。

「だが、まぁ、かね丁のかんざしは、高ぇが物がいいってな、地元・千住ばかりか、お江戸でも、いいとこの娘や新造《しんぞう》に大人気だ……会津でも捌けて、ふしぎはねぇや」

「……だろう。ところが、取っておきの残りの一本をなくしちまったのよ」

「いちばん値の張るやつか。どこで、なくした?」

「わからねぇが、たぶん、湯西川の伴久って旅籠だ……もしやして、だれかに盗《と》られたのやもしれねぇ」

「何てこったいっ」

また［辰］が声を張りあげ、［梅］の舌打ちが聞こえた。

「惜しいがよ、手もとにねぇと気づいたのは湯西川を発って、だいぶしてからのことだ……見つかるかどうかもわからねぇし、今さらもどってもいられねぇじゃないか」

湯のなかで、万馬は腰をうかせた。口調からしても、

（あまり柄のいい連中）

とは思われないが、伴久に残された盗品のうちの一つ——それも、もっとも高価とみられるかんざしの持ち主が判明したのだ。盗人が捕まり、［物《ぶつ》］が出てきたという、

（事実だけは伝えてやろうか）

と思った。が、そのまま寄っていこうとして、

「親分が待ってるからな」

「ああ。ちょいと手荒いが、でかい仕事だ」

万馬は足をとめた。

（手荒い……仕事だと？）

身はいくらかもどすようにしながらも、相手の側に首だけ近づけ、万馬はいっそう耳をそばだてた。

だが、さっきから少しずつ風が勢いを増してきていた。周辺の川面《かわも》や湯の面《おもて》にも波が立ち、瀬音が激しくなっている。

それに掻《か》き消されて、「辰」と「梅」の声は、とぎれとぎれにしか聞こえてはこない。二人がそれまでよりずっと、声をひそめてしまったせいもある。

ときたま耳にはいるのは、しかし、どれも気にかかる言葉ばかりだ。

「……どうやって、かどわかす？」

風が背後の木立ちを揺らす音。そして、高まる瀬音。

「だからこそ、わざわざ会津くんだりまで出向いていって、仕入れてきたんじゃねぇか」

ふたたび雑多な音に消される。そのあと、ややあって、万馬が何よりも仰天させられる言葉が発せられた。

「山崎の家のやつらめ、おたおたするぜ」

そしてさらに、

「桑山《くわやま》の旦那もお待ちかねだ」

［辰］の声が聞こえ、

「恨みを晴らすいい機会だものな」

［梅］が応えて、ついにはまるで聞こえなくなった。

（山崎家？……それに、桑山だって？）

こらえきれずに、あらためて万馬は腰をあげ、二人のほうに近づこうとした。

突風が吹いたのは、そのときだった。横殴りに吹きつける風に飛ばされて、瞬間、湯けむりが失せ、霧が晴れた。

「……げっ」

「……げ、げっ」

ほとんど、すれすれ。わずか五寸（約十五センチ）ほどの近みに相手の顔があった。うっかりすると、鼻先がぶつかりそうである。

なんと、辰と梅のほうでも、ようやくにして万馬がいる気配を察した。口をつぐむと同時に、岩陰をまわりこむようにして、万馬の側に向かい、首を突きだしたのだった。

「し、失礼っ」

われしらず口にして、万馬は湯のなかで後じさり、相手の二人は、何も言わずに背を向ける。そのまま脱衣場めがけて、一目散《いちもくさん》に去っていった。

直後に万馬は、

(あの野郎ども、どこかで、たしかに一度、見た覚えがある)

そう思った。

六

「なるほど……かね丁のかんざしの件はともかく、山崎家だの、桑山だのって名前までが出てくるとなると、こいつは、放ってはおけねぇな」

万馬から話を聞くなり、源三郎はたちまち真剣な顔つきになって言った。

最前、万馬が一人出ていったのに、源三郎は気づいていた。かすかな物音でふいと目覚めたのだが、

（……湯浴みにでも行くのだろう）

と放っておき、すぐにまたまどろんだ。が、もどってきても、万馬は寝床にははいらず、まるで寝る気のない様子で、部屋の隅にしゃがみこんだまま、考え事をしている。

首をかしげたり、ため息をついたり、聞きとれぬほどの小声ながら、独《ひと》り言《ごと》をつぶやいたりまでしているのだ。

そうと知って、源三郎は起きて、万馬に声をかけ、みなの寝ている部屋の外に連れだしたのだった。

「しかも、だよ、源の字。あいつらが逃げ去ってから思いだしたんだがね、おれは千住で連中と会ってるんだ」

一人ずつ見たならば、わからなかったかもしれない。が、片方は雲を突くような大男で、顔立ちもごつい。一方は逆に小柄で痩《や》せ、目鼻も小さく、申し訳程度についているというふうだった。

（たぶん、大きいほうが［辰］で、小男が［梅］だ）

そこまではともかく、そういうかにも対照的な二人だけに、記憶の隅に残っていた。

「千住でよ、山崎家の手代頭の利平に連れられ、おれと六助が飲みに行って、もめ事が起きたことがあったろう」

「ああ。問屋場《といやば》の近くの橋元《はしもと》って店でのことだったな。師匠、柏原家の番頭一派だかとにらみ合いになって……」

「源の字が駆けつけてくれて、助かったんだ……ありがとよ」

今さらながらに頭をさげてから、

「……でな、あんとき、相手方の端っこのほうにいた連中、土地の博徒《やくざ》みたいにも見えたがな、ちがうかもしれねぇ」

「それが、さっき河原の湯で会った連中だというのかね」

「おそらく、な」

「……となれば、おれも見ていることになる」

「まぁな。こうやって話に聞くだけでは思いだせねぇだろうが、あんまり極端にちがう顔かたちなんでな、じっさいに見れば、源の字も気がつくんじゃやねぇか」

とにもかくにも、あの山崎家と柏原家という、

［両旧家の者同士の対立の場］

に、二人が居あわせたということは、たいそう重要な意味をもつ。

「つまるところは、そいつらの話に出たという山崎なる名、あれはやっぱり……」

「千住本宿の山崎家。楠左衛門《なんざえもん》が現当主で、お絹さんが内儀の、な」

「一つ、はっきりしねぇのは、桑山って名のほうだな」

「おれは、桑山泰一郎《たいいちろう》と踏んだがね」

ほかでもない、この関亭万馬が「女湯のぞき」の容疑者とされ、あやまって捕縛されたとき、その現場の湯屋――「舟廼湯《ふなのゆ》」で用心棒をしていた浪人者である。

「万馬さん、どうして、そう思う？」

「根拠はねぇ、おれの勘だよ」

「……勘、か」

源三郎の頬に、苦笑がうかぶ。「勘のよさ」なら、源三郎も、

(おのれの取り柄《とえ》の一つだ)

と、自負しているはずのことだった。

(師匠に、お株をとられたな)

しかし万馬には明かしていないが、源三郎は千住の大橋の上で、その桑山と出くわしている。彼の実家が西新井《にしあらい》の竹ノ塚《たけのづか》で、身投げして死んだ楠左衛門の許嫁《いいなずけ》・おはんも同じところに住んでいた、というのも気になる。

それこそは、今のところ、源三郎の勘でしかないが、

（なにがしか、かかわりがあるのではないか）

と、そのことを言いかけたとき、二人のいる灯火のない廊下の向こうに、ふわっとほの白いものが見えて、

「どうしたのよ、二人そろって、こんな夜中に？」

源三郎に輪をかけて勘のすぐれた、おみつである。彼と万馬の話し声に気づいて、起きてきたのだ。

「それがよ、おみつちゃん……」

と、源三郎は、万馬に聞いたとおりのことを、かいつまんで語ってきかせる。

聞き終えるなり、おみつはいくぶん苛立《いらだ》ったような表情で、

「駄目じゃない、源さんも万馬さんも……どうして、その二人を捕まえないのよ」

「捕まえる？……そんなこと、できるはずがねぇじゃないか」

「どうしてよ。かどわかすって、はっきり言ったんでしょ、その男たち」

かどわかし――だれかを［誘拐《ゆうかい》］するつもりでいることが、明らかなのだ。

誘拐して、被害者の家の者に、金品を要求したり、何らかの脅《おど》しをかけたりする。

これは、江戸の当時としても、

［重罪中の重罪］

である。

「あたしが思うには、その連中は千住本宿の山崎家の人間に狙いをさだめている……かどわかそうとしているのは、ご当主の楠左衛門さん、いいえ、お絹さんにちがいないわ」

「……おみつちゃん、お得意の第六感かい」

けっして、

（馬鹿にはできない）

と思いながらも、源三郎は茶利《ちゃり》を入れる。

「ふんっ」

と、そっぽを向いて、頬をふくらませたのち、

「とにかく、放っといたら、危険だわ」

ふたたび、おみつは源三郎のほうを見た。

「それは、わかってるさ。ただな……」

そういう話をしていたようだ、というだけで、現在《いま》の時点では、彼らはいかなる［犯罪行為］もしてはいない。

「これでは、捕まえるどころか、ものを訊《たず》ねて、しらべることだってできやしねぇだろ」

だいいちに、ここにいる者はだれも、そんなことのできる権利も資格も、もってはいなかった。

本当の正体はともかく、源三郎の表向きの生業《なりわい》は江戸・日本橋南界隈《かいわい》の［湯屋守り］にすぎず、おみつにしても目明かしの手札《てふだ》をさずかってはいるが、これも、［公《おおや》けにみとめられた役人］ではさらにない。また、たとえ公儀《こうぎ》の役人だったとしても、湯西川といっしょで、ひっきょう、ここも［管轄外］である。

「こんな夜中に川辺に出向き、片っ端から湯治小屋をのぞいてまわったり、村の百姓家を一軒一軒当たったりなんぞ、できやしめぇ」

「そりゃあ、そうだけど……」

「大丈夫さ、おみっちゃん。やつらは逃げられやしねぇ」

と、万馬が二人のあいだに割ってはいった。

「ここから藤原までの道は、これまで以上にけわしいと聞いている……」

龍王峡《りゅうおうきょう》。――

［龍の王］の名がしめすとおり、それこそは、断崖絶壁の連続なのである。

「まともなら、真っ暗ななかを行ったりはしねぇ……少なくとも、夜が白むのを待ってからにするだろうよ」

万馬の言葉をうけて、源三郎が言った。

「やつらが藤原や今市なぞを通って、江戸方面へ向かうのは、わかっている。もう少ししたら、みんなで順番に藤原への道を見張ろうじゃねぇか」

「でも……」

と、口をとがらすおみつをなだめるように、源三郎は笑いかける。

「それよりか、おみつちゃん。明日も相当にきつい歩きになる……いましばらく、眠ったほうがいいぜ」

「ふむ。おれたちもちょっと横になるからよ」

源三郎と万馬の二人に押しきられる格好で、結局はおみつとしても、うなずかざるを得なかった。

おみつが案じていたとおりになった。

七

翌未明、源三郎が全員に事情を話し、一同、手分けして藤原への道をはじめ、里の出入り口を見張ったが、怪しい者は通らない。頃合いをみて、すべての湯治小屋をのぞいてまわり、村中の民家を訪ねてもみたが、

「夜中に万馬が湯のなかで遭遇《そうぐう》したという男たち」

は見つからなかった。

影もかたちもなく、消え失せてしまったのだ。

「やっぱり、まともではなかったってわけか」

悔しまぎれに万馬はもらしたが、彼に姿を見られ、あわてて風呂から上がるや、そのまま逃げてしまったにちがいない。それも、おそらくは、

「昼でも歩行が難しい崖っぷちの道」

を、いそぎ進んでいったのだ。

(それだけに、いよいよ怪しい)

と、源三郎は思ったが、まさしく彼の［黒星］で、

「油断したな……申しわけねぇ、おみつちゃん、あわせる顔もないぜ」

「しかたないわよ」

応えはしたが、口惜しいことでは、おみつも変わらない。健太を起こすなどして、自分が率先して、消えた二人の行方を追えばよかったのだ。

いずれにしても、あとの祭り。すでに一晩がたっている。いくら［韋駄天《いだてん》］の健太でも、追いつけはすまい。

「しかし、あいつらの行き着くさきはわかってるんだ」

「千住でしょ、きっと」

「ああ。千住本宿の旧家、山崎家だ」

「……そこで、お絹さんをかどわかそうとたくらんでるのね」

と、朝になって事を知らされたお香が口をはさむ。

「いや、まだ、お絹さんをねらっていると決まっちゃあいねぇ」

万馬が首を揺すったが、

「たぶん、まちがいねぇよ。おみつちゃんの勘はめっぽう、あたる……」

と、源三郎は頭を掻く。

(今さら、何よ)

　無言でにらみすえたが、口には出さず、

「とにかく、みんな、いそいでここを出ましょう。追いつけはしないだろうけど、たぶん、その二人、千住までの道はあたしたちといっしょのはずよ」

　そうとだけ、おみつは言った。


　一行は往路の倍に近い足どりで、同じ日光街道を千住・江戸方面へと向かった。が、めざす千住に着いたのは、それから八日もあとだった。

　いそげば四、五日ほどの距離。それが往《ゆ》きと変わらず、むしろ、いくぶん長くかかってすらいる。

　途中の宿場・徳治郎《とくじろう》で、源三郎らは田所文太夫と合流した。彼はしかし、早めに藤浦《ふじうら》藩での後始末を終え、落ちあうことを約した中宿の旅籠［吉田屋］方にはさきに着いて、一行の到着を待っていた。

　そして合流するや、ただちに徳治郎を発っている。

　にもかかわらず、遅れてしまったのは、またしても万馬のせいである。というよりも、道中、

［万馬がらみの事件］が連続して起こったのだ。

最初に彼が難にあったのは、川治を発ってまもなく、藤原までのあいだの龍王峡でのことだった。

今日でこそ、［風光明媚《ふうこうめいび》な景勝地］として知られ、急流を行く船下りの客などで賑わっているが、このころはまさに、［鳥も通わぬ難所］であって、眼下も断崖。見あげれば、そこも絶壁……崖のはざまの急峻《きゅうしゅん》な道を進んでいかねばならない。

わけても危ないのは、路肩《ろかた》がゆるく、崩れやすい隘路が、蛇行《だこう》しながらつづく箇所だ。そんなところは、人一人が蟹《かに》のように横這《よこば》いになって歩く。

源三郎らも一人ずつ、間をおいて進んだ。さきを行く者が前方の曲がり角までたどり着いたら、つぎの者が行く。

健脚の健太が先頭、ついでおみつ、お香、六助、そして万馬。――

その万馬が足を踏みだしたときだった。頭上から、突然に石ころが落ちてきた。最初は一つ二つ、ころころと切り立った斜面を転げて、万馬のすぐまえに落下した。

足もとにばかり眼をやっていただけに、いっそう万馬は驚いたが、数瞬後、こんどは、十数個もの石がまとめて転がりはじめ、万馬のからだを直撃しようとした。

つぶてや小石だけではない。人の頭ほどの石までも、まじっていた。

「危ねぇっ」

しんがりを受けもち、後ろで見ていた源三郎が叫び、地を跳《は》ねて、二間（約三・六メートル）ばかりも宙を飛んだ。

雨あられのごとく、石やつぶてが万馬の頭に降りかかる。その直前、源三郎は万馬の背に抱きつき、もろともに身を引いて、その場に伏せた。それこそは、

［間一髪《かんいっぱつ》］

小粒の石は落ちて砕け、［人頭石］はするどく地面に突き刺さった。

「なんだ、なんだ、いってぇ何が起こったってんでぇっ」

源三郎がその身から離れると、万馬はゆっくりと腰を起こして、他人事のようにそうつぶやき、小袖についた土ぼこりを払った。

「大丈夫かい、師匠……怪我はしなかったろうな」

「怪我なんぞ、するもんかい。だがよ、源の字、あの石の落ち方は、ちょいとおかし

かねぇか」

と、けげんな顔で頭上を見あげる。つられたように、源三郎もわきの斜面をあおぎ見た。

十町（約千百メートル）ほども高低差があって、崖上に人影は見えない。が、数本の松が生えていて、風もないのに、その松の木が揺れている。

それがまた、源三郎と万馬の眼には、ひどく不自然なものに映った。

当然のことに、源三郎も万馬も、
［川治の湯で万馬が出くわした二人の男］
を思いうかべたが、文太夫と合流した日の午後にも、こんなことがあった。
往路にも寄った宇都宮宿でのことである。
宇都宮にも二荒山《ふたあらやま》神社があるが、これは読み方がしめすとおり、日光の二荒山《ふたらさん》とは祭神もちがえば、その成り立ちも異なる。
それはともかく、その神社のふもとが宮町《みや》で、すぐ北側に、かなり幅のひろい馬場《ばば》通りがある。
通り道なので、一行は社《やしろ》に詣で、その足で宮町に差しかかった。

北面の馬場から、源三郎らのほうに向かい、一頭の鹿毛《かげ》の馬が全速力で駆けてきたのは、そのときだった。

一同の手前で、馬は前脚《まえあし》立ち、のめるようにしたかと思うと、こんどは逆に後ろ脚で立ち、たてがみを揺らして、激しくいないないた。

お香やおみつが悲鳴をあげ、万馬や六助らも、

「ひどく、たかぶってるぜ」

「暴れ馬だっ……気をつけろ」

口々に叫んで、逃げ惑う。

それも、そのはずであった。

（たかが、馬……）

どころではない。このころの「暴れ馬」といえば、今日の、

「暴走車」

のようなもので、蹴られて即死する者もたくさんいたのだ。

他の者ほどには恐れず、その場に踏みとどまりはしたものの、源三郎とて、うっかり手を出すことができずにいた。

剣術や柔術を習っていたころに、彼は馬術の手ほどきも受けた。が、剣や組み討ち

ほどには、乗馬は得意ではなかった。

その点、文太夫はちがっていた。

以前から馬のあしらいにはたけていて、つい最近も、藤浦滞在中には藩主・牧田葦《まきたよし》成《なり》の供をして遠乗りをしたり、［早駆け競《くら》べ］をしたりもしている。

文太夫はみなを下がらせたうえで、馬のまえに立ちはだかると、

「どーう、どう……何があったのだ、何か気に入らぬことでもあり申したのか」

まるで人に告げるようにささやきかけ、そっと首根に触れてやる。すると、ふしぎなことに、馬の動きはにぶくなり、

「ひひーん」

一声いななくと、嘘のように静かになった。

「よーし、いい子だ。そのまま、おとなしくしておれよ」

そのまま文太夫はくつわを取り、馬が駆けてきたほうへと連れてもどりはじめた。

やがて、その馬は一荒山神社で飼っている馬で、社の厩《うまや》につながれていたものが、

「何者かに脅されて逃げ、暴れだしたようだ」

とわかったが、だれが、何のために、

「さような真似をしたのか」

は、ついに不明のままに終わった。

それにしても、［危難《きなん》］がつづきすぎる。

龍王峡ではいかにも人為的に、崖のはざまの隘路を万馬が通るのを待って、

（故意に石が落とされた）

かに思われた。

この宇都宮での暴れ馬のときは、ひとり万馬が蹴り殺されるとは限らない。お香やおみつ、六助など、まわりにいた者たちのすべてが難にあう可能性があった。

それだけに、これまた、

［故意に起こされたもの］

であったとしても、万馬個人に照準があてられているのか否か、さだかではなかった。

しかし三度目、つぎに泊まった小山《おやま》宿での出来事は、源三郎としても、

（明らかに、師匠の生命《いのち》をねらってのもののようだな）

と思わざるを得なかった。

八

それは、例の徳川家康の「小山評定《ひょうじょう》」があった場所から南東に五町（約五百五十メートル）と離れてはいない社の参道で起こった。

その社は須賀《すが》神社といって、宇都宮の二荒山神社ほど名高くはないが、創建は天《てん》慶《ぎょう》三（九四〇）年というから、だいぶ古い。

平将門《たいらのまさかど》を倒した小山氏の先祖・藤原秀郷《ふじわらのひでさと》が、京の八坂《やさか》神社から「牛頭天王《ごずだいおう》」をまねき、祀ったといわれ、もとの名を祇園《ぎおん》牛頭天王社という。

「小山六十六郷の総鎮守《ちんじゅ》」でもあった。

ここが街道に近いということもあって、

「ちょっと寄っていこう」

と、ほかならぬ万馬が言い、右手の参道を歩きだしたときだった。

参道の両側には等間隔に欅《けやき》が植えられ、鬱蒼《うっそう》と生い茂っている。涼やかな並木道ではあったが、

［昼なお暗きところ］で、ところどころに大きな石灯籠《いしどうろう》がおかれている。［くせ者］は、その陰にひそんでいたようで、みなよりさきに立って進みはじめた万馬めがけて、一閃《いっせん》、するどい刃物が飛んできた。

先端をとがらせた大きな鉄針――手裏剣《しゅりけん》である。

はるか昔、それも郷士《ごうし》とはいえ、さすがに万馬も、

［一端《いっぱし》の武家の子弟あがり］

ではあった。

襲いくる敵の刃《やいば》をまえにして、瞬時に［侍・関谷綾之助《せきやあやのすけ》］に立ちかえったものか、最初の手裏剣には、からだが反応した。すばやい身のこなしで、ひょいと首と肩とを傾け、やりすごした。

つづけて放たれた二つ目の手裏剣。これは、このときも真後ろにいた源三郎が万馬のまえに躍りでて、腰の脇差《わきざし》を抜き、刀身でうけて、払った。

間をおかずに、三つ目が来た。

この手裏剣を源三郎が払いそこねたのは、一つ目の手裏剣をみずからかわしたことで、

（……つい気をゆるめちまった）

万馬が、妙な動きをして、ふたたび源三郎より前方に立とうとしたからである。

それでも、万馬は一応はしのいだ。

手裏剣は彼には当たらず、その左脚をかすめて飛び、背後の欅の木に突き刺さった。

こんども万馬は、

（うまく手裏剣を避けた）

かに思われた。が、少したって、よく見ると、小袖の腿《もも》のあたりが裂け、下の皮膚があらわになって、そこに赤い血がにじんでいた。

最後に飛んできた手裏剣が、万馬の肉を多少ながら、えぐったのだった。

そこで手裏剣の数がつきたのか、あるいはもう一度、万馬のまえに出た源三郎の剣に、

（払われるだけ、無駄だ）

と踏んだのか、

［見えざる敵］

の攻撃はやんだ。それきり、どこぞへ逃げ去ったらしい。

すぐさま万馬は一同の手で、社の門前近くにあった町医者のもとへ担ぎこまれた。

「こんなもん、ほんのかすり傷じゃねぇか……医者なぞに診《み》てもらうまでもねぇ」

万馬はうそぶき、じっさい軽傷ではあったが、傷口が膿《う》みをもち、いくらか腫《は》れはじめている。医者は簡単な切開をして、消毒し、

「ここから新たな菌でもはいるなぞしたら、面倒なことになる……」

少しのあいだ、安静にしていてもらい、容体《ようたい》を見たいと言いだした。

「わるくすると、生命にもかかわりかねませんよ」

それに対して万馬は、応じることにした。

「そこまで言われちゃ、しょうがねぇ。おれは、ここに残るしかねぇさ」

しかし、自分がこんな目にあったのも、悪事——千住での「かどわかし」をたくらむ一味の顔を見てしまったからではないのか。そう考えると、なおのこと、山崎家のことが案じられる。

「……だからよ、みんなは一足先に、千住へ行ってくれねぇか」

そう告げて、万馬は他の者たちの早い出立《しゅったつ》をうながしたが、

「これまでずっと、いっしょに旅をしてきたんだ。今になって、万馬さんを一人、おいていくわけにもいくめぇさ」

と、源三郎が言い、それに万馬をのぞく全員が賛同。そうして結局、一行は丸三日間、小山で足止めをくらうことになったのだった。

そんなわけで、予定よりだいぶ遅れて千住宿にはいったのだが、不幸にも、そのとき、もう事は起きてしまっていた。

おみつが予感したとおり、彼女にそっくりの、

［山崎家の若内儀・お絹］

が誘拐されたのである。

千住より手前、草加や西新井あたりの茶店ですでに、その噂は一同の耳にはいった。それを聞いて、源三郎は、

「……遅かったか」

おもわず舌打ちして、おみつ、そして万馬の顔を見た。

（言わぬことか）

という表情で、万馬は源三郎を見つめかえしたが、むろん、非難する立場にはない。

（源の字は、おれのことをおもんぱかって、小山にとどまってくれたんだからな）

ただ、いまや、その万馬にも、源三郎やおみつにも、お絹をかどわかした一味の

［思惑］が読めてきていた。

連中がくりかえし、万馬を襲ったのは、彼を、

［亡《な》き者にすること］

のみが目的だったのではない。源三郎らの一行の到着を遅らせて、その間に自分たちの計画を実行するつもりだったのではないか。

万馬への攻撃が途中で、ぴたりとやんだのは、

（それもあったのかもしれない……）

と、源三郎は思った。敵の手持ちの手裏剣がつきたのでもなければ、自分の剣の腕を恐れたせいでもなかったのだ。

「うかつだったな」

ふたたび源三郎はつぶやいたが、だれも何も応えない。

しかり。あれこれと悔いたり、悩んだりしている場合ではないのだ。一刻も早く、千住の山崎家に駆けつけて、これまでの推移《すいい》を知り、

［事を解決する手立て］

をこうじるよりほかに、なすべきことはなかった。

第五章　はぐれ者の挽歌《ばんか》

一

源三郎やおみつらの一行の顔を見ると、山崎家の当主・楠左衛門《なんざえもん》は何とも言われぬ、入り組んだ表情をうかべた。

当人も、それと気づいたとみえ、

「ほんらいならば、みなさまが無事、日光詣《もう》でからお帰りになられたこと、喜ばねばならぬところでしょうが……」

「それは要らぬお心づかいで」

と、源三郎は小さく首を揺すってみせた。

「こちらさんがお取り込み中なのは、先刻承知……ご内儀《ないぎ》のお絹さんがかどわかされたって話は、草加《そうか》あたりにまで流れていましてね」

「もう、そんなにひろまってしまっているのですか」

「お絹さんとも楠左衛門さん、おめぇさんとも、知らない間柄じゃねぇし、道中、みんなして心配しながら来たんでさ。それに、あとで話しますが、こっちにも、いろいろとありましてね……たぶん、かかわりのありそうなことが」

応えて、源三郎は首をめぐらし、ちらと万馬のほうを見た。

「まぁ、できることなら、力を貸して、お絹さんの身柄を取りかえせるようにして差しあげたいと」

「それはどうも、ありがたいことです」

「とにかく、どういうしだいで、こういうことになっちまったのか、教えていただきたいんでさ」

「わかりました。まぁ、ここでは何ですから、奥へ……」

源三郎たちは、とりあえず今日は、漆器《しっき》の卸《おろ》しがなりわいの山崎家の表店《おもてだな》「千疋《せんびき》屋」をのぞいてみた。そして、ちょうど帳場《ちょうば》まえの土間にいた楠左衛門と、ほとんど立ち話のような格好で言葉をかわしていたのだ。

文太夫《ぶんだゆう》一人はべっとして、他のみなは往路にも立ち寄り、一泊させてもらっているので、奥の屋敷の様子や、そこへ行く要領などは心得ている。

自分たちだけで勝手にわきの細道にはいり、そちらに面した長屋門《ながや》から玄関口にまわると、廊下にあがって広間に向かった。

楠左衛門はさきに奥にはいって、座敷の中央に坐り、一同が来るのを待っていた。

「一昨日のことでございます」

源三郎らが座すのを待ちかねたように、しゃべりはじめる。

「あちらの表店のほうに、会津から来たという仲買人《なかがいにん》が訪ねて参りましてね。漆物《うるしもの》の椀《わん》や塗《ぬ》り箸《ばし》をいくつか、持ってきたのです」

「……会津の漆器ですか」

応えて、ふたたび隣に坐った万馬のほうに眼を向ける。万馬もまた、

(やはり、そうか)

という顔をして、楠左衛門を見すえていた。

「はい。それで、わたくしと番頭《ばんとう》らはちょいと用がございましたもので、手代頭《てだいがしら》にその仲買人の応対をまかせました」

「手代頭……利平さんですね」

「はい。先だって、みなさまがお寄りになったおりには、いろいろ厄介なことに巻きこんでしまいましたが……」

その利平が、

「信用できそうだ」

と言うので、楠左衛門はすっかり安心してしまったらしい。

「まぁ、持参した品をおいていくので、当家で使ってみてほしい。それによって判断し、よろしかったら取引きに応じてもらえまいか……先方はそう告げて、帰ったとのことでした」

要するに［見本］である。その見本の品が、じつは、

［災いのたね］

だったようだ。

「その夜、わたくしは町内の顔役同士の寄合いによばれておりまして……」

そのときも二人の番頭は同行し、ともに帰宅してみると、家のなかが変に静まりかえっている。

「五ツ半（九時）か、もう四ツ（十時）に近かったか、だいぶ遅い刻でしたのでね」

手代や丁稚《でっち》、女中などの使用人のうち、通いの者たちはそれぞれの家に帰り、住み

込みの者も奥の寝部屋にひきこもったのだろう。

それはわかるが、ふだんなら起きて楠左衛門の帰りを待っているはずのお絹や、付き人のお勝らの姿も見えない。

「どこへ行ったのか、留守宅をあずけておいた利平までがいないではありませんか」

ほかに小僧が二人——半月あまりまえ、最初に源三郎が千住大橋《せんじゅおおはし》の橋上ですれちがった者たちで、いうなれば、

「内儀・お絹の守《も》り役《やく》たち」

がすべて、消え失せてしまっている。

「表の店やこちらの玄関口で、いくらよばわっても、返事がない。ならば奥かと、ここまで来たら……」

小僧らのいい、いびきや寝息が聞こえてきた。

「まさに、この座敷ですよ。お勝も利平も、小僧らも、みんながうつ伏せになったり、仰向《あおむ》けになったり……ふかぶかと眠りこんでいて、少しも起きる気配がない」

「お絹さんはおられなかった?」

「……はい」

と、顎《あご》をひき寄せて、楠左衛門は眉根《まゆね》を曇らせる。

「そのときにはもう、お絹はさらわれていたのです」

部屋には、消えたお絹の膳《ぜん》もふくめ、人数ぶんの膳がならべられていた。各々の膳の上には蓋《ふた》付きの椀がおかれ、なかに雑煮《ぞうに》がはいっていたという。

「あとで目を覚ました利平やお勝に聞いてみましたら、お絹が、夕餉《ゆうげ》が早かったので小腹がすいたと言いだした……それならば、何かお夜食をつくりましょう、とお勝が台所に立ったのだそうです」

「お夜食にお雑煮を、ね」

と言うおみつに、

「ええ。当家では、けっこう食しますのです」

応えてから、楠左衛門はこうつづけた。

「しかし蓋をあけ、雑煮には手をつけたようですがね、だれも、ほとんど残してしまっていた……」

「食べているうちに、眠ってしまったというわけですか」

その場にいた他の者たちと同様、お絹もまた昏倒《こんとう》し、何も知らぬ間に連れ去られたのだろう。それと気づいて、楠左衛門は番頭らを宿場の問屋場《といやば》に走らせ、宿直《とのい》の役人方をよんでこさせた。

「お役人方は最初、なかの雑煮に眠り薬が落とされていたのではないか、と見ておられましたが……」

いろいろとしらべてみて、ちがうことがわかった。薬は雑煮でも、容器の椀にでもなく、お絹らが手にした塗り箸に仕込まれていたのである。

「箸の先端に刻みが切ってありましてね、その切り込みのなかに塗りこまれていたようなのです」

「見たところは何ともないが、使っているうちに、じわじわと染みだしてくるという寸法か」

と、源三郎は万馬をはじめ、おみつやお香、健太らの顔を見まわした。

「ずいぶんと手の込んだことをするものね」

おみつが言い、

「職人の芸ですよ、これは」

と、遠慮がちに健太がつぶやく。それを聞いて、ふいと何か頭にひらめくものがあったが、源三郎はまた楠左衛門の側を向き、

「もしや、その塗り箸は、最前言っておられた仲買人がおいていった品物では……」

「おっしゃるとおりです。塗り箸ばかりか、椀のほうもそうだったようです」

これは、利平が、

「ちょうどいい。ためしに使ってみないかね」

と、お勝にすすめ、お絹の了解を得たうえで使用したものらしい。

「むろん、器《うつわ》や箸は、利平自身がしっかり洗ったそうですがね」

「それでも、薬の効き目は消えなかった、と……」

結果として利平は、自分までが眠らされることになり、大事な山崎家の内儀のお絹が何者かに誘拐《ゆうかい》されてしまった。

（おのれが見も知らぬ飛び込みの仲買人を妄信《もうしん》し、あまつさえ、そいつの持ってきた品を使ってしまったせいだ）

と悔い、ひどく落ちこんでいるという。

「……で、その利平さんはいま、どちらにいなさる？」

「いえ、責をとって暇《いとま》をとらせてもらうなぞと言うものですからね。そうまで思うなら、死ぬ気でお絹の行方をさがしてほしい。それにはまず、あの会津から来たという仲買人を見つけだすことだ、と申しつけまして……」

昨日、そして今日と、利平は千疋屋の仕事をやすみ、怪しい仲買人の探索に飛びまわっているとのことだった。

念のために、源三郎は山崎家に「仕込み箸」を持ちこんだ仲買人の人相を訊《き》いてみた。

二

その男は、瘦《や》せて背が高く、

「目鼻のととのった、けっこうな優男《やさおとこ》でしたね」

と、楠左衛門は答えた。

万馬が以前にこの千住で見、川治《かわじ》の湯で再見したという「辰」と「梅」の二人とは、だいぶちがう。が、予期していたことではあった。

ふだん千住の町に居住し、たむろしている男の顔なら、楠左衛門もたいていは知っていよう。博徒《やくざ》もどきで、対立する旧家の柏原《かしわばら》方についている輩《やから》となれば、なおのことだ。

そんな連中を千疋屋の店先にでさえも、楠左衛門は、

(寄せつけるはずがない)

のである。

ここはやはり、万馬の見た［辰］なり［梅］なりが会津で仕入れた漆器を、仲間うちのべつの男に渡し、

（そいつが売り込みをよそおって山崎家を訪ねた）

と考えるほかはない。

いずれ、その仲買の商人《あきんど》がお絹の誘拐に一枚、噛んでいることは確かだろう。

もう一つ。さきの柏原家がこの一件に、

（どこまで、からんでいるか）

だが、このことはまだ、まったく見えてはいない。

川治の湯場《ゆば》での［辰］と［梅］のやりとりのなかにも、

「柏原のかの字も出てはこなかったぜ」

と、万馬は言っているし、山崎家の楠左衛門も、こんなふうに語ってきかせた。

「表向き、柏原の家の者が、お絹のかどわかしに手を貸すだの何だのといった、妙な動きをみせている気配はありません」

少なくとも楠左衛門の耳に、そうした話はとどいていないようだ。

これに関しては、それこそは、

(ほんらい、どちらの味方でもない)

源三郎たちの「出番」といえよう。じっさい源三郎は、今日のうちにでも柏原家に出向いていって、真相をたしかめるつもりでいる。

それより何より、決定的なことは昨日の夜半、すなわちお絹が誘拐されて、一ツ刻(二時間)ほどたった子《ね》の刻(午前零時)ごろに起こった。突然、表店のほうで物音がして、楠左衛門らが行ってみると、

「投《な》げ文《ぶみ》が落ちていたのでございます」

そしてそれには、こう書かれていたという。

「これより三日以内に、金二千両ならびに家宝の仏像を用意せよ。さもなければ、お絹の生命《いのち》の保証はない」

受けとる場所はあらためて指定する、ともあったが、この一件、山崎・柏原両家の対立問題にくわえて、金銭めあての悪党どもが大きくかかわっていることは明らかだった。

由緒《ゆいしょ》ある旧家の当主として、また十数人もの使用人を雇う立場として、楠左衛門が、

（できるかぎり、毅然《きぜん》としていたい）

と願っているのは、源三郎やおみつらにもうかがえた。が、うら若き［恋女房］の生命と、代々うけつがれてきた［家宝］とが、

（両天秤《てんびん》にかけられよう）

としているのだ。

気丈《きじょう》に振るまってはいても、その心底がおだやかでないのは、痛いほどよくわかる。くまのできた眼の下のあたりが、ときおりぴくりと痙攣《けいれん》し、だれよりも福々しかった頰がやつれてもきていた。

じっと眼をすえて、

（……どうしたものか）

と、源三郎は迷ったが、

「楠左衛門さん、そろそろ見せてはいただけませんか」

おもいきって口にした。

それだけで、むろん、楠左衛門には通じる。

「当家につたわる千手《せんじゅ》観音の像ですね」

応えはしたが、まだ少々、ためらう様子でいる。それは、そうだろう。

源三郎らと会うのは、これでまだ二回目。しかも一人や二人ならばともかく、楠左衛門にとっては初対面の文太夫も入れて、じつに七人もの「よそ者」の眼に、「取っておきの秘仏」をさらそうというのだ。

だが、源三郎らとしても、楠左衛門に「お絹救出」の協力を約した手前がある。そのお絹の生命とひき替えにされようとしている品が、

(いったい、どれほどのものなのか)

それを知らなければ、今後の策の立てようもない。

そこで源三郎は、あらためて万馬が川治の湯で見聞きしたことと、帰路に数々の災難がふりかかり、怪我《けが》までさせられたことを語ってきかせた。

「危うく師匠は、一命を失うところだったんですがね」

うなずき、しばらく黙って、傷を負った万馬の腿《もも》のあたりを見すえたのち、

「わかりました。お見せしましょう」

告げて、楠左衛門はいちばんの腹心の大番頭をよび、蔵をあけて家宝の古仏を持ってくるように申しつけた。

何重にも錠がかけられているのだ。相応に手間どったとみえ、だいぶたってから、

大番頭は二尺（約六十センチ）ほどの長さの桐《きり》の箱を抱えてもどった。

楠左衛門がうけとって、静かに上蓋をあける。なかのものを手にし、渋紙《しぶがみ》を剝《は》いで、さらに畳紙《たとう》を解くと、はたして黄金に輝く仏の像があらわれた。

そのまぶしさに、居あわせただれもが、一様に眼をほそめる。まさかに、［千住］の名のもととなった、

［伝説の千手観音］

であるはずもない。が、そんなふうに思いこんでも、ふしぎはないほどの神々《こうごう》しさであった。

「ありがたや、ありがたや……」

つぶやいて、六助などは両の手をあわせている。他の者もほとんど似たような気分でいたが、一人、飾《かざり》職人の健太はちがっていた。

「こりゃあ、本物だ。混じりっけなしの純金ですぜ」

そう言う健太の声で、源三郎はわれに返った。

「ふむ。お絹さんをかどわかした連中が本当にねらっているのは、二千両なぞではない……まちがいなく、この仏像のほうですな」

「…………」

口をとざしたまま、楠左衛門はゆっくりと顎をひき寄せた。

値のつけようがない。一万両が十万両、百万両と言われても、

(ほしがる者がいるにちがいねぇ)

胸中につぶやきながら、一方で源三郎は思っていた。

先だっての山崎、柏原両家の者たちの争い事の一因ともなったほどで、この古仏の噂は宿場中にながれてはいるようだ。しかし、お絹をさらっていった連中のなかに、じっさいにこれを見て、値打ちを知る者がいるのだろうか。

三

その日、源三郎らの一行は、

「お絹を取りかえす件で、お力添えいただけるのでしたら、もちろん当家にご滞在くださいまし」

との楠左衛門の申し出をうけ入れ、こんども山崎家に泊めてもらうことになった。

以前と同じ階上の二部屋をあてがわれ、一息ついてから、同じ本宿一丁目の柏原家へ出向こうとしたが、すでに夕刻で、外は暗くなりかけている。

瀬戸物《せともの》卸しの表店［かしわ屋］も、そろそろ仕舞《しま》いだろう。が、源三郎としては、当主か番頭か、

［相応に責任ある立場の者］

に会うつもりでいる。その点では、

「ちょうどいい頃合いかもしれねぇよ」

言って、彼はおみつと万馬を誘い、山崎家を出た。

同行をその二人だけにしぼったのは、そうでなくとも山崎家と柏原家とは対立関係にある。あまりに大勢で押しかけたのでは、

（まるで喧嘩《けんか》の出入りかと取られちまう）

と思ったためだった。他の者、ことに文太夫には、

「何もあるはずがねぇが、万が一のときには腕をかりますぜ」

と言いおいてある。

だが、その必要もなく、また柏原家へ訪ねていくまでもなかった。

街道すじを問屋場の近くまで来たとき、急に万馬が足をとめ、

「見なよ、源の字」

と、前方を目配せしてみせる。

見ると、向こうの掃部宿《かもん》のほうから四十年配の商人風の男が一人、歩いてきて、いましも左手にある飲み屋ののれんをくぐろうとしている。

そこはまさに半月ほどまえに、当の万馬や山崎家の手代頭・利平らが柏原方の者たちと事をかまえた居酒屋［橋元］である。そしてその店内に消えた常連らしき町人は、ほかでもない、争った柏原方の中心にいた人物であった。

あとを追うようにして、万馬は橋元にはいろうとする。その万馬の、小山でまたも新調した着物の袖《そで》を引き、

「大丈夫なの、師匠……先だってのもめ事の相手でしょ？」

おみつが訊《き》く。

「大丈夫さ。おれがさきにからんだわけじゃあねぇし、難癖《なんくせ》をつけてきたのは、やつの部下だか子分だかで、当人はおとなしくしてやがったもの」

肩をすくめると、ついで、おみつは後ろの源三郎のほうをふりむいて、

「本当に、平気なの？」

「……さてね」

と、源三郎は苦笑する。

「たぶん、いまのは柏原家の奉公人で、けっこうな地位にある……番頭か、手代頭と

いったところだろうよ」

「ということは……」

そうさ、とうなずいて、

「むしろ、手間がはぶけて良かったんじゃあねぇか」

言うなり、源三郎は、おみつの背を軽く押すようにして、万馬につづき店のなかにはいった。

源三郎がにらんだとおりであった。

男は千代吉《ちよきち》といって、柏原家――かしわ屋の番頭をしていた。

「とても、わるい人には見えないけど……」

おみつが耳打ちしたが、これも源三郎自身が、以前にそう思ったのを覚えている。

年のころは四十前後、山崎家の楠左衛門と同様に耳鼻が大きく、下ぶくれで、穏和そのものの［福顔］をしていた。

その千代吉のほうでも、すぐに万馬と源三郎に気づいて、

「おや、講釈《こうしゃく》の上手な戯作《げさく》の先生と、めっぽう腕のたつご浪人さん。それに、お美しいお嬢さん……」

と言いかけて、千代吉は大きく眼をみひらかせた。

「まさか、山崎家のご内儀……お絹さんではありませんよね」

「ちがいます。よく似ているとは自分でも思いますけど……あたしは、おみつと言います」

ちょっと気をよくした顔つきで、おみつが頭をさげる。

「こちらは万馬さんと、源三郎さん。じつはこれから、三人して、かしわ屋さんへおうかがいするつもりだったんです」

「ほう、うちのだれかに会おうとか？」

「ご当主か、番頭さんに……」

「それでは、わたくしじゃないですか」

千代吉は、坐りかけた飯台《はんだい》のまえの腰掛けから立ちあがり、

「このわたしに、何かご用で？」

「はい。一昨日、いまも話に出たお絹さんが、何者かに連れ去られたことはご存じでしょう」

おみつに代わり、源三郎が応えた。

「もちろん、ですよ。大変なことが起こったものです。ご主人の楠左衛門さんも、さ

ぞやご心配で、胸を痛めておられることでしょうな」

さらに言葉をつごうとして、千代吉は、三人がまだ立ったままでいることに気づき、

「よろしかったら、そちらに参りましょう。そのほうが、ゆっくりお話ができます」

右手奥の小上がりの座敷を指さした。

四人して八畳ほどの座敷にあがると、一つの卓をかこんで坐った。

さっそくに源三郎は、向かいあった千代吉の顔を見つめ、

「単刀直入《たんとうちょくにゅう》にうかがわせていただきやすがね、千代吉さん。さきほどの山崎家のご内儀がかどわかされた一件、柏原家とは何のかかわりもないのでしょうか」

「…………」

顔をうつむけて、千代吉は少し黙った。が、やがて、顔をあげると、

「みなさんがお疑いになるのも、もっともな話で……山崎さんのお家とうちとでは、大昔からたいそう仲がわるかったようですからな」

かすかに笑みをうかべていた。

「いつぞやも、ここで馬鹿な手代どもが、万馬先生を相手に失礼な真似をいたしまし

て……」

あの節は、どうも……と、あらためて詫びたのち、

「ま、みなさんにかぎらず、世間では両家の対立と抗争に巻きこまれて、お絹さんがさらわれたのではないか、と噂《うわさ》している者も多いようです」

「そうではない、と言われるんで？」

「はい。対立だどうのといっても、このごろでは当主同士も、わたしらのような人を使う立場の者も、まるで関与しておらない……ただ血の気の多い年若《としわか》の手代や、丁稚どもがうるさく騒ぎたてましてな」

それもしかし、相手を、

「困らせたい」

「あっと言わせたい」

「ぐうの音も出なくさせてやる」

といった他愛《たあい》もないもので、言ってみれば、

「ただの嫌がらせ」

でしかない。

その延長のかたちで、たしかに誘拐もどきの、

〔神隠《かみかく》し計画〕まで立てた者もいたが、

「……その手代は、このわたくしが暇《いとま》をとらせました」

と、千代吉はきっぱりと言う。だが、どうも、その者が、

「当家にゆかりのある浪人者とむすんで、動いている気配があるのです。このあたりの居酒屋や料理屋なぞでも、二人がひそかに会って、何やら語りあっているのを、いくどか見かけました」

「柏原家にゆかりの……浪人者ですと？」

「ええ。桑山泰一郎《くわやまたいいちろう》と申す者です」

「桑山泰一郎ですか」

ほとんど鸚鵡《おうむ》返しにつぶやいて、おもわず源三郎は卓においた拳《こぶし》に力をこめてしまった。見れば、おみつや万馬も眼を丸め、小さく口をあけている。

ちょうど酒や肴《さかな》がはこばれてきた。千代吉が三人の杯《さかずき》に酒をつぎ、酌《しゃく》を返して、万馬は口をつけたが、源三郎もおみつも、手をのばさずにいる。

ちらとおのれの杯を見やったのち、源三郎は眼をつぶった。

桑山と聞いて、彼の頭のなかには、さやかによみがえるものがある。万馬があやまって捕縛された件で、最初に会ったとき、強く印象に残った、

「剃刀《かみそり》のようにほそい三白《さんぱく》の眼」

だ。それを源三郎は、

（死魚《しぎょ》のまなこのようだ）

と感じたが、ここ千住へと向から大橋の橋上でも、源三郎は桑山とすれちがった。このときも深編み笠の下に隠れた「非情な眼」が、源三郎に、

（……やつに、まちがいない）

と思わせたのである。

そして、万馬が川治の湯で耳にしたという「辰」と「梅」のやりとり……彼らは桑山の名を出し、恨みを晴らすだの何だのと言っていたようだが、このたびの、

「お絹誘拐の一件」

に、それは、どうからんでいるのか。

源三郎がそのことをもちだすと、

「たぶん、死んだ従妹《いとこ》のことを根《ね》にもっているのでしょう」

と、千代吉は言った。

「ほう……桑山に従妹がいたのですか」

「ええ。やっこさんより五つ、六つ歳下で、器量《きりよう》がよく、気立てもやさしい娘でしたがね」

「その方が、何だって亡くなったんです？」

身を乗りだすようにして、おみつが訊く。その顔をじっと見つめかえして、

「……簡単に言ってしまえば、許嫁《いいなずけ》だった山崎家の楠左衛門さんに袖《そで》にされたからですよ」

千代吉は答えた。

四

少しずつ、何かが見えてきはじめた。

舟廼湯《ふなのゆ》など、深川は入舟町《いりふね》界隈《かいわい》の「湯屋守り」をしていた桑山泰一郎。その従妹こそが、楠左衛門の元の許嫁、おはんだったのだ。

草加宿の茶店で、たまさか行き会ったふくべ売りの行商人の口から、そのおはんのことが明かされたとき、彼女が、

「西新井《にしあらい》大師《だいし》まえの老舗《しにせ》の仏具店の娘」

で、住まいは「竹ノ塚《たけのづか》」にあったと聞き、即座に源三郎は同じ場所を「郷里」とする桑山の姿を思いだしてしまった。具体的には、あの、

「死んだ魚のような眼」

であったが、その連想はけっして的《まと》のはずれたものではなかったのだ。

じつのところ、先刻も源三郎は、お絹の誘拐には、

（怨恨《えんこん》の線もあるのではないか）

そう考えて、楠左衛門から家宝の古仏を見せてもらったあとで、

「失礼ですが、何者かに恨まれているとか……何か心当たりはありませんかね」

と問うてみた。言下《げんか》に、楠左衛門は、

「ございません」

と否定する。そこでこんどは、源三郎は、

「ちまたで聞いた噂話」

として、おはんなる許嫁の件をもちだした。そうでなくとも、やつれかけていた楠左衛門の顔がいっそう青ざめ、唇がふるえだす。が、彼は大きく首を横に振り、

「亡くなった先代……わたくしの父や親戚のあいだで、そうした話を進めていたこと

は存じていますが、くわしいことは何も……」

縁談相手の姿かたちや性格はおろか、素姓《すじよう》も、名すらも知らない、と言い、それ以上は頑《かたく》なに口をとざして、語ろうとはしなかった。

ふだんは穏和な楠左衛門のそういう態度は、源三郎らの眼に異常なものと映り、かえって、

(何か、隠していることがあるのではないか)

と思わせたのだった。

あるいは、そこには、

「おはんなる娘の死」

という重い事実がからんでいること。それだけに、

(現在《いま》の妻のお絹には、知らせまいとしている)

といったことがあるのかもしれない。

柏原家の番頭・千代吉もためらいがちにではあったが、過去の出来事をあまさず源三郎らに語ってきかせた。

それはおおむね、旅のふくべ売りが話したことと合致していた。

ただし、おはんに桑山泰一郎なる従兄《いとこ》がいたという話は、初耳である。

「おはんの父親と桑山の母御《ははご》とは、じつのきょうだいでしてね。何でも、その二人の叔母《おば》だか大叔母だかに当たる女人《にょにん》が、柏原家先代の末弟に嫁《とつ》いだとか……」

「だいぶ遠い縁つづきじゃあ、ありませんか」

「まぁね。しかし、縁者は縁者です」

おはんと桑山は、たんなる従兄妹というよりも、住まいがずっと隣りあわせだったこともあり、

[幼《おさな》なじみ・幼友だち]

という関係で、たいそう仲良く育った。が、桑山が十四、五歳になったとき、

「これまた遠縁に、もとは町人だが売りに出ていた御家人株《ごけにんかぶ》を買って、侍になった者がおりましてね……江戸は浅草の稲荷《いなり》町あたりに住まわっていたそうですが、子どもにめぐまれない」

その縁戚の家に養子にあがることになったという。[桑山]の姓は、じつは同家のものらしい。

ところが、である。

「皮肉なことに、それからまもなく、そのにわか御家人の家に本当の子がさずかりま

してね。当然、そっちが後つぎということで……」

　桑山は一転［厄介者］となり、それを嫌って家を飛びだした。

「それで、おさだまりの無頼《ぶらい》な浪人暮らしか……けっこう苦労してるんじゃねぇか。なぁ、源の字」

　と、万馬がよびかける。源三郎は応えずにいた。

　嫌いなほうではなし、源三郎もすでに飲みだしていた。が、万馬はといえば、彼の倍も三倍もの勢いで杯を干している。だいぶ酩酊《めいてい》していたが、それで知らぬ顔をしたというのではない。

　万馬の言うとおりなのだ。ずいぶんと桑山は辛い目にもあっているし、

（どこか、自分と重なるところがある）

　とも、源三郎は思った。言ってみれば、

［はぐれ者同士］

　で、それは同じく浪人の田所文太夫、そして詳細は語りたがらないが、この関谷綾《せきやあや》之助《のすけ》こと関亭万馬にだって共通する。いや、おみつやお香、六助、健太にしても、五十歩百歩、似たようなものだ。だが、みんな、

（はぐれながらも寄り添って、手を取りあい、一所懸命生きていこうとしている）

それが、あの桑山泰一郎からは感じられない。

(他人の情や気持ちをすべて撥《は》ねかえすかのような……)

うつろな眼を思いうかべると、だれだって、こう言うにちがいない。

「とても同じ穴のむじな、にはなりたくない」

桑山がそうなったのも、しかし、無理のないことかもしれなかった。

「お江戸の隅っこで、放蕩《ほうとう》無頼の毎日を送っていた桑山にとって、唯一の心の支え……それが幼なじみのおはんだったようです」

その一途《いちず》な思いは、ほとんど「恋心」といえるほどのものだったのだろう。

その相手のおはんが、千住の旧家・山崎家の跡とりだった楠左衛門の許嫁となり、嫁ぐことになった。

「そりゃあ、本心は相当に悲しかったと思いますよ」

それでも、

(おはんが幸せになれるのだったら……)

と、桑山は笑ってすませようとした。

しかし結果は、おはんが対立する柏原家の縁者であることが知れて、彼女と楠左衛門との縁談は破棄《はき》されてしまった。そして事もあろうに、おはんは荒川に身を投げて、みずから生命《いのち》を絶ったのである。

「そのあと、新たに日本橋の大店《おおだな》から、お絹さんを迎えることになったんですからね。逆恨《さかうら》みと言えば言えるでしょうが……わたくしなぞは、桑山の気持ちもまったくわからないというのではありません」

「それは、そうですけど……」

と、なかば首をひねりながら、おみつが言う。

「だからといって、お絹さんをかどわかそうだなんて……絶対にあたし、ゆるせませんん」

「もちろん、ですよ。そう思うからこそ、わたしもこうしてみなさんに、すべてを明かしているんです」

いずれにしても、桑山泰一郎がお絹の誘拐に大きく関与しているのは、疑いなかった。

そういえば、往路に千住大橋ですれちがったとき、桑山は源三郎の姿にはまるで気づかず、ひたすら前方のお絹ら主従のほうを見すえていた。

（あれはやはり、尾《つ》けていたのか）

それを思うと、お絹の実の姉の嫁ぎ先［大創《だいそう》］近辺の湯屋で用心棒をしていたことからして、怪しまれる。

（ひょっとして、やつは、あの時分からすでに、こんどのかどわかしを考えていたのかもしれねぇ）

ちょっとのあいだ、千代吉は口をつぐみ、源三郎ら三人も沈黙していたが、

「これは、わたしの憶測《おくそく》にすぎませんがね」

千代吉はまた、しゃべりはじめた。

「うちの店をお払い箱になった手代や土地の与太者《よたもの》らとむすび、最初は桑山が策を立てた……けれど、その連中だけでは、あんな大それたことはできません」

「千代吉さんは、ほかにもだれか背後にいる、と？」

「だれか、というより、かどわかしに慣れた大勢の一味でしょうな」

すなわち、千代吉が言いたいのは、

［誘拐が専門の秘密組織］

であり、

［大規模な誘拐団］

である。

たしかに、源三郎らも同じように見ていた。

千疋屋が椀や皿などをあつかうと知って、会津から漆器をはこび、見本だと言って納入。そのうちの塗り箸に仕込んだ眠り薬で、ふだんからお絹にかしずき、彼女の身を守っている［取り巻き］らをことごとく眠らせる。

本人をも昏倒させて、いずこかに連れ去ってしまったのだ。

［身代金（品）の請求の仕方］

も、堂に入っているし、家宝の古仏や山崎家の様子など、あれこれとしらべ抜いてもいる。

これまでにわかった［辰］に［梅］、元の柏原家の小者《こもの》や宿場の与太者、そして桑山泰一郎以外にも、かなりの数の者どもが、それぞれ役割を分担して動いているのにちがいない。

「桑山は心底、山崎家と楠左衛門を恨み、もっぱら私恨でやっているんでしょうが、後ろにいる連中はちがいますな」

「金子《きんす》のみが目的、ということですね」

それも二千両などというのは彼らにとっては、［はした金］にすぎない。当面の活動のためには必要なのかもしれないが、本当のめあては黄金の観音像にある。

た。


「それだけに、かえって怖いとも言えましょうよ」

「何をやらかすか、しれねぇ……目的のためには手段をえらばずってぇわけかい」

頬杖《ほおづえ》をつき、酔って眠っていたかに見えた万馬が、ふいと眼をあけて、つぶやいた。

「もしかして、お江戸から来た者たち……」

思いついたように言うおみつに、千代吉はうなずいて、

「そうなんです。こんどのことを裏で動かしているのは、ここ千住近辺の者ではない……きっと、江戸者ですよ」

告げるなり、また源三郎のほうを向いた。

「それとね、山崎家の内部にも怪しい者……そのかどわかしの一味と通じる者がいる、とわたしはにらんでるんです」

なるほど、そう考えなければ、合点《がてん》のいかぬことが多々ある。

「わかりました。今後、その点にも気をつけることにしましょう」

会釈《えしゃく》を返すと、源三郎は、ふたたびまどろみはじめた万馬を起こし、おみつをうながして、立ちあがった。

五

千代吉の憶測は、およそ当たっていた。

わけても、こんどの事件の背後には、かなりの規模の誘拐団があり、それも大半が、

「江戸者で構成されているのではないか」

という指摘である。

これより半月ほどまえ、ちょうど源三郎らが日光へ向けて出立した直後に、江戸の神田多町《たまち》でも、大店の雑穀《ざっこく》問屋［若州《わかしゅう》屋］の一人娘が誘拐される、という事件が起こった。

これはしかし、ひどく陰惨《いんさん》な経過をたどった。

娘がさらわれたのは自宅ではなく、同じ神田でも明神下《みょうじんした》の、

［茶の湯の師匠の家］

であったが、そばには師匠のほか、ともに稽古《けいこ》をしていた弟子や娘の付き人ら四、五人ほどがいた。それら全員がやはり、薬で眠らされたうえで、匕首《あいくち》で突かれたり、

脇差《わきざし》で斬られるなどして、殺害されたのだ。

さらに誘拐された娘も死体《ほとけ》となって神田川にうかび、犯人たちは、若州屋がそれとも知らずに「身代金」として用意した金品を奪って逃走したのである。

数日間、娘は監禁されていたのだが、それがどこかは特定できず、犯人らの素姓どころか、人相や風体《ふうてい》すらもわからない。せいぜいが、

「おそらく浪人者であろう武士が一人、まじっている」

ということぐらい。それも、師匠宅で殺された者の多くが、

「一刀のもとに斬られている」

がためだった。

この事件を現場で取りしらべていたのが、黒米徹之進《くろごめてつのしん》ら南町奉行配下の定町廻り《じょうまちまわ》同心、数名。彼らに指示を出すなど、総指揮をとっていたのが、筆頭与力《ひっとうよりき》の大井勘右衛門《かんえもん》であった。

むろん、町奉行の筒見《つつみ》総一郎政則《まさのり》も日々、大井からの報告をうけ、さまざまに意見を述べたり、叱咤《しった》したりした。娘の実家のある多町も、事の起きた明神下も、同じ神田で、彼の私邸のある駿河台《するがだい》にもほど近い。いわば、

「膝もと中の膝もと」

である。それだけに、いっそう総一郎は執心《しゅうしん》した。

当夜、娘のそばにいた者がすべて殺されたと聞いて、総一郎は、

「よいか、これ以上の犠牲者を出してはならぬ」

そう大井に言ったが、結果は誘拐された娘までが惨殺《ざんさつ》されてしまった。

「早うに下手人《げしゅにん》どもを引っ捕らえて、市中の町人たちを安心させよ」

との総一郎の命令をもあざ笑うかのように、犯人たちは雲隠れしてしまい、杳《よう》として不明のままである。

奉行所の威信は失墜《しっつい》したが、そんなことより、誘拐団の行方を探索しようにも、何の手がかりも得られない。それが総一郎には、

（口惜しゅうてならない）

のだ。そして、その思いは大井や黒米とても、同じだった。

彼らは地団駄《じだんだ》踏んで悔しがったが、そこへ、千住の宿場役人からの知らせが届き、本宿の旧家・山崎家の内儀がかどわかされたことを知った。

この時分すでに、

「江戸近在の四宿《ししゅく》の治安」

は、町奉行所の管轄とされていた。が、ふつう、些細《ささい》なもめ事や喧嘩・出入りのた

ぐいは、それぞれの宿場の役人にまかせている。

殺人や強盗、そして今回のような悪質な誘拐事件などは、

「宿場役人だけでは解決できない」

ということで、直接、江戸の町方役人が出張《でば》っていく。また、ときには「火付盗賊《ひつけとうぞく》改《あらため》」と分担したりもした。

こんどの場合はとくに、眠り薬が使われたことをはじめ、江戸は神田での誘拐事件と類似した点がいくつかある。

（同一犯である可能性がなくもない）

そうと見て、大井と黒米の二人は、幾人かの供人や小者をひきつれ、千住に出向くことを決めた。おみつの下っ引きの健太が、数寄屋《すきや》橋の南町奉行所に姿をみせたのは、その矢先のことだった。

「おっと、びっくりするじゃあねぇか、健太。こんな夜分に、どうしたい」

いきなり御用所に飛びこんできた健太を見て、黒米は言った。

たしかに夜も遅い頃合いで、奉行の筒見総一郎はもちろん、大井ら他の上司・同僚もおおかた帰宅してしまっている。

「……おめぇ、源さんやおみつさんらといっしょに江戸へもどってきたのか」

「いえ、みんなはまだ、千住のほうにとどまっておりやす」

「なにっ……千住にいるって？」

「はい。あっしは源さんに、いそぎ黒米の旦那んとこへ行けと仰《おお》せつかってきやしたんで」

源三郎は居酒屋［橋元］で千代吉と別れ、山崎家の屋敷にもどると、おみつとも相談して、健太を使いに出すことにした。

［お絹誘拐の一件］については、とうに報告されているであろうが、楠左衛門や千代吉から聞いた話を、

（健太の口から伝えさせよう）

と思ったのだ。刻限を考えて、日本橋は八丁堀《はっちょうぼり》にある黒米の住まいを指定し、

「まだ五ツ（八時）をちょいとすぎたばかりだ。おめぇの足なら、夜半めぇには楽に着けるだろうよ」

そう言って送りだしたのだが、何となく健太は数寄屋橋へと足を向けた。そして見知りの門番に事情を話し、同心方の御用所まで来たところ、

「千住へ行く準備をしていた」

という黒米に会うことができたのである。

予定したとおり、大井と黒米は翌朝に日本橋を出て、昼まえには千住の本宿に到着した。供をした一行のなかには健太と、ようやく手があいたというもう一人のおみつの子分、伍助《ごすけ》の姿もあった。

とりあえず問屋場に旅装を解くと、大井はそこにつめる宿場役人からあらためて話を聞くことにし、黒米と伍助は健太の案内で山崎家へと向かう。そして同家で待っていた源三郎やおみつ、万馬と落ちあい、当主の楠左衛門とも引きあわされた。

文太夫ら残りの三人は不在だった。それというのも、誘拐団がつたえてきた、

「お絹の身柄と身代金の交換期限」

まで、じつにもう半日ほどしかない。

「これは一刻も猶予《ゆうよ》なり申さず……手分けして動かぬといけませんな」

文太夫が言いだし、彼自身と六助、それにお香は街に出て、挙動《きょどう》の怪しい不審者をさがして歩くことになった。

また、たとえば、万馬が川治《かわじ》の湯で遭遇した「辰」と「梅」だ。

漆器卸しの仲介人をかたって塗り箸に眠り薬を仕込んだ男はともかく、彼ら二人に

関しては先日、例の橋元で柏原家の面々とにらみあったときに六助も見ている。

姿かたちをいま一度、確認しあったうえで、

「六よ、てめぇ、必ず見つけだせよ」

と、万馬が送りだしたところだった。

さて、奥の座敷に通されると、黒米は楠左衛門と初対面の挨拶《あいさつ》をかわしたが、その間もくりかえし手で口もとを押さえ、生《なま》あくびを噛み殺している。

「黒米の旦那……やけに眠たそうじゃねぇですか」

源三郎が耳もとで言うと、

「ん？……ああ。ゆうべは遅くまで、しらべものをしていたもんでね」

「この健太が訪ねていったときも、まだ御用所においでになったとか」

「ふむ。旅の支度もあったがね、ここしばらくの探索方の調書を棚から引っぱりだして、読んでたのよ」

御用部屋に残された調書には、いくつかの未解決の事件も記されていて、

「かどわかしに関するものも、少なくねぇ。まぁ、［神隠し］の一言ですまされちまってる記述もあるがね」

「神や天狗《てんぐ》にさらわれて、行方《ゆくかた》知れずになったってものだな」

と、万馬が口をはさむ。

「そのおかたが、勝手に家を出た者や駆け落ちだろうが、旅まわりの大道芸人なぞは、本当に子どもをさらっていくそうな……」

つづけて万馬は「越後獅子《えちごじし》」の話などをしようとするから、源三郎がやめさせて、

「むろん、黒米さんがしらべられたのは、そんなものじゃねぇ……あとで金品を要求するたぐいのかどわかしでやしょう」

「ちげぇねぇ。神隠しなんぞ、わしらには、どうでもいいことだからな」

そうして黒米が調書をひもといていくうちに、以前より相似《あいに》た誘拐事件が、江戸のそこかしこで起こっていることがわかった。

「まずは眠り薬が使われたことだが、その仕込み方がみんな、似ている……」

明神下の茶の湯の師匠方では、茶筅《ちゃせん》に薬が仕込んであった。ほそく割られた竹の穂の間に塗りこまれ、攪拌《かくはん》するとにじみでるようになっていたのだ。

「こちらのお家では、塗り箸の先に仕込まれていたってことで……」

「どこか、似ているだろ」

調書にはほかに、笊《ざる》や鉄瓶《てつびん》、餅《もち》をつく杵《きね》などというものもあったという。

「それに明神下での一件だが、薬の仕込まれた茶筅はまだ真新しいものでね、どうも

その日、卸し業者か仲買人がもちこんだものらしいのさ」

「仲買人……」

源三郎の口から、ため息がもれる。もしや、その茶筅が［見本］としておいていかれたものであったなら、千住の山崎家での事件に、より近似《きんじ》してくる。

「しかし、それこそは死人に口なし、でな……当のさらわれた娘さんもふくめ、その場にいた者はみんな、殺されちまったものだから、本当のところは何もわからねぇ」

そこが、双方のちがう点だが、

「もしや明神下のお師匠さん宅では、薬がきかないかして、起きて騒ぎだした人がいたとか……」

と、こんどはおみつが言う。

「あるいはな。そうなると、かどわかしの下手人の面《めん》が割れる……」

「みんな寝てると思って、油断してたら、なおのこと焦《あせ》るし、あわてるわよね」

「それで、片っ端から黙らせちまった……身代金を奪ったうえで、娘さんまで殺《あや》めたのも、そのためかもしれねぇ」

「………」

みなのやりとりを黙って聞いていた楠左衛門の顔に、悲痛な表情がうかんだ。

「安心しねぇ、楠左衛門さんよ。こんどのこちらさんの件では、まだ一人の死人も出てはいねぇんだ……神田明神下の一件とくらべりゃあ、ずいぶんといろんなことが見えてもいる」

と、黒米はわずかに頬をゆるませてみせる。

六

「それで、黒米の旦那」

「何でぇ、源さん」

「結局は旦那方、何もせずして、身代金を巻きあげられちまったんですかい」

「……むっ？」

おもわず黒米は眼を剝《む》きかけた。が、旅の素浪人《すろうにん》のなりをしているとはいえ、相手の正体は、

「空木《うつき》家の若さま」

である。

いくらか出っぱった額に手をやると、黒米は、

「ま、面目《めんぼく》ないとも言えるわな」

しきりに掻《か》いた。

「じっさいんとこは、一味から脅され、口止めされてもいたんだろうが……おれたち町方には、いっさい知らせねぇで、若州屋が敵に物《ぶつ》を渡しちまったんだ」

「……物、ですか」

「さよう」

犯人どもは、そのときは覆面《ふくめん》をしていたというが、彼らが奪っていったのは、金子ばかりではなかった。

「有楽《うらく》の茶釜《ちゃがま》、とやらを持っていきやがったのさ」

「有楽の……茶釜？」

と、源三郎は、さっきは途中で口をつぐませた万馬のほうを見た。万馬は、べつに気にしているふうでもなく、

「おう、織田有楽斎《おだうらくさい》な……かの信長の末の弟で、太閤《たいこう》秀吉の茶坊主をつとめた」

そらんじるように言う。

「のちには家康公にも仕えて、可愛がられたらしいぞ。武の道はからっきしだが、茶の湯の道では利休《りきゅう》以上であったという」

「なるほど。その有楽斎の残した茶釜ですか……となると、こいつも凄《すご》い」

若州屋の主人はみずからも茶の湯を好み、それで娘を茶道の師匠のもとへ稽古に通わせたようだ。

が、もしその若州屋が秘蔵していたらしい茶釜が、本物であったならば、斯界《しかい》の者ばかりか、骨董《こっとう》に趣味をもつ者にも「垂涎《すいぜん》の的《まと》」となろう。これまた、

「値《あた》いのつけられぬほどの逸品《いっぴん》」

ということになる。

「だが、そういう品は容易にゃ売れやしねぇ……すぐに足がつくからな。ふつうの盗人なら、そんなもの、欲しがりゃしねぇさ」

と、万馬は首を横に振る。うなずいて、

「一味の首領は、よほどに骨董好きなのであろうな。聞いたところでは、こちらの楠左衛門さんにも、家宝の古仏を寄こすよう要求しているとか……」

口にしてから、黒米は、今さらながらに気づいたように、

「そうか。調書にあった他のかどわかしの件《くだ》りにも、いろいろと書かれておったな。宝剣《ほうけん》だの、伊万里《いまり》の花瓶《かびん》だの、支那《しな》だか天竺《てんじく》だかから渡来した絵巻物……わしのような無粋《ぶすい》な男には、用のないものばかりだ」

ったりして」

「ひょっとして、一味の首領は骨董屋か古物商《こぶつ》……あるいは、自身が飾職人か何かだ
と、おみつが健太のほうを意味ありげに見やり、当人ばかりか、居あわせた一同の
失笑を誘ったが、

「そういえば……」

「旦那。また何か、思いだされたんで？」

「ああ。手がかりになるものは何もないんだが、一つだけ、かどわかしの下手人が明
神下の家に残していったものがある」

「どんなものでしょう？」

「かんざし、だよ」

「……かんざし？」

眼を丸め、源三郎はおみつや万馬と顔を見あわせる。

「若州屋の娘がさらわれた晩に、風邪をひいたとかで茶の湯の稽古をやすんだ娘がお
ってな……その娘によると、師匠のものではないと、な」

「……とすると？」

「わしが思うには、さっき話した茶筅をおいていった者が、師匠にくれてやったんじ

やないのかな、贈物《おくりもの》としてよ」

「それは黒米さん、銀細工の平打ちのかんざしで、上の丸く平たい部分に何か鳥獣の模様が刻まれてやしませんでしたかい」

「ふむ。源さんの言うとおりの作りだったぜ」

と、黒米もちょっと眼をみひらき、

「円形のところに、双頭《そうとう》の虎の図柄が細かく彫りこんであった……」

「やはり、そうでしたか」

その後、関亭万馬をねらったものと思われる危難にあいついで遭遇するなどして、つい忘れかけていた。が、もとはといえば、万馬が襲われる羽目《はめ》におちいったのも、川治の湯で、二人の湯客の、

（こんどの誘拐事件を予見《よけん》させる）

怪しいやりとりをもれ聞き、彼らの顔を見てしまったことが原因らしい。

その二人のうちの［梅］なる男が、湯西川《ゆにしがわ》の旅籠《はたご》［伴久《ばんきゅう》］で盗まれたかんざし——それとよく似たかんざしが、神田明神下の茶の湯の師匠の家にも残されていたというのである。

「さて、こうなってくると、気にかかるのが、先だってお絹さんが買い求めた「かね丁《ちょう》」のかんざしだな」

つぶやくように言って、源三郎は楠左衛門のほうを見た。

「あの銀のかんざしは、お宅のどこかにありますかね」

「はい、たしか……購入した当初は面白がって挿《さ》していましたが、だいぶ奇抜《きばつ》な彫り物なので、ふだんは挿していられないと申しましてね、箪笥《たんす》の引出しにでもしまってあるか、と」

「ちょいと見せてはいただけませんかね。いえ、わたしらは以前に見せてもらったが、黒米の旦那にもご覧になってほしいんで……」

「わかりました」

楠左衛門は手をたたいて、お絹付きの女中のお勝をよび、

「おまえ、中村町のかね丁でお絹が買ったかんざしを知っているよね」

お絹の部屋へ行って持ってくるよう、申しつけた。

ややあって、お勝がたずさえてきたかんざしを見て、黒米は大きく顎をひき寄せた。

「こっちは孔雀《くじゃく》か……丸いところに描かれた図柄はちがうがな、いずれも双頭では

あるし、ほかの作りはまったく同じものだ」

要は、ここにあるお絹のかんざし。明神下の家に残されていた、というかんざし。

そして、湯西川の宿の盗品のなかにあった［梅］のものらしきかんざし。

その三つのかんざしの細工が一致する。

（どうやら、同じ職人の手になるもののよう）

なのである。

「こいつは、ただの偶然とも思えねぇ」

「どうも怪しいわね、そのかね丁って、かんざし屋」

おみつは軽く下唇を噛みながら、お勝のほうをうかがい見る。

「たしか、お絹さん……お勝さんも、店の奥で職人さんたちがはたらいてるって言ってたわよね」

「ええ。そのようです。店の側からは、よく見えませんけれど」

つまりは裏の［工房］でつくったものを、表の店で売るという仕組みなのだ。

「……ということは？」

「やっぱり、こんどのかどわかしの一件は、職人がらみかい」

埒《らち》もない冗談のように思われていたことが、いきなり真実味をおびてきた。文字ど

おりの、［隠れ家］が、
［瓢簞《ひょうたん》から駒《こま》］ではあったが、お絹を誘拐した犯人たちの
［かね丁である可能性］は大きい。
「お絹さんも、そこに閉じこめられてるかもしれないってわけね」
「これは、洗ってみる必要がありそうだな」
源三郎はあらためて、おみつや万馬らと見かわし、ついで黒米のほうに眼を向けた。

七

やがて大井勘右衛門もまた、山崎家に姿をあらわし、田所文太夫らも街からもどってきた。

大井が問屋場の宿場役人に聞いた話では、あれこれとしらべた結果、

「このたびのことに、柏原家ならびにかしわ屋の者どもは、いっさい関与しておらぬ

ようじゃ……素行《そこう》がわるく、暇をとらされた者はわからぬそうだが」

ということで、土地の博徒なども、お絹の誘拐そのものには無関係であるらしい。ほとんどがかしわ屋の番頭・千代吉から源三郎らが聞いて知った内容といっしょで、新たな事実はなく、依然、犯人を特定すべき手がかりは得られない。

文太夫らはしかし、役に立ちそうな話をひろってきた。

「大橋の手前の野菜の市が立つあたりでしたか、この六助が、ついにさがしあてた、と耳打ちしてきましてな」

「ほう。やっちゃ場ですね」

応えてから、源三郎は当の六助のほうを向き、

「例の万馬さんが見たという二人かい？」

「いえ、そのうちの一方のみで……しかも、やつめ、手拭いで頬かぶりなぞしてやがった」

そのため、顔つきはよくわからなかったが、子どものように小さく痩せているという背格好は万馬の言っていたとおりだし、自分にも見おぼえがある。

「昼日なかから頬かぶりをして歩いているというのも、怪しい」

「その者が大橋を渡って南へ行こうとしておる……そこで、わしがあとを尾《つ》け、追い

越しざまに、頬かぶりを解いてやった」

剣は使わずとも、そのへんのことは源三郎に劣らず、文太夫も得意。相手にさとられずに、かぶり物——手拭いに触れ、引いて落としたのだ。

「野郎、あわてて、腰をかがめ、まわりを見まわしながら、手拭いを拾おうとした」

その様子を六助が橋柱の陰から眺め、これも小づくりで、申しわけ程度に目鼻のついた顔をたしかめた。

「まちがいねぇ。たぶん、梅とかいう野郎のほうだ」

「そこで、つぎはあたしの出番ですよ」

と、お香。文太夫は追い抜いて行ってしまったし、もしや相手も六助のことは覚えているかもしれない。

適当に間をおいて、お香は［梅］らしき者を尾行《びこう》し、中村町のとある店にはいっていくのを確かめた。表の戸口からではない、裏の木戸からだ。

「いったい、どこの店だと思います？……かね丁ですよ、掛行灯《かけあんどん》に太い文字で［かんざし］とありましたね」

なんと、ここでも［かね丁］の名が出される。一同、ため息をもらし、すぐにそれがざわめきに変わった。

お香が言うには、すぐ正面に一軒の茶店があり、そこの主らしい老婆がちょうど竹《たけ》箒《ぼうき》で店先を掃《は》いていた。

（もしかして、いまの男を見ていたのでは……）

そう思い、訊いてみると、

「ああ、梅吉ね。かね丁さんではたらいてる職人だよ」

即座に老婆は答える。表の店にいる主人や番頭、手代のほか、奥にも親方をはじめ、何人かの職人がいるらしい。万馬や六助から聞いていた外見を告げて、ついでにお香は、

「辰何とか……」

とロにし、だれかわかるかと問うと、

「ああ。それは辰五郎だね」

はっきり老婆はそう答えたという。

「なーるほど。梅吉に辰五郎か……おそらく、そいつらだな。そいつらがここまでの道中、おれの生命をつけねらってやがったんだ」

万馬が言い、

「あるいは、何者かに頼んで、ねらわせたか、だな」

言いそえて、源三郎はまた、桑山の死魚のようにうつろな眼を頭に思いうかべた。

こうして、誘拐団の隠れ家は加宿・中村町の［かね丁］のみにしぼられ、

（お絹もそこに監禁されているのにちがいない）

と思われたが、まだ確信にまではいたらず、江戸南町奉行所筆頭与力の大井勘右衛門ひきいる捕り方が、総出《そうで》で踏みこむことはできない。

だからといって、

（相手が尻尾《しっぽ》を出すのを待って……）

近辺にひそみ、張り込みなどをしている余裕もなかった。一味が、

［お絹を返す条件］

として要求してきたのは、事件の起こった晩から数えて三日――今夜半までに、小判二千両。そして山崎家の家宝である、

「黄金の仏像を差しだせ」

というものだった。

指定の場所はまだ知らせてきていないが、

「とにかくもう、猶予《ゆうよ》できませぬゆえ……」

何とか工面して、楠左衛門は二千両の金は用意したという。

「しかし、あの御仏《みほとけ》……千手観音の像を渡したりすれば、ご先祖さまに叱られます」

申しわけが立たない、と言いかえて、

「できることならば、いついつまでも当家に安置して、守り通してさしあげたい」

「そりゃあ、そうだ。御仏の像はもちろん、二千両だって渡しちゃあならねぇ」

と、黒米が眉間にふかく皺《しわ》を寄せる。大井もまた、相づちを打って、

「やすやすと身代金を差しだしたりすると、連中はつけあがる……どこぞで、また同じ事をするに相違《そうい》ない。このへんで、息の根をとめてやらねばな」

「でも、お役人さま。まことを申せば、二千両の金子より……いえ、家宝の仏像よりも、お絹の生命《いのち》のほうが、わたくしには、もっと大切なのでございます」

「楠左衛門さん」

と、源三郎は、山崎家当主の肩に手をおいた。

「そのお気持ち……それだけの覚悟があれば、大丈夫ですよ。わたしらが、どんなことをしてでも、お絹さんの身柄だけは取りかえしてみせます」

が、そう言う源三郎も、胸をかすめる一抹《いちまつ》の不安を否めない。江戸の明神下での誘拐事件の犯人は、かどわかし、連れ去っていった娘を殺している。そしてその一味

と、こんどの誘拐団とは、

（おそらくは同一犯……）

なのである。

「まぁ、ここはまず、お絹さんが本当にかね丁に閉じこめられているのか……また無事でいるのかどうかを確かめることさ」

「ふむ。それが先決であろうな」

と、大井が同意した。

「さらにまた、かね丁の者どもがたとえ真の下手人だったとしても、われらが総出で、いきなり飛びこんでいったのでは、お絹どのの身が危ない」

そこで、どうするか。一同、雁首《がんくび》をそろえて知恵を出しあい、策をこうじることとなった。

結果、きまったのが、さらわれたお絹に「そっくり」のおみつが、かね丁へと乗りこんでいくことである。それも、山崎家にあるお絹の衣服を着用し、付き人のお勝を手伝わせて、化粧などもすべて、お絹のそれを真似る。

さいわいにして、おみつは前回も今回も、山崎家にとどまっていることが多く、あまり人目に触れていない。

「それだけに、連中はおみつちゃんを見て、度肝《どぎも》を抜かすはずだ」

「捕まえて、奥に閉じこめていたはずのお絹さんが、店先にあらわれたとあってはな」

「たぶん、大騒ぎになる……そこを突くんだ」

口々に言う一同に、おみつは笑顔で応えた。

「お絹さんがかね丁に捕まってることがわかったら、あたし、お絹さんを逃がして、すり替わってみせるわ」

おみつがお絹の身代わりになる、というのだ。

「そいつは、ありがたい」

と、黒米はこころもち身を乗りだした。

「めざすは、連中を一網打尽《いちもうだじん》にすることだ。わしらとしては、いくらお絹さんを助けだせたとしても、一味に逃げられてしまっては何にもならぬ」

「最前も申したとおり、ここで捕り逃がせば、やつらはどこかで必ず同じことをする……」

と、大井も言う。

（それをさせぬため）

には、危険を承知で、

「お絹に扮《ふん》したおみつ」

が、敵の隠れ家に残るしかないのである。

時間をかせぐべく、駕籠《かご》を使っていくことになったが、一人ではない。お勝とともに、お香がもう一人の付け人の格好で同道し、その三人の乗った駕籠のあとを、健太と伍助が追う。

源三郎をはじめ、他の者はここで待機することになり、細かな段取りを打ち合わせはした。が、それにしても、

「出たとこ勝負」

の面が、かなり大きい。

「ひどく危うい策だ……いいかい、おみつちゃん。油断は禁物、十二分に気をつけるんだぜ」

源三郎としては、不安な思いを隠せないが、敵の言ってきている刻限が迫っているいま、これ以外に良い策がうかばなかった。

八

はたして、応対に出た初老の店主の驚きようと言ったらなかった。「かね丁」の引き戸をあけて、土間に立ったおみつの顔を見るなり、

「いらっしゃ……」

みなまで言わず、框《かまち》の向こうの帳場に座したまま、大きな口をあんぐりと開き、頬骨をひきつらせている。

「ま、まさか、あなたさまは山崎家の……」

ようやくにして、そこまで口にしかけたが、やめて、かたわらにいたいくらか年少の男に、

「ちょいと番頭さん、おまえがお相手をしてやっておくれ」

頼みましたよ、と言いおくと、おみつらのほうには軽く会釈しただけで、さも急用ができたかのように、店の奥へと立っていく。そちらにも人の気配があり、ひそやかながら声も聞こえてきている。

やはり、職人たちのはたらく「工房」のようなものがあるのだろう。

店番をまかされた番頭も、当然、事情を知っているとみえ、ひどくうろたえている。ふだんは血色のよさそうな顔を蒼白《そうはく》にして、

「かんざしをお求めで？」

当たりまえのことを訊く。おみつらが黙ってうなずくと、

「お、お客さまがお使いになるのですな。ど、どのようなものを、おさがしで……」

しどろもどろではあるが、おみつとお絹とを混同していることはまちがいなかった。店内にはほかに手代や小僧らが二、三人いたが、だれもがびっくりした表情でいる。

ほどなく主がもどってきて、何やら番頭に耳打ちした。お絹が奥にいるかどうか、あらために行ったのにちがいない。それかあらぬか、

「……えっ、当人はちゃんといる、と」

おもわずつぶやく番頭の声がした。

店主と番頭の二人はすでに仰天顔ではなくなっていたが、依然、不審げないろは消せずにいる。が、番頭は懸命に平静をとりつくろうと、店の平台におかれた売り物の品を見ていたおみつやお香らのほうを向く。

「何か、お気に召すものがございましたか」

「えっ……まぁ」

と、おみつもさりげなく応じて、

「これをいただこうかしら……」

平台の上から何の変哲《へんてつ》もない鼈甲《べっこう》のかんざしを取りあげて、そばに寄った手代の一人に手わたした。

帳場の番頭に代金を支払い、手代から畳紙につつんだ品をうけとると、お香とお勝をうながし、おみつは店を出ようとする。

そのときだった。

「火事だぞっ」

「火事だっ」

店のすぐ外で、大声がした。手はずどおりに、健太と伍助が叫んでいるのだ。

「あら、大変、奥さま」

と、おみつの側を向きつつも、店のなかにまでも聞こえるような声で口にするのは、お香である。

「火事だそうですよ」

「ほんとだわ、お向かいの茶店が燃えてるみたい……」

おみつも、負けずに演技する。

それを聞いて、あわてた小僧や手代らは店主と番頭に火事だと伝え、さらに店の奥へと駆けこんでいく。

案の定、であった。

外に立って見ていると、店主を筆頭にした店の者らにつづき、職人たちが続々と出てきた。一人、二人、三人……七、八人もいるだろうか。

なかに一人、かなりの老体がまじっている。もう六十もなかばに近く、ぼさぼさの髪は真っ白で、無精髭《ぶしょうひげ》も白一色。たれ気味の眼の光は弱々しく、団子《だんご》鼻をしきりにひくつかせていた。貧相ではあったが、

「好々爺《こうこうや》」

と見えなくもない。おみつと眼があうと、一度じっと見すえたが、すぐにそらして、うなだれた。

「権造《ごんぞう》親方、肩をお貸ししやしょう」

職人の一人に言われ、その肩に手をまわし、担《かつ》がれるようにして通りを渡り、向かいの茶店のほうへよろよろと進んでいく。

（親方？……権造って名で、職人たちの頭《かしら》ってわけね。ということは、あの老人も

やっぱり、お絹さんをかどわかした一味の仲間なのだろうか)
このとき、おみつはそうとだけ思った。

[出火の現場]

とされた茶店では、主の老婆と客たちが大騒ぎ。そこに健太やお香、お勝までがくわわって、喚《わめ》きたてたから、やかましい。さらには様子を見ようと、かね丁の店の者や、権造をはじめとする職人たちまでが、こぞって押しかけていった。

それを確かめてから、かね丁の戸口に残ったおみつが、

「いまよ、伍助っ」

と叫んで、ふたたび店内へ。土間から畳敷きの帳場を抜けて、奥にはいると、思ったとおり、だだっ広い板の間の仕事部屋——工房になっている。

じっさい彫刀《ちょうとう》など、さまざまな工具や作りかけのかんざしなども残されていて、

(今しがたまで、多くの職人たちがはたらいていた気配)

は、たしかに感じられた。

そのわきに二畳にも満たない物置のような小部屋があって、そこにお絹は閉じこめられていた。うめき声がもれたような気がして、引き戸をあけると、両手を縄で縛ら

れ、猿ぐつわを嚙まされて、お絹がうずくまっていたのだ。

猿ぐつわを外し、縄を解いて、

「お絹さん、いそいで着物を脱いで。あたしが着てる服と交換するのよ」

「えっ、まさか……」

「いいの。そのまさかなの……あたしがお絹さんにすり替わるから、あなたはこの伍助といっしょに逃げてちょうだい」

お絹は腑《ふ》に落ちぬ顔でいるが、くわしく説明をしている暇などはない。

とにかく、衣服を交換すると、おみつは伍助のほうに背を向けて、後ろ手をそろえて突きだし、

「さぁ、縛るのよ」

「本当に……よろしいんですかい、お嬢さん」

「かまわないから、縛ってっ」

それでも、伍助は手を抜き、ゆるめに縛ろうとする。

「そんなんじゃ、駄目よ。敵にばれてしまうわ」

ちょっと首をめぐらして、おみつは叱るように言う。

「いいから、ちゃんと縛って……猿ぐつわもよ」

ふいと、表の店のほうで人の声がした。店の者や職人たちがもどってきたのだろう。

「いけない、早く逃げてっ」

最後は、くぐもり声になった。言われたとおり、伍助が猿ぐつわを噛ませたからである。

さきに一味の梅吉を尾行したお香に聞き、みずからもしらべて、伍助はここの裏口を承知している。

「お絹さん」

とよびかけ、手をあげて、まねく。

「ささ……こちらへ」

うなずくと、お絹は必死の形相《ぎょうそう》でおみつのほうをふりかえり、いくども頭をさげるようにしながら、その場を去っていった。

お絹に代わって、おみつが残った部屋には、天井にごく小さな明かり取りがあるだけで、四方はすべて壁——昼夜を問わず、ほの暗い。そのおかげもあって、「火事騒ぎ」の間に二人がすり替わったことは、まるでさとられずにすんだ。

申しでられた当のお絹と同じように、一味のだれもが、

（まさか……）

と思ったこともあるだろう。衣服を交換したうえで、縄や猿ぐつわまで元のとおりにしようとまでは、考えもつかなかったのだ。

だが、べつのことで、［見張り役］は叱りとばされた。

「馬鹿者っ」

という野太い声が、おみつの耳にはいったのは、彼女がお絹らを逃がしてまもなく、職人たちが板の間の工房にもどってすぐのことである。

「みんなが騒いだからって、辰五郎、おめぇまでが外に飛びだして、どうする……しかも、お絹を一人ここに残したままだ」

そう言って、小部屋の戸をあけた相手の顔を見て、おみつはびっくりした。なんと最前、自分が一瞥《いちべつ》して、

（みすぼらしい老爺《ろうや》）

とも、好々爺とも感じた職人頭の権造だったのだ。そして叱責《しっせき》されている辰五郎のほうは、万馬が川治の湯で見たという［辰］と同一の男だろう。なるほど、ぼてっとした顔つきで、図体《ずうたい》も大きい。

まわりで他の職人らとともに、店の主と番頭が権造らの様子を見守っている。どうやら、この二人も権造の子分でしかないらしい。

（……ということは、この権造爺《じい》さんが、一味の首領なの？）

そういえば、白髪《しらが》に白髭《しらひげ》、団子鼻は変わらぬながら、眼に妙に強い光が宿っている。さきほどの弱々しさが嘘のようだ。

その権造は、お絹の身代わりだとは気づかずに、おみつがいるのをみとめて、安堵《あんど》の表情をうかべ、ふたたび戸をしめた。それから、いくぶん声音をやわらげて、

「ああやって、きつく縛りあげてあるんだ、よもや逃げられやしめぇ。それに、火事はまちげぇだってことですんだけどよ」

「向かいの茶店の耄碌《もうろく》婆さんが、竈《かまど》の炎がちょいと激しく上がってるのを見て、厨《くりや》が燃えてると思ったようですね」

その筋書きは源三郎とおみつがこしらえ、健太と伍助を通して老婆に小遣《こづか》いを握らせた。例の千住南地区の湯屋組合を仕切る團司朗《だんしろう》が、老婆をよく知っていたのも、幸いした。

「……らしいがな。あれがおめぇ、本物の火事で、こっちの店にまで移ったりしたら、大変なことになるぜ」

「へたをすりゃあ、あのアマが焼け死ぬことに……」

言って、辰五郎はしきりに詫びている。

「本当に申しわけねぇことをいたしやした」

「わかりゃあいいのさ。二千両の小判と、あの純金の仏像をいただくまでは、どうあっても生かしておかにゃあな」

「頂戴《ちょうだい》しちめぇば、用なしってことで？」

と、これは店主が訊いたようだ。首領の権造が答える。

「ああ、そうよ、与市《よいち》。神田多町の若州屋の娘みてぇに、またあの世に行ってもらうさ」

「おれたちの面《つら》を見ちまったんですからね」

与市とよばれた店主が応える。

「ふむ。明神下の茶の湯の師匠たちも、中途で目ぇ覚ましたりしなきゃあ、生きながらえることができたかもしれねぇのによ」

「桑山の旦那ときたら、いざとなると、まるで容赦《ようしゃ》しませんからねぇ」

やはり、江戸での事件も、

「権造ら一味のしわざ」

であり、桑山泰一郎が大きくかかわっていたのだ。

「その点、ここ千住の山崎家のお絹の取り巻きたちは、ぐっすり寝こんでて、生命びろいしましたよね」

「ふむ。利平のおかげよ」

(なに?……千疋屋の手代頭の利平さんのこと?)

首をかしげ、おみつはさらに耳をすました。が、利平のことはそれきりになり、

「しかし、先刻はたまげました。あれほど、お絹に似た女子《おなご》がいるとは……夢でもみてるようでしたよ」

「よもや双子の姉妹なんてぇのじゃ、ねぇだろうな」

「はて、そういう話は聞いておりませんがね」

沈黙があり、

(もしや、あらためて詮索《せんさく》をはじめるのでは……)

と、おみつは冷や冷やしたが、権造らがふたたび彼女のいる小部屋の戸をあける気配はなく、そのまましばらく工房でのおしゃべりはとだえた。

九

「なかなか親方みてぇに、上手《じょうず》に彫ることはできねぇな」

だいぶたってから、また話し声が聞こえた。

「そうよ。他のところの細工は何とか真似できても、上部の彫りの部分は巧くいかねぇ」

「いい値だが、あのかんざしがけっこう売れるのよ……梅吉のやつは、会津へ出向いたとき、六つだか七つだか、さばいて帰ったらしいぜ」

「お絹も以前に一本、買ってったそうだしな」

話しているうちの一人は、小部屋の外でおみつを見張っている辰五郎のようだが、相方は他の下っ端《したっぱ》の職人らしい。

表の店はすでに仕舞《しま》ったようだし、少しまえに何人かが隣の工房から出ていく気配があった。権造をはじめ、おおかたの職人らは外出した様子である。

あるいはもう、山崎家当主の楠左衛門に要求した金品をうけとるべく、［指定の場所］へと向かったのかもしれない。

「双頭の龍、双頭の虎はまだしも、孔雀だの鳳凰《ほうおう》……象までが二つ頭ってぇのは、あんまりいい趣味とは思えねぇけどなぁ」

「しかし、ありゃあまるで、権造親方みずからのありようだぜ」

「いかにも人のよさげな爺さん職人と、平気で人をかどわかし、殺すことも辞さねぇ極悪非道《ごくあくひどう》の悪党の両面かい」

「ま、人間、多かれ少なかれ、みんな、そんなようなもんだがよ」

なるほど、二つの頭の彫り込みに濃淡の差があるのは、

（そういう意味があったのか）

と、おみつが思ったとき、だれかがまた隣室にはいってくる音がして、小部屋の戸があけられ、

「そろそろ、お出かけですぜ、ご内儀」

店主の与市だった。そばに番頭らもいて、与市に言いつけられ、おみつのそばに寄って、立たせようとする。

（限りとされた刻《き》よりも、少し早いのでは……）

だが、やはり、楠左衛門らをよびだした場所へと向かうようだ。身代金さえ奪ってしまえば用はない、と言った権造の言葉が思いかえされ、

（どこかで始末されるのかしら）

背すじにちょっと冷たいものが走ったが、そのまえに必ず源三郎らが救いだしてくれるはずである。

いずれにせよ、前後を屈強の男たちにはさまれ、後ろ手に縛られた格好では、逃げるに逃げられない。おとなしく与市や辰五郎らのあとにつづき、裏口から外に出ようとした。

そこへ、薄闇の向こうから駆けつけた者があった。

「与市さん、待ってくだせぇ」

その顔を見て、おみつはおもわず後じさった。

（千疋屋の利平ではないか）

最前の権造と与市の話のなかにも、その名が出たことを思いだし、かしわ屋の千代吉が言っていた、

（山崎家の内部にいる怪しい者とは、利平のことだったのか）

と気づいたが、遅かった。

「そいつはお絹じゃねぇ、偽物《にせもの》ですぜ」

「なにぃ、本当か」

「おみつといって、江戸深川の堀川町を縄張《なわば》りとする女目明《めあ》かしで……おれたちは一杯くわされた、仕組まれたんでさ。本物のお絹はとっくに山崎家へもどって、奥座敷に引きこもっていやがる」

さらに利平は、与市や辰五郎らを相手にいくつか、おのれが山崎家でさぐりだした内情を語ってきかせた。

かたわらで聞いているうちに、おみつのほうにも読めてくるものがあった。

かなり以前から権造一派は千住本宿の山崎家に目をつけていて、ここ同じ千住の南（加宿）にかんざしの店をかまえて［隠れ家］とした。江戸市中とのあいだを往き来《いき》すると同時に、山崎家の様子をさぐろうとしていたのだ。

利平は、そのために山崎家・千疋屋に送りこまれた、［一種の引込み役］だったのである。

彼はまず、もとからあった柏原家との対立を蒸しかえし、あおりたてようとした。先だっての万馬や源三郎らを巻きこんでの喧嘩ざたも、じつは利平がたくらんだことだったのだ。

そうやって利平は、山崎家の者たちの目を［宿敵］柏原家に向けさせる一方で、当

主の楠左衛門の信用を得んとした。おかげで彼は、かねて噂の高かった黄金の千手観音をおのれの眼で見ることができ、

［その偽りのない価値］

を権造に知らせたのである。

ただし、お絹の［誘拐計画］を目前にして、いま一度眺め、

（再確認しよう）

とはかったが、楠左衛門のゆるしが得られず、それは果たせずに終わった。

また、お絹をかどわかした当夜には、漆器の仲買人をよそおった仲間がおいていった［仕込み箸］を、さも自分が洗ったように見せて使わせた。そして、お勝ら他の取り巻きが眠ったのを見て、権造らを主人不在の家のなかに引き入れたのだ。

そのおりに、

「こいつらを殺さねぇでくれ」

と、利平が権造に頼んだのは確かだが、それは彼のやさしさのゆえなどではない。

［身代金］をうけとるまでは、なおも彼が山崎家に残る必要があったのと、お絹のそばにいた取り巻きたちのなかで、

（おのれ一人が生き残ったのでは、楠左衛門らに疑われる）

と考えたがためにほかならなかった。

「……で、どうするよ、利平、このアマ」

と訊く与市に、いまも利平はあっさりと答えた。

「どうするもこうするも、殺《や》るしかねぇでしょう。きっと親方も、おゆるしくださる
……楠左衛門らのほうが、おれたちを騙《だま》して送りこんできやがったんだから」

このとき、利平としては、

（ここにいるのは、お絹ではない。それどころか、江戸の岡っ引きだ）

とわかった以上、［人質《ひとじち》］にはならない。むしろ、自分たちの［荷物］にすらもなりかねない、と判断したようだ。

すり替わったとも知らず、ひたすら見張りつづけてきた辰五郎も、おのずと頭に血がのぼっている。

「よし、わかった」

言うが早いか、辰五郎はおのれの懐中《かいちゅう》から匕首《あいくち》を取りだして、いったん頭上にふりかざした。

おりしも東の空に、十六夜《いざよい》の月が出たばかり。その月明かりに映えて、白い刃《やいば》がキラリと不気味に光った。辰五郎はおもむろに肘《ひじ》を引き、匕首を腰にかまえて、おみ

つの胸もとへ躍りこもうとする。瞬間、

「ぐえっ」

という呻《うめ》き声をもらして、辰五郎は匕首を取り落とし、その場にくずおれた。

まさに間一髪《かんいっぱつ》。一振りの脇差が宙を飛来《ひらい》し、辰五郎の背なかに突き立ったのである。

「な、何者だ？」

身がまえる利平や与市らのもとへ、走り寄る影が二つ。

源三郎と文太夫であった。そのあとを、やや遅れて、健太と伍助がついてくる。

源三郎は文太夫のほうを向き、

「……田所さん、こいつらをお願いします」

与市らの側を顎でしめす。店主に番頭、手代と［かね丁］の表店をまかされた悪党連中だ。

「わかり申した。なに、こやつらごとき、たやすいことで……」

鯉口《こいぐち》を切り、文太夫はゆっくりと長刀を抜きだした。

源三郎はといえば、自慢の［山城守藤原国清《やましろのかみくにきよ》］は腰に差したまま。かたわらにうずくまった辰五郎の背から、最前投げつけた脇差を引き抜くと、峰に返し、利平を袈《け》裟《さ》掛《が》けに、もう一人、店に残った職人の胴を払ってかたづける。

その間に、健太らはおみつの猿ぐつわを外し、後ろ手の縄目を解いている。

「健太に、伍助。おみつちゃんを楽にしてやったら、こいつらを縛りあげてくれ」

源三郎がみずから手にかけた利平らのほかにも、すでに文太夫が峰打ちにした者どもが暗がりに転がり、悲鳴や呻き声をあげている。

眺めわたして、文太夫とともに刀を鞘《さや》におさめ、

「おみつちゃん、危ういところだったな。間にあって良かったぜ」

「礼を言うわ、源さん……それに文太夫さん」

素直に頭をさげてから、

「でも、あたしも驚いたわ。この連中、思ったより早く動きだすんだもの……」

「じつは、こっちもあわてたんだ」

源三郎があらかじめ、おみつと打ちあわせておいた刻限は、いま少し遅い。それが急に、おみつを助けだすべく文太夫らを誘い、ここに向かったのは、一つに、また誘拐団の一味からの投げ文があったことがある。

「夜半までは待てぬ……五ツ（八時）を限りとする、と言ってきたんだ」

指定の場所は、

［熊野《くまの》神社の境内］

とあった。

江戸側から見ると、千住大橋のすぐ手前を左に少しはいったあたり、八百年近くまえの創建で、源　義家《みなもとのよしいえ》が紀州の熊野権現《ごんげん》から勧請《かんじょう》したといわれる古社である。

大橋完工の成就祈願《じょうじゅきがん》がここでなされ、ために礼として社殿の修理に工事の残材が使われたという。

近ごろはさびれて、詣でる者も少ない。それに、ここかね丁からは四、五町ほどで、きわめて近く、一味としては、迅速《じんそく》に金品を奪って逃げこむつもりでいるのかもしれなかった。

「……もう一つは、この利平の野郎さ」

と、すでに縄目をうけている利平を指さした。

「こやつ、外出先からもどったんだが、万馬師匠や六助が、うっかり今日のおれたちの策のことをしゃべってるのを聞いちまってな、それから何やら、そわそわしはじめやがった……」

おみつと同様、源三郎もまた、柏原家の千代吉がほのめかした山崎家内の［内通

者」がだれなのか、見つけだそうとしていた。それだけに、

「おかしいと思ってな。それで利平のあとを追ってきたのよ」

「ところが、おもわぬ邪魔がはいりましてな」

と、わきで文太夫が言葉をついだ。

「梅吉とか申すたわけが、大橋のたもとに隠れておって、無謀にもわれらに襲いかかってきよった……」

力こそないが、小柄なぶんだけ、梅吉はすばしっこく、あちらこちらと逃げまわった。ついには取り押さえて縛り、橋柱にくくりつけてきたが、

「おかげでいったん利平を見失い、おみつちゃんを危うい目にあわせることに……」

「ところで、田所さん」

源三郎があらたまった声を出した。

「……そろそろ五ツです。熊野のお社《やしろ》へ向かわぬと」

「よし、いそごう。おそらくは、一味の首領どもが待ちうけていましょうよ」

というに、おみつも承知している。留め袖の裾《すそ》はからげて脚絆《きゃはん》を巻き、上はたすき掛けにして用意はととのえていた。そうして彼女は、健太の手から白房の十手をうけとると、源三郎らのあとにつづいた。

十

そのころ、山崎家当主の楠左衛門が二人の番頭を伴って、熊野神社の鳥居《とりい》をくぐろうとしていた。そのあとを家僕《かぼく》が一人、大八車《だいはちぐるま》を引いてつきしたがう。車の上には、千両箱が二つ。純金の仏像をおさめた桐の箱もおかれているが、どれもすべて中身はない。空っぽである。

さらにその背後、宵闇に隠れるようにして、大井勘右衛門に黒米徹之進。江戸からついてきた、彼らの供人に小者。そして、宿場役人らがつづく。

当然といえば当然ながら、さきほど投げこまれた誘拐団からの文《ふみ》には、

「役人無用」

とあった。これは、人質と身代金との交換の場に、

「役人をよぶな」

それ以前に、知らせてもならぬ、ということであり、逆らえば、

「内儀・お絹の生命はない」

との脅しであった。少人数で来るように、との件りもあり、これも楠左衛門の側は

遵守《じゅんしゅ》している。

北浅草のあたりか、遠くで五ツの鐘の音が聞こえた。

それを合図にしたように、お堂の裏から、一人の男があらわれた。灰いろの頭巾《ずきん》をかぶってはいるが、わきから白髪がはみだし、わずかに見える眼の光がうつろだった。しかも少しく、腰がまがっている。

まさしく［かね丁］の権造であったが、すぐに老人とわかり、楠左衛門は気をゆるして、微苦笑をうかべた。が、相手はおもいがけず、するどい声で、

「ほどなくわしの子分が、おめぇさんの内儀を連れてくるはず……」

告げるや、堂裏から三人、四人、五人……と、これも覆面姿の男たちが進みでて、権造の両隣に寄りそうようにして立つ。手に手に匕首が握られているのを見て、楠左衛門らの顔から笑みが消えた。

「とにかく、箱の中身をあらためさせてもらおう」

権造の命令一下、子分たちが境内の端にとめた大八車の側に寄っていこうとする。

刹那《せつな》、楠左衛門らは足を振りあげ、必死に逃げ去った。

代わりに姿をみせたのが、大井や黒米らの一行だった。

「山崎家の内儀・お絹をかどわかした一味の者だな。神田明神下の一件も、おぬしら

の仕業《しわざ》であろう。われら、探索のため、江戸南町奉行所より出張《でば》って参った……」

「御用だ、神妙にせよっ」

表店の者らはおらず、そこにそろった権造の子分はすべて、ふだん飾《かざり》職をなりわいとする者たちばかり、あわせて八人ほど。人数的には互角か、捕り方のほうがやや優勢であった。

が、日ごろ、殺傷ざたにはほとんど縁がないこともあって、宿場役人とその配下の者たちはまるで、役に立たない。

それに対して、権造の一味の者どもは、さすが修羅場《しゅらば》に慣れている。なかなかに使える者が多く、わけても権造の「匕首さばき」は見事だった。

たかが九寸五分（約二十八センチ）の刃物といえども、馬鹿にはできず、供人・小者たちは蹴《け》散らされ、大井や黒米もたじたじとなった。

「旦那方、ちょいと遅れやしたが、加勢しやす」

「おぅ、源さん……源三郎どの。待っていたぞっ」

手分けして、ともに駆けつけた文太夫には子分らをまかせ、源三郎はもっぱら権造一人を相手にする。

さしもの源三郎にも、権造はかなり手ごわい敵とみえたが、しだいに権造め、落ちつきをなくしはじめた。

それは、そうだろう。とにもかくにも、いったんは人質を連れてくる手はずの与市や梅吉、辰五郎らがいっこうに姿をみせず、桑山泰一郎もあらわれない。

（おかしい……野郎ども、いってぇ、どうしやがったんだ？）

しきりと鳥居の向こうを気にしている様子だから、源三郎は、

「権造さんよ、あいにくだが、待ち人は来たらず、だ」

脇差の刀身で権造のくりだす匕首の刃をうけ、払いながら、言いはなった。

「お絹さんは、おれたちが助けた。いんや、助けた女子は、そこにいる。おみつちゃん……そっくりだが、別人だ。途中ですり替わったことに、おめぇたちは気づかなかったようだがな」

「な、何だとっ」

と、権造は、大井・黒米らの手助けにまわったおみつらのほうをにらみすえる。

「与市や梅吉たちも来ねぇよ。おめえさんのお店、かね丁の店先で雁首《がんくび》ならべて寝てござるよ」

「は、はかられたか」

権造もしかし、さほどに愚かではない。こうなれば、箱の中身が空であることは、

（もはや、明白……）

あとは、手ぶらで逃げるほかはないのだ。

落胆のせいか、だいぶに動きがにぶくなった。そうと見て、源三郎は脇差の峰で、匕首を持った権造の二の腕をしたたかに叩いた。

「……うっ」

と呻いて、権造は匕首を取り落とす。

「源さん、そいつは殺《や》らないでくれっ……生きたまま捕まえて、これまでのことをいろいろ吐いてもらわにゃあならねぇ」

耳打ちしてくる黒米に、

「……承知っ」

応えるや、またぞろ峰で強く権造の頸《くび》すじを打とうとした。そのとき、

「危ない、源三郎どのっ」

声がした。ついで、近くでカキーンと耳をつんざく音が聞こえ、足もとに短い刃物が転がり落ちた。

手裏剣《しゅりけん》であった。どこからか源三郎めがけ、ふいに飛んできた手裏剣を、文太夫がみずからの剣でふせぎ、撥《は》ねかえしてくれたのだ。

力なくうずくまった権造を黒米らの手にゆだね、じっと周囲を見まわすと、鳥居の陰に浪人者が一人、立っている。やはり、覆面をしていたが、源三郎が寄っていき、

「わかっている。桑山泰一郎、貴様《きさま》だな」

告げると、いざきよく頭巾を取った。

「並みの手技《てわざ》ではないと思ったが、小山で万馬師匠を襲ったのも、貴様だったのか」

桑山はあいまいに首を揺すり、ニヤリと嗤《わら》ってみせた。が、すぐにまた、うつろな表情にもどり、白目がちの死魚のような眼を源三郎に向けた。

対峙《たいじ》したまま、鳥居の外に出た。三間（約五・四メートル）ほどの小路で、向かい側は材木問屋の柵囲《さくがこ》いになっている。

今宵はじめて源三郎は、山城守国清を抜いた。桑山も静かに抜刀し、上段にかまえた。

源三郎は正眼《せいがん》から剣尖《けんせん》をしだいに下げていき、小手《こて》を打つとみせて、ただちに刀を返し、桑山の喉《のど》もとを突いた。

その源三郎の初太刀《しよだち》を、桑山は斜《しや》にかしげた刀身でうけて、撥ねかえす。青い火花が散り、刃と刃がぶつかりあい、嚙みあう、するどい音がした。

やがて、スッと源三郎は刀を持った力を抜き、同時に大きく後ろに跳《と》んで、ふたた

び敵との間合いをとった。

（一の太刀はおのれのほうから仕掛けて、かわされた。となれば……）

つぎの二の太刀は、抑えて待つ。それしかなかった。

するとはたして、大上段《だいじょうだん》から振りかぶるようにして、いきなり桑山が攻めてきた。

こんどはそれを腰を低くして、源三郎が頭上でうけた。

「おぬし、なかなか……やるなっ」

声がひびき、見ると、死んだ魚の眼がひらめく。驚いた。

（こやつの眼が生きかえっている……）

思った瞬間、源三郎に隙《すき》が生じた。そこにまた、桑山が斬りこんできた。

するどい刃風《はかぜ》。着物の袖が千切《ちぎ》れ、源三郎は左の手の甲にかすかな痛みを覚えた。

うっすらと、赤い血がにじんでいる。

（いかん……あまりに長びかせると、負ける）

かといって、焦りは禁物だった。またも向かいあい、逃げるでもなく、いっきに攻めるでもなく、じりじりと間をせばめていく。

自然、桑山は源三郎に正面を向けたまま、すり足で、ゆっくりと背後に後もどる格好になる。

と、路地をへだてた柵に立てかけてある材木の一部に、桑山の肩先が触れた。その部分から振動がつたわり、一本、二本、三本……と、材木は揺れてかたむき、倒れはじめる。

それが連鎖を起こし、ついにはすべての材木が止めどをなくし、雪崩《なだれ》のように倒れ落ちてくる。

桑山は逃がれようとして、前方に大きく足を踏みだした。そこに、源三郎の剣が待っていた。

一撃――断ち切られた桑山の頸すじから、泉のごとくに血が噴《ふ》きだした。口からも鮮血を吐いて、その場にどっと倒れ伏す。

近寄ると、桑山はなお荒く呼吸《いき》をしていた。そして一瞬、つぶっていた眼をひらき、源三郎の顔を見すえた……かのように、源三郎は思った。

死にゆく者の眼ではない。最前、彼を驚かせたときと同じように、その眼は生きて輝いていた。

「これでおれも、おはんのもとへ行ける。ほれ、もう、おはんが、そこまで迎えにきておる……」

そうつぶやくと、桑山はがくりと首をたらした。

刀を鞘におさめると、源三郎は両手を重ねて、冥福《めいふく》を祈り、

「結局はおれとおんなじ、はぐれ者だったようだな。桑山、おめぇもよ」

おもわず遺体に向かい、よびかけていた。

＊　＊

翌日の午後。源三郎らの一行は千住本宿の山崎家をあとに、宿場内の街道すじを大橋方面へと歩いていた。今しがた、ここでの事の起こりとなった居酒屋［橋元］をすぎたばかりである。

「わたくし、知っておりました」

今朝方、一同のいるまえで、お絹が夫の楠左衛門に向かって言った言葉が思いかえされる。昨夜闘った強敵・桑山泰一郎の従妹――おはんのことである。

楠左衛門は、そのおはんがかつての自分の許嫁でありながら、柏原家との血縁を理由に破談となったこと。そしてそれを嘆いて、おはんが荒川に身を投げ、みずから生命を断ったことを、お絹には黙っていた。

そうして隠し通そうとしていたからこそ、源三郎やおみつらにも、すべての真相を語ることができないでいたのである。

それが、このたびの事件の解決を、多少なりとも遅らせたことは否めない。

べつだん責めるつもりはなかったが、今になって、楠左衛門のほうからそのことを詫び、あらためて本当の事情を打ち明けたのだった。

それを聞き終えたお絹が、

「知っていました。狭い宿場のことですもの、いくら耳をふさごうとしたって、はいってきてしまいますわ」

言って、小さく笑った。

「でも、もう遠い昔の話です。どれほど暗い厭《いと》わしいことがあったからといって、それを蒸しかえして、どうなるのです」

「…………」

「大切なのは、これからのこと……横山家の方々に対するのと同様、柏原家のみなさまとも仲良くして、ここ千住の街をより良く、住みやすいところにしていくべきでしょう」

みなが黙って聞き入ってしまい、座がしんとなった。と、突然に、

「わたくし、来年には人の子の親になりますの」

また、お絹が声を発した。

「やや、やができました」

他の者たちといっしょになって、

「いやぁ、おめでとう」

祝福の言葉を述べながら、源三郎は思っていた。

（やっぱりな、一見かよわそうに見えても、どうしてどうして……女ってのは、じつにしたたかで、強ぇ生きものだ）

「同じ、そっくりさんでもさ」

ふいと後ろで、お香の声が聞こえた。源三郎がふりかえると、お香が笑顔で、万馬を相手にしゃべっている。

「万馬さんとおみつちゃんでは、えらくちがうわよね」

「何でぇ、お香さん……そりゃ、いってぇ、どういうことだい？」

「だって、師匠の場合には、ただひどい目にあわされて、泣かされただけで終わりでしょ。なのに、おみつちゃんは……」

お絹と似ていたおかげで、彼女の生命を救った、とお香は言う。

「おまけに、あんな悪党どもを一網打尽にすることができたんですもの、凄いことだわよ」

「何を言ってやがる」

と、万馬が口をとがらせる。

「もとはといえば、お絹さんの実の姉さんのおしなさんからよ、おれが千住の山崎家に寄ってほしいと頼まれたのが、最初だろ……忘れたのかい?」

「そのおしなさんが、師匠が女湯のぞきの犯人だって、騒ぎだしたわけだ……そっくり男とまちがえて」

内容のわりには呑気《のんき》な声で、六助が口をはさむ。

「まったくもって、妙な因果でやすねぇ」

それを源三郎の隣で聞いていた黒米が、

「おっと、思いだした」

源三郎のほうを向いた。

「源さん、ちょっと話が……」

「な、何ですかい、いきなり」

「いや、ここじゃ、何だから」

と、みなをさきに行かせて、横丁にはいり、

「すっかり忘れていましたが、お奉行が案じておられます」

例によって、急に襟《えり》をただして、そう告げた。

「兄上が、何を、どう案じてるって？」

「いえ、その源三郎さまの許嫁《いいなずけ》のお園さまが……」

「許嫁なんぞではないっ」

「あれ、さようでしたか。お奉行がそのように申されましたのでね」

「……困った兄上だ」

「ともあれ、そのお園さまが、でございますよ」

黒米は話をもどした。

「源三郎さまと、顔かたちがそっくりなお方に惚《ほ》れなすったようで……」

「ほう、そいつは、めでたい。重畳《ちょうじょう》、重畳……けっこうなことではないか」

と、おもわず源三郎は眼をほそめ、頬をくずした。しかし、黒米は真顔のままでいて、

「それゆえに、お奉行は案じておられるのです。浩二郎さまも、その奥方さまも……ご兄弟のご母堂《ぼどう》さまもですよ」

「よけいなお世話だ」

つぶやく源三郎を無視して、

「なに、大丈夫……すぐ飽きますよ」

「だれが、何を、だ？」

「お園さまが、その源三郎さまによく似たお方を、ですよ」

風貌は瓜二つだが、中身がちがう、と黒米は言う。

「えらく腕っぷしが弱いようで……剣術なぞ、まるでできぬとの噂です。このことを知れば、お園さまもきっと、飽きて、お気持ちを源三郎さまのほうにもどされますよ」

（飽きんでもいい、もどされずともいいっ）

心中でわめきながら、うんざりした顔で源三郎は黒米を見つめかえした。

源三郎と黒米はまた他の者たちに追いつき、一行は掃部《かもん》宿、野菜市の立つ新宿とすぎて、千住大橋に差しかかる。

（この橋の上で、おれは最初にお絹さんと出会ったのだ）

大橋南詰の湯屋組合に顔を出したために、そのときも源三郎はみなに遅れ、一人、大橋を渡ろうとしていた。そして、おみつにそっくりのお絹を見かけ、仰天させられたのだ。

（まさか、そのお絹さんをさらった一味の隠れ家がこのさきの加宿、中村町にあって、何度も往き来させられようとはな）

それを思えば、何がなし、

［ふしぎな橋］

ではある。

おみつはおみつで、べつのことを考えていた。

秋もふかまり、ようやくにして隅田川ぞいの土手の木々も色づきはじめている。ここよりもはるかに高い日光山は中禅寺湖畔、華厳《けごん》の滝のあたりは、十日ほどまえ、すでに紅葉の盛りだった。

その素晴らしい［秋景色］のなかで、期せずしておみつは源三郎の胸に抱かれることになったのだ……思いだすと、それだけで、おのずと顔が赤くなってくる。

「どうしたい、風邪でもひいたか。熱があるんじゃねぇのかい」

寄ってきて、源三郎はおみつの手をとり、手首に指をおいて、脈をみようとする。

われしらず、おみつはその源三郎の手を握りかえしていた。

おや、と源三郎は眼を丸めて、

「おみつちゃん、いってぇ、どんな風の吹きまわしだい」

ささやくように言う。

「やっぱり、熱があるのかもしれねぇ」

「ふんっ、やっぱり……源さんなんて、大嫌いっ」

叫んで、おみつは源三郎のてのひらを、おもいきり強くつねった。

「痛っ」

そばで見ていたお香が笑い転げ、それが他の一同に伝播《でんぱ》した。抜けるように高く青い空に、大きな笑い声が渦を巻いてひびきわたる。

橋を渡りきった。同じ千住宿ではあるけれど、そこはもう、花の――いや、

［錦秋《きんしゅう》のお江戸］

である。

千住はぐれ宿

一〇〇字書評

切り取り線

購買動機（新聞、雑誌名を記入するか、あるいは○をつけてください）	
□（　　　　　　　　）の広告を見て	
□（　　　　　　　　）の書評を見て	
□ 知人のすすめで	□ タイトルに惹かれて
□ カバーがよかったから	□ 内容が面白そうだから
□ 好きな作家だから	□ 好きな分野の本だから

●最近、最も感銘を受けた作品名をお書きください

●あなたのお好きな作家名をお書きください

●その他、ご要望がありましたらお書きください

住所	〒				
氏名		職業		年齢	
Eメール	※携帯には配信できません		新刊情報等のメール配信を 希望する・しない		

あなたにお願い

この本の感想を、編集部までお寄せいただけたらありがたく存じます。今後の企画の参考にさせていただきます。Eメールでも結構です。

いただいた「一〇〇字書評」は、新聞・雑誌等に紹介させていただくことがあります。その場合はお礼として特製図書カードを差し上げます。

前ページの原稿用紙に書評をお書きの上、切り取り、左記までお送り下さい。宛先の住所は不要です。

なお、ご記入いただいたお名前、ご住所等は、書評紹介の事前了解、謝礼のお届けのためだけに利用し、そのほかの目的のために利用することはありません。またそのデータを六カ月を超えて保管することもありませんので、ご安心ください。

〒一〇一－八七〇一
祥伝社文庫編集長　加藤　淳
☎〇三（三二六五）二〇八〇
bunko@shodensha.co.jp

祥伝社文庫

上質のエンターテインメントを！　珠玉のエスプリを！

祥伝社文庫は創刊15周年を迎える2000年を機に、ここに新たな宣言をいたします。いつの世にも変わらない価値観、つまり「豊かな心」「深い知恵」「大きな楽しみ」に満ちた作品を厳選し、次代を拓く書下ろし作品を大胆に起用し、読者の皆様の心に響く文庫を目指します。どうぞご意見、ご希望を編集部までお寄せくださるよう、お願いいたします。

2000年1月1日　　祥伝社文庫編集部

千住《せんじゆ》はぐれ宿《やど》　湯《ゆ》屋《や》守《も》り源三郎捕物控《げんざぶろうとりものひかえ》　長編時代小説

平成20年12月20日　初版第１刷発行

著者　岳《がく》　真《しん》　也《や》

発行者　深澤健一

発行所　祥《しよう》　伝《でん》　社《しや》

東京都千代田区神田神保町3-6-5
九段尚学ビル　〒101-8701
☎03（3265）2081（販売部）
☎03（3265）2080（編集部）
☎03（3265）3622（業務部）

印刷所　萩原印刷

製本所　関川製本

造本には十分注意しておりますが、万一、落丁、乱丁などの不良品がありましたら、「業務部」あてにお送り下さい。送料小社負担にてお取り替えいたします。

ISBN978-4-396-33471-0　C0193

祥伝社のホームページ・http://www.shodensha.co.jp/

祥伝社文庫

岳 真也 湯屋守り源三郎捕物控

湯屋を守る用心棒の空木源三郎。湯女殺しの探索から一転、押し込み強盗計画を暴き、大捕物が繰り広げられる！

岳 真也 深川おけら長屋 湯屋守り源三郎捕物控

ベテラン作家初の捕物帖第二弾！滅法たよりになる長屋住まいの訳あり浪人が、連続辻斬り事件に挑む。

岳 真也 文久元年の万馬券

万延、文久、慶応…明治。幕末の動乱に巻き込まれ、日本競馬に命をかけた男がいた！

岳 真也 京都祇園祭《ぎおんまつり》の殺人

京都の祇園祭で無惨な刺殺死体が！さらに容疑者も殺され、その手帳に奇妙な文字が残されていた…。

風野真知雄 われ、謙信なりせば

秀吉の死に天下を睨《にら》む家康。誰を叩き誰と組むか、脳裏によぎった男は上杉景勝と陪臣・直江兼続だった。

風野真知雄 幻の城 慶長十九年の凶気

大坂冬の陣。だが城内には総大将の器がいない。「もし、あの方がいたなら…」真田幸村は奇策を命じた！

祥伝社文庫

風野真知雄　**奇策**　北の関ヶ原・福島城松川の合戦

伊達政宗軍二万。対するは老将率いる四千の兵。圧倒的不利の中、伊達軍を翻弄した「北の関ヶ原」とは!?

風野真知雄　**勝小吉事件帖**　喧嘩御家人

勝海舟の父、最強にして最低の親ばか小吉が座敷牢から難事件をバッタバッタと解決する。

風野真知雄　**罰《ばち》当て侍**　最後の赤穂浪士　寺坂吉右衛門

赤穂浪士ただ一人の生き残り、寺坂吉右衛門。そんな彼の前に奇妙な事件が舞い込んだ。あの剣の冴えを再び…。

風野真知雄　**水の城**　いまだ落城せず

名将も参謀もいない小城が石田三成軍と堂々渡り合う！戦国史上類を見ない大攻防戦を描く異色時代小説。

藤原緋沙子　**恋椿**　橋廻り同心・平七郎控

橋上に芽生える愛、終わる命…橋廻り同心平七郎と瓦版屋女主人おこうの人情味溢れる江戸橋づくし物語。

藤原緋沙子　**火の華《はな》**　橋廻り同心・平七郎控

橋上に情けあり。生き別れ、死に別れ、そして出会い。情をもって剣をふるう、橋づくし物語第二弾。